ES
Ch. Ponowsky

Doyle · Sherlock Holmes
Der Hund von Baskerville

Conan Doyle

Sherlock Holmes
Der Hund von Baskerville

für die Jugend neu erzählt von
Klaus E. R. von Schwarze

Zeichnungen von
Charlotte Panowsky

Loewe

ISBN 3-7855-2105-7 – 3. Auflage 1997

Umschlaggestaltung: Creativ GmbH U. Kolb, Stuttgart
Umschlagzeichnung: Charlotte Panowsky
Satz: Six, Altötting

Für Scarlett

Inhalt

Ein denkwürdiger Tag...

... für den weiteren Verlauf meines Lebens war in jeder Hinsicht der 4. März 1881. Von diesem Tag an verlief mein Dasein in ganz anderen Bahnen, als ich es ursprünglich geplant hatte. Doch der Reihe nach!

Mein Name ist Dr. John H. Watson, ich bin Arzt, habe in Indien gedient, nahm als Militärarzt am zweiten afghanischen Krieg teil, in dem ich eine schwere Schulterverletzung erlitt, und wurde vorzeitig aus dem Dienst für Vaterland und Krone entlassen.

Nach meiner Genesung wollte ich in London eine Praxis eröffnen und machte mich deswegen auf Wohnungssuche. Es war zu jener Zeit nicht ganz einfach für einen Junggesellen, eine einigermaßen erschwingliche Bleibe zu finden. Aber da kam mir an jenem 4. März der Zufall zu Hilfe in Gestalt von Dr. Stamford, der mit mir Assistenzarzt am Bartholomäusspital gewesen war! Als ich ihm von meiner bisher ergebnislosen Wohnungssuche berichtete, erzählte er mir von einem Bekannten, der vor dem gleichen Problem stand: So lernte ich Sherlock Holmes kennen!

Er war der Typ des eigenbrötlerischen Wissenschaftlers und Gelehrten, nicht unsympathisch, aber auch nicht gerade von alltäglicher Erscheinung – einen Meter achtzig gut und gerne groß, dazu klapperdürr, mit hellen, alles durchdringenden Augen, einer kantigen Hakennase und einem scharfen Kinn. Er spielte hervorragend Geige, war ein ausgezeichneter Boxer und Florettfechter, kannte sich im britischen Strafrecht besser aus als so mancher Anwalt, befaßte sich viel mit chemikalischen, physikalischen und anatomischen Studien, glänzte in jeder Unterhaltung durch fundiertes Wissen auf wirklich allen Gebieten und bezeichnete sich in beruflicher Hinsicht als „Detektivberater“: Er beriet Detektive und manchmal auch die Polizei in Fällen, in denen diese mit ihrem Latein am Ende waren!

Sherlock Holmes hatte in der Baker Street 221 B eine nette Wohnung gefunden im Haus einer gewissen Mrs. Hudson, die auch besagte Wohnung – ein großes, gemütliches Wohnzimmer, kleine Küche, Bad und zwei Schlafzimmer – als Haushälterin zu betreuen gedachte. Nur einen Haken hatte diese Wohnung für Holmes: Für ihn allein war sie zu groß!

Das traf sich gut. Wir beschlossen zusammenzuziehen und haben diesen Entschluß eigentlich nie bereut! Wenn er auch nach jenem 4. März 1881 – wie gesagt – mein Leben ziemlich veränderte.

Mit der Zeit immer faszinierter von den kriminalistisch-kombinatorischen Gaben meines Wohnungsgefährten, machte ich es mir mit der Zeit zur Gewohnheit, genau Buch zu führen über alles, was passierte, wenn Sherlock Holmes seine spektakulären Fälle löste. Und mit den Jahren wurde ich zum Chronisten und Biographen meines Freundes, des besten Detektivs aller Zeiten! Meine Aufzeichnungen wurden zu detaillierten Protokollen, aus den Protokollen wurden Geschichten, aus den Geschichten Tatsachenromane, aus den Romanen ... doch lest selbst!

Der Hund von Baskerville

Sherlock Holmes saß schon zu ungewöhnlich früher Stunde am Frühstückstisch. Bedächtig an einem Toast kauend, überflog er mit flinkem Blick die Spalten der *Times*. Währenddessen stand ich am Kamin und hatte einen Spazierstock in der Hand, den uns ein unbekannter Besucher am Vorabend als unfreiwilliges Andenken vor der Haustür hinterlassen hatte. Es war ein gut gearbeiteter, stabiler Stock mit einem silbernen Beschlag direkt unter dem Griff. Der Gravur war zu entnehmen, daß es sich dabei um ein Geschenk von Freunden vom „C. C. H." und beim Beschenkten um einen gewissen „James Mortimer, M. R. C. S." handelte. Ich tippte gerade auf einen Hausarzt als Besitzer, als mich Holmes,

dem anscheinend nichts entging, in meinen Überlegungen unterbrach.

„Ohne Frage stammt das Ding von einem Besucher, der uns gestern abend nicht antraf. Fällt dir noch mehr dazu ein?"

„Ich denke", entgegnete ich zögernd, „daß der Besitzer ein älterer Landarzt mit dankbaren Patienten ist ..."

„Schon ganz gut!" warf Holmes ein.

„...der viel unterwegs ist. Schaut schon ziemlich abgenutzt aus. ‚C. C. H.' könnte das Akronym eines Jagdclubs sein. Möglich, daß er dort mal einem Zweibeiner geholfen hat, der eine Ladung Schrot abgekriegt hat!"

„Also, Watson", kommentierte Holmes mit spöttischem Unterton, „wenn du so weitermachst, bin ich bald brotlos. Du wirst immer besser. Aber mal im Ernst – ich glaube, du bist trotzdem auf dem Holzweg. Mit dem Landarzt hast du zwar recht und auch damit, daß er viel auf den Beinen ist. Daß es sich um Freunde aus einem Jagdclub handelt, halte ich dagegen für wenig wahrscheinlich. Was hältst du von Kollegen aus einem Krankenhaus? ‚C. C. H.' erinnert mich stark an das Charing Cross Hospital."

„Einverstanden", lenkte ich ein.

„Und offensichtlich handelt es sich um ein Abschiedsgeschenk. Nur, ein renommierter Arzt eines großen Krankenhauses wird seine Stelle wohl nicht gegen die eines Landarztes eintauschen.

Ein Chefarzt, der in Pension geht und weiterpraktiziert? Undenkbar! Für mich ist klar, daß unser Mann Assistenzarzt war, als er – fast noch feucht hinter den Ohren – das Krankenhaus verließ, um auf dem Land eine Praxis zu übernehmen. Und er hat einen Hund mittlerer Größe!"

Holmes hatte mich überzeugt und meinem aufkeimenden Selbstbewußtsein mal wieder einen Dämpfer aufgesetzt. Auf die Sache mit dem Hund hätte ich auch selbst kommen können. Dazu wäre nur ein genauer Blick auf den Mittelteil des Stockes nötig gewesen, wo deutliche Gebißspuren zu erkennen waren, die weder von einem Dackel noch von einer Bulldogge stammen konnten.

„Um's ganz genau zu sagen – Präzision ist bekanntlich eine *Conditio sine qua non** der Kriminalkunst –, es handelt sich um einen walisischen Wolfshund!" bemerkte Holmes, der sein Frühstück längst beendet hatte und nun am Fenster stand.

„Und wie bist du darauf gekommen?" fragte ich.

„Durch Hinschauen, mein Lieber, er steht nämlich vor der Tür!"

Für Überraschungen war er immer gut, mein Freund Holmes. Dies galt, nur in anderer Weise, auch für den Besitzer des Hundes, der kurz darauf das Zimmer betrat. Er war hochgewachsen und schlank und wirkte auf den ersten Blick noch sehr jugendlich. Bei näherer Betrachtung erkannte man dagegen, daß in seinem Gesicht ernste Ereignisse ihre Spuren hinterlassen hatten.

Anstatt, wie das bei den meisten Besuchern üblich war, sich dem großen Detektiv erst einmal ehrfurchtsvoll vorzustellen, hatte James Mortimer sofort den Stock erspäht, den Holmes in den Händen hielt.

„Ach, da ist er ja, mein gutes Stück! Ich habe ihn schon vermißt!"

„Ein Geschenk, nicht wahr, Dr. Mortimer?" erkundigte sich Holmes.

„Ja, ein Hochzeitsgeschenk", präzisierte Mortimer, der seinen hölzernen Weggefährten zum Anlaß nahm, uns sogleich sämtliche Begleitumstände zu erläutern. Anläßlich der Eheschließung hatte er das Charing Cross Hospital verlassen und die Landpraxis seines Onkels in Devonshire übernommen. Wie sich herausstellte, hatte er im Gegensatz zu unserer Annahme nicht promoviert. Als Mitglied des RCS, des Royal College of Surgeons, hatte er allerdings die Zulassung als Arzt für Allgemeinmedizin. Als er die Schilderung beendet hatte, trat eine

*Anm.: lat. unabdingbare Bedingung

Wandlung seines Wesens ein. Mortimer wurde ernst, wirkte bedrückt und fast verstört.

„Ich benötige Ihre Hilfe, Mr. Holmes, in einer Angelegenheit, der ich allein nicht gewachsen bin!"

Während er dies sagte, zog er ein uraltes Pergament-Manuskript aus der Tasche, das Holmes schon längst bemerkt und klassifiziert hatte.

„Erstes Drittel des 18. Jahrhunderts schätze ich." Fast ein Volltreffer. Die Handschrift stammte aus dem Jahr 1742. Einige typographische Merkmale hatten Holmes auf die Spur gebracht. Mortimer hatte die Handschrift von Sir Charles Baskerville erhalten, der einige Monate zuvor auf mysteriöse Weise umgekommen war. Unser erster Verdacht, es handle sich dabei nicht nur um eine längst vergangene, sondern auch noch langweilige Geschichte, bestätigte sich nicht.

„Als Dokument ist das Schriftstück höchst aktuell. Wenn auch in versteckter Form, so enthält es sicherlich den Schlüssel für den Tod meines jüngst verstorbenen Freundes. Ich müßte blind sein, wenn ich die Parallelen nicht sehen würde. Aber erklären" – Mortimers Stimme steigerte sich zu einem dramatischen Tremolo –, „erklären kann ich die Vorgänge deshalb noch lange nicht!"

Holmes, auch bei knappen Kommentaren ein Meister seines Fachs und bei Kriminalfällen mit historischem Bezug besonders interessiert, bat Mortimer daraufhin, das Schriftstück vorzulesen.

Nach kurzem Zögern begann Mortimer mit dem Lesen des Textes. Schon nach kurzer Zeit wurde uns klar, um was es da ging. Es war so eine Art historisches Drama, als Lehrstück gedacht, für seine Söhne niedergeschrieben von einem gewissen Hugo Baskerville – das Lebensresümee eines gebrochenen Vaters.

Einer seiner gleichnamigen Vorfahren – ein Rüpel, Trinker und Lästermaul – liebte eine Bauerntochter aus der Nachbarschaft, die freilich ganz andere Vorstellungen von einem Mann hatte und ihm hartnäckig aus dem

Weg ging. Eines Tages – ihr Vater war nicht zu Hause – schlich sich jener Hugo Baskerville mit einigen Saufkumpanen in das Bauernhaus und entführte die Widerspenstige. Im Herrenhaus der Baskervilles wurde sie in einem Dachzimmer eingesperrt. Danach veranstalteten die Komplizen zur Feier ihres Sieges ein infernalisches Saufgelage im Erdgeschoß. Vom Geschrei und den derben Witzen angewidert und zutiefst verängstigt, versuchte das Mädchen zu fliehen, was ihm schließlich über die Ranken des Fassadengrüns auch gelang. In panischer Angst lief es dann durchs Moor in Richtung Bauernhof. Als Hugo Baskerville, der ihr kurz darauf Essen und Trinken bringen wollte, die Flucht bemerkte, bekam er einen Wutanfall, und er stachelte seine Begleiter auf. Gemeinsam beschlossen sie, der Flüchtigen nachzureiten und Hunde auf sie zu hetzen. Er ritt aber voraus. Als sich die Meute aus Menschen, Pferden und Hunden schließlich auf den Weg machte, hatte Baskerville bereits einen Vorsprung, der kaum einzuholen schien. Auf dem Weg passierten seine Begleiter einen Schäfer, den das Entsetzen gepackt und sprachlos gemacht hatte. Mühsam bekamen sie aus ihm heraus, daß er das verzweifelt flüchtende Mädchen gesehen habe, dicht gefolgt von der Hundemeute. Kurz darauf sei Baskerville dahergeritten, in seinem Schatten eine beispiellose Bestie von Hund in Ponygröße. Zutiefst verunsichert setzten sie ihren Weg fort. Schon bald bemerkten sie das herrenlose Pferd Baskervilles, das völlig verstört im Moor herumirrte. Unmittelbar danach, am Eingang zu einem kleinen Tal, trafen sie auf die winselnde, offensichtlich verängstigte Hundemeute. Nach kurzem Zögern setzten die mutigsten der Männer ihren Weg fort, ins Tal hinunter. Nach hundert Metern sahen sie das Mädchen auf dem Boden liegen. Es war tot – vor Angst und Erschöpfung gestorben. Ein paar Meter weiter lag, grotesk verzerrt, die Leiche Hugo Baskervilles. Über ihm, dessen Kehle völlig zerfleischt war, stand breitbeinig und bluttriefend die vom Hirten erwähnte Hundebestie. Als sich die glühenden Augen des Monstrums auf die Reiter richteten, flüchteten diese, als sei der Teufel hinter ihnen her. Noch in der gleichen Nacht starb einer von ihnen. Zwei andere erholten sich nie mehr von diesem Schock. An diese Vorfälle schloß Baskerville düstere Überlegungen über Schicksal, Vorsehung, Kollektivschuld und Sippenhaftung an. Offensichtlich war er der Meinung, daß ein Fluch über dem Geschlecht der Baskervilles liege. Eindringlich beschwor er seine Söhne abschließend, das Moor zu meiden!

Holmes reagierte, anders als erwartet, eher gelangweilt auf diese Schilderung. Irritiert durch dieses Verhalten, aber nicht entmutigt, suchte Mortimer daraufhin einen gefalteten Zeitungsausschnitt aus seiner Tasche hervor, den er Holmes reichte.

„Ich nehme an, daß Sie an aktuelleren Dingen interessiert sind. Kürzlich verstarb Sir Charles Baskerville unter ähnlich tragischen Umständen. Der *Devon County Chronicle* vom 14. Juli enthält einen umfassenden Bericht über die Ereignisse."

Obwohl man es ihm kaum anmerken konnte, schien Holmes bei der Lektüre dieses Artikels Feuer zu fangen. Seine Augenbrauen zogen sich zusammen, und nur selten zog er an seiner Pfeife.

Sir Charles hatte längere Zeit in Südafrika verbracht und dort durch riskante geschäftliche Transaktionen ein Vermögen erworben. Erst vor zwei Jahren war er zurückgekehrt und hatte sich in Baskerville Hall niedergelassen. Er hatte keine Kinder. Tatkräftig und mit erheblichem finanziellem Aufwand investierte er in die Renovierung des Familienbesitzes. Großzügige Spenden für soziale Einrichtungen hatten ihm häufiger wohlwollende Erwähnungen in der örtlichen Presse eingetragen. Polizei und Presse traten dem Eindruck entgegen, sein Tod habe einen verbrecherischen Hintergrund. Sir Charles war schon seit längerem herzkrank!

Jeden Abend pflegte er spazierenzugehen, am liebsten in der von Eiben gesäumten Allee, die vom Haus

aus am Moor entlang verlief. So auch an jenem Abend. Erst gegen Mitternacht fiel es dem Butler auf, daß Sir Charles noch nicht zurückgekommen war. Den Fußspuren folgend, stellte er fest, daß Sir Charles offensichtlich eine Weile an der Pforte pausiert hatte, die sich etwa in der Mitte der Allee befindet und von der ein Weg direkt ins Moor geht. Die Spuren führten dann weiter bis ans Ende der Allee, wo seine Leiche, auf dem Boden ausgestreckt, gefunden wurde. Wie es schien, hatte Sir Charles die letzten zweihundert Meter seines Lebens auf Fußspitzen zurückgelegt, ein Umstand, für den noch keine Erklärung gefunden werden konnte. Auch hatte ein in der Nähe weilender Pferdehändler Schreie gehört, konnte diese allerdings nicht näher identifizieren. Das Gesicht des Toten war völlig verändert, eine fast unkenntliche Fratze. Von den Ärzten, die die Leiche untersuchten und auch eine Obduktion durchführten, wurde dies mit einem äußerst schmerzhaften Herzanfall erklärt. Den Gerüchten, die sich vor Ort um den Tod von Sir Charles rankten, wurde damit nachhaltig der Boden entzogen. Als Erbe kam ein Neffe in Frage, von dem man bis dato aber nur wußte, daß er sich in den USA aufhalten sollte.

Nachdem Holmes die Lektüre beendet hatte, wandte er sich wieder an Mr. Mortimer:

„Sie können mir doch sicher noch mehr Details und Hintergründe zu diesem in der Tat interessanten Fall schildern."

„Ja, das kann ich und muß ich wohl auch, da mir der Fall keineswegs geklärt erscheint. Ich sollte vorausschicken, daß es sich um eine äußerst dünnbesiedelte Gegend handelt. Als Gesprächspartner kamen für Sir Charles eigentlich nur Mr. Frankland auf Lafter Hall und Mr. Stapleton, ein passionierter Naturforscher, in Frage. Da ich ihn medizinisch betreute und wir privat gemeinsame Interessen hatten, verbrachten auch wir viele Abende zusammen. Sir Charles hatte sich in den letzten Monaten immer mehr verändert, wurde Dritten gegenüber immer mißtrauischer und machte einen verängstigten Eindruck. Immer stärker schien er davon überzeugt zu sein, daß sein Geschlecht einem verhängnisvollen Fluch ausgesetzt sei. Sir Hugos schriftliches Vermächtnis betraf, so meinte er, auch ihn. Er fühlte sich verfolgt von einem unheimlichen Gespenst, einem Hund offenbar. Mehrfach fragte er mich vergeblich, ob ich bei der Anfahrt Wahrnehmungen dahingehend gemacht habe. Nur einmal, wir standen beide vor der Tür, bemerkten wir in einiger Entfernung die Umrisse eines Tieres von der Größe eines Kalbes. Sir Charles wurde dadurch in unbeschreibliche Panik versetzt. Als ich zu der Stelle kam, war das Tier verschwunden. Spuren waren nicht zu erkennen. Ein paar Wochen später, in der Nacht, in der Sir Charles starb, fand ich dagegen Spuren!"

„Welcher Art?" hakte Holmes ein.

„Fußspuren – von einem riesigen Hund!"

Holmes und ich waren ziemlich verblüfft. Der Fall hatte in diesem Moment eine andere Dimension erhalten. Urplötzlich ging es nicht mehr um märchenartige Aspekte, um Sagen oder Gerüchte. Auf einmal wurden die Konturen eines möglichen Verbrechens sichtbar. Die Spuren befanden sich etwa zwanzig Meter von der Leiche entfernt. Deshalb hatte sich auch die Polizei nicht dafür interessiert. Mortimer hatte die Spuren auf dem Weg am Rande des Grassaums entdeckt, auf der gleichen Seite wie die zum Moor führende Pforte.

„Und Fußspuren an der Pforte?" fragte Holmes.

„Zu viele, um daraus genaue Schlüsse zu ziehen", antwortete Mortimer. „Wie es scheint, hat sich Sir Charles dort einige Minuten aufgehalten. Am Boden fand ich Zigarettenasche."

„Ihr kriminalistisches Talent ist unverkennbar", kommentierte Holmes anerkennend.

Mortimer lächelte leicht gequält. Ja, er wußte mehr als die Polizei und hatte recht geschickt recherchiert, aber der Fall umfaßte viel zu viele rational nicht faßbare

Aspekte und ängstigte ihn insgesamt mehr, als er zunächst zugeben wollte.

„Da ist noch etwas", fuhr er zögernd fort. „Im Moor treibt sich ein Monsterwesen herum, das der Beschreibung des Mordhundes entspricht, die uns Sir Hugo überliefert hat. Ich habe dafür mehrere glaubwürdige Zeugen. Einerseits existiert das Tier, andererseits gibt es dafür aus wissenschaftlicher Sicht keine Erklärung. Daß sich in der Gegend zunehmend Angst und Schrecken ausbreiten, können Sie sich denken!"

„Was wollen Sie eigentlich von mir, Mr. Mortimer? Daß ich Ihnen diese Spukgeschichten abnehme? An einer Aufklärung sind Sie doch anscheinend gar nicht interessiert!"

„Zumindest..." Mortimer bemühte sich einzulenken, „zumindest ist das nicht mein Hauptanliegen. Meine Sorgen gelten im Augenblick dem künftigen Schicksal von Sir Henry Baskerville. Er, der Letzte der Baskervilles und Erbe des Vermögens, den wir nach mühsamer Suche ausfindig gemacht haben, kommt in gut einer Stunde in der Waterloo-Station an. Nicht nur als Testamentsvollstrecker ist es meine Pflicht, ihm das Schicksal seiner Vorfahren zu ersparen. Dahingehend wäre ich Ihnen für jeden Rat dankbar!"

„Dazu bin ich auch bereit", sagte Holmes nach einer Weile. „Eins kann ich Ihnen aber schon jetzt sagen: Wenn Sir Henry eine Gefahr droht, dann macht es keinen Unterschied, ob er sich in London oder in Devonshire aufhält. Holen Sie ihn ab und lassen Sie mir einen Tag Zeit. Kommen Sie morgen früh um zehn Uhr wieder zu mir – und bringen Sie Sir Henry mit! Eine Frage noch: Hat man den Hund nach dem Tod von Sir Charles noch einmal gesehen?"

„Merkwürdig! Das ist mir noch gar nicht aufgefallen. Soweit ich weiß, lautet die Antwort nein."

Nachdem Mortimer gegangen war, bat mich Holmes, ihn einige Stunde allein zu lassen. So verbrachte ich den Nachmittag in meinem Club und kam erst abends wieder nach Hause. Das Wohnzimmer war völlig verqualmt, und mittendrin saß ziemlich fröhlich mein Freund Holmes im Sessel, um ihn mehrere Papierrollen.

„Ich fühle mich schon fast wie zu Hause – in Devonshire!“ bemerkte er zu meiner Überraschung. „Ich habe mir die Generalstabskarten der dortigen Moorregion besorgt und kenne da schon fast jeden Tümpel!“ Holmes breitete eine der Karten vor mir aus und erläuterte mir die lokalen Gegebenheiten: Baskerville Hall, die Eibenallee, das sich über viele Quadratkilometer hinstreckende Moor, Mortimers Wohnort sowie einige verstreute, allein stehende Anwesen, und am Kartenrand hatte er ein Zuchthaus entdeckt.

„Eine Gegend für Melancholiker, ein Eldorado für Verbrecher, eine Landschaft wie geschaffen für Verbrechen! Du weißt, daß ich für übersinnliche Erklärungen wenig übrig habe. Was wir zu klären haben, ist vor allem, ob der Tod von Sir Charles eine verbrecherische Ursache hat. Und wenn ja – auf welche Weise wurde er umgebracht, und als letzte Frage bleibt zu klären, wer es war. Es ist natürlich Unsinn anzunehmen, Sir Charles sei auf Zehenspitzen die Allee entlanggeschlichen. Nein, er rannte, er rannte um sein Leben! Nur, vor was er wegrannte, ist noch unklar. Es kam eindeutig vom Moor her, und es muß ihn in panische Angst versetzt haben. Bereits an der Pforte dürfte er den Verstand verloren haben. Sonst wäre er sicher in Richtung Baskerville Hall gelaufen, wo er Hilfe erwarten konnte, und nicht in die Gegenrichtung.

Es wäre auch ganz interessant zu erfahren, ob und auf wen Sir Charles an der Pforte gewartet hat. Ungeachtet des äußerst unfreundlichen Wetters und trotz seiner Abneigung gegen das Moor hat er sich dort ja eine ganze Weile aufgehalten. Und ganz gewiß hatte er dazu einen triftigen Grund.“

Holmes hatte also Feuer gefangen. Da seine Neigung, sich nach anstrengender Geistesarbeit zu entspannen, hochentwickelt war, verbrachten wir also den Rest des Abends bei Musik und philosophischen Plaudereien.

Am nächsten Morgen – wir hatten das Frühstück gerade abgeräumt, und die Kirchturmglocke schlug zehn Uhr – klingelte es, und kurz darauf kam Mr. Mortimer in Begleitung von Sir Henry Baskerville herein. Der Erbe, wie wir ihn der Einfachheit halber manchmal unter uns nannten, war schätzungsweise etwa dreißig Jahre alt und hatte ein markantes, von einem starken Selbstbewußtsein geprägtes Gesicht, in dem vor allem die buschigen Augenbrauen auffielen. Sympathisch war auch sein höfliches, gleichwohl selbstbewußtes Auftreten. Nach der Begrüßung überraschte er Holmes mit der Mitteilung, daß er ihn auch ohne die Mitwirkung von Dr. Mortimer aufgesucht hätte.

„Zunächst hielt ich es ja für einen Scherz. Heute morgen hat man mir einen im Postamt Charing Cross abgestempelten Drohbrief geschickt. Der Inhalt lautete:

Wenn Sie Wert auf Ihr Leben oder Ihren Verstand legen, dann bleiben Sie dem Moor fern!

‚Moor' war mit roter Tinte geschrieben, alles andere bestand aus ausgeschnittenen, aufgeklebten Zeitungsbuchstaben. Zunächst konnte ich mir keinen Reim drauf machen. Stutzig wurde ich erst, als mir klar wurde, daß keiner mein Hotel kennen konnte. Ich hatte kein Zimmer gebucht, Dr. Mortimer wohnte bei Bekannten. Wie zum Teufel ist das zu erklären?"

„Nicht zu leugnen, daß jemand Interesse an Ihnen hat", kommentierte Holmes, an Baskerville gewandt. „Und, Mr. Mortimer, mit Spuk oder ähnlichem hat das offensichtlich nichts mehr zu tun!"

Scheinbar beiläufig hatte Holmes in der *Times* vom Vortag geblättert. Nach einer kurzen Lesepause sagte er: „Da haben wir's. Aus dem Artikel hier stammt das ausgeschnittene Vokabular!"

Mortimer, der den Artikel mit den aufgeklebten Wörtern des Drohbriefes verglichen hatte, war sichtlich aus der Fassung geraten: „Wie um Himmels willen sind Sie denn da draufgekommen?“

„Eigentlich kein Problem, wenn man berücksichtigt, daß sich die meisten Zeitungen typographisch unterscheiden“, bemerkte Holmes mit leise anklingendem Stolz. „Und da der Brief gestern angefertigt wurde... Offensichtlich hat der Absender vergeblich nach dem gedruckten Wort ‚Moor‘ gesucht!

Es lassen sich daraus freilich noch weitere Hinweise gewinnen“, kommentierte er nach kurzer Pause. „Die Vermutung liegt nahe, daß es sich bei einem Leser der *Times*, also auch bei diesem, um einen gebildeten Zeitgenossen handelt. Daß er seine Handschrift auf fast schon groteske Weise verstellt hat, läßt den Schluß zu, daß er aus Mr. Mortimers Bekanntenkreis stammt. Was schließlich die äußerst unregelmäßig aufgeklebten Worte betrifft, so wird der Schreiber entweder in großer Eile gewesen sein, oder er mußte befürchten, überrascht zu werden. Das billige Briefpapier legt die Vermutung nahe, daß das Schreiben in einem zweitklassigen Hotel fabriziert wurde. Wenn wir die Papierkörbe aller Hotels im Bereich Charing Cross unter die Lupe nehmen könnten, hätten wir den, der die *Times* da mit der Schere zerstückelt hat, wahrscheinlich bald!“

Es dauerte eine Weile, bis wir drei Zuhörer diese geballte Ladung kriminalistischer Brillanz verdaut hatten. Aber Holmes, ganz in seinem Metier, hakte bald nach: „Ist Ihnen, Sir Henry, noch irgend etwas Ungewöhnliches aufgefallen?“

„Natürlich nicht, Mr. Holmes! Ich bin doch völlig ahnungslos hier angekommen. Urplötzlich und völlig unvorbereitet in eine solch zwielichtige Angelegenheit verwickelt zu werden, das war doch nicht zu erwarten! Halt, vielleicht sollte ich dies doch noch erwähnen. Mich hat es geärgert, obwohl es ein belangloser Vorfall ist, denn man hat mir einen nagelneuen und – leider – ziemlich teuren Schuh entwendet! Um mich standesgemäß so zu kleiden, wie das in Devonshire von einem Baskerville erwartet wird, habe ich gestern ziemlich viel eingekauft. Ein Paar Schuhe habe ich nachts vor die Tür gestellt. Am Morgen war einer weg. Und niemand im Hotel hatte dafür eine Erklärung. Daß jemand einen einzelnen Schuh klaut, erscheint mir ziemlich sinnlos. Damit kann der Dieb ja wohl kaum etwas anfangen. Für sich betrachtet, erscheint es mir eigentlich nebensächlich. In Verbindung mit dem anonymen Drohbrief aber muß man es wohl anders sehen. Sie werden verstehen, daß ich mir darauf noch keinen Reim machen kann. Ich bitte Sie daher, mir nunmehr eine Schilderung dessen zu geben, was Ihnen zu diesen Vorgängen bekannt ist."

„Das will ich gerne tun, Sir Henry", bemerkte Mortimer. Und dann erzählte er, gelegentlich durch kurze, kommentierende Anmerkungen des Erben unterbrochen, in ähnlicher Form wie am Vortag, was ihm als Vorgeschichte bekannt war, was sich in der jüngeren Vergangenheit zugetragen hatte – Erklärbares und Unerklärliches.

„Interessant, höchst interessant!" schlußfolgerte Sir Henry. „Nur über einen Punkt bin ich mir noch nicht im klaren, und das ist der Brief an mich. Ist es die Warnung eines Wohlmeinenden, oder will man mir Angst einjagen, um mich von Baskerville Hall fernzuhalten und dort neue Aktivitäten um so ungestörter durchführen zu können? Freilich gehöre ich nicht zur ängstlichen Hälfte der Menschheit. Ich werde mein Erbe antreten – an Ort und Stelle!"

Nachdem Holmes und ich eine Einladung zum Essen angenommen hatten, verabschiedeten sich Sir Henry und Mortimer, verließen das Haus und marschierten in Richtung Hotel.

„Beeil dich, Watson! Wir müssen sie verfolgen!" rief mir Holmes zu.

Obwohl mir nicht klar war, was die plötzliche Eile zu bedeuten hatte, griff ich nach Mantel, Hut und Stock, und kurz darauf waren wir bereits auf der Straße. Weil Holmes es so wollte, blieben wir etwa hundert Meter hinter den beiden. Holmes, der mit seinen wachen Augen zugleich das Geschehen auf der Straße verfolgte, machte mich auf eine Droschke aufmerksam, die ebenfalls mit Abstand und gleichem Tempo Sir Henry folgte. Einen kurzen Moment gelang es uns, auch den darin sitzenden Mann zu erkennen. Er hatte einen mächtigen schwarzen Vollbart und stechende, dunkle Augen. Als er uns sah, zog er blitzschnell den Vorhang vor, seine Droschke beschleunigte ihr Tempo und verschwand alsbald. Holmes, der Kritik nur ertrug, wenn sie von ihm selbst stammte, wirkte zerknirscht: „Mein Fehler, Watson! Ich hätte mich rechtzeitig um eine Droschke kümmern sollen! Daß Sir Henry beobachtet wird, stand für mich außer Frage. Anders hätte man sein Hotel nicht so schnell herausgefunden! Die Droschkennummer habe ich natürlich, aber das ist ein schwacher Trost! Immerhin: Es gibt genug zu tun!"

Als er dies sagte, befanden wir uns gerade vor dem Ladenlokal einer kleinen Zustellfirma, deren Inhaber zu den zufriedenen Klienten meines Freundes gehörte. Gemeinsam gingen wir hinein. Nach der herzlichen Begrüßung erkundigte sich Holmes nach einem Lehrjungen names Cartwright, den er in bester Erinnerung habe. Cartwright, der kurz darauf erschien, bekam von Holmes den Auftrag, alle Hotels im Umkreis von Charing Cross aufzusuchen und alle Papierabfälle nach der zerschnippelten Seite der *Times* zu durchsuchen. Als Erklärung solle er auf ein fehlgeleitetes Telegramm verweisen, schärfte ihm Holmes ein, der ihn – wegen der Portiers – auch reichhaltig mit Trinkgeld ausstattete. Ganz erregt – welcher Mensch hat schon einmal die Chance, sich zu den Mitarbeitern des berühmten Detektivs zählen zu dürfen – machte sich Cartwright auf den Weg.

Wir taten es ihm gleich und besuchten einige Kunstgalerien, um die Zeit bis zum Termin bei Sir Henry zu überbrücken. Endlich im Hotel angekommen, äußerte Holmes den Wunsch, das Gästebuch einzusehen. Und aus dessen Lektüre ergab sich, daß sich nach Sir Henry nur zwei neue Gäste eingetragen hatten, die eine völlig reine Weste hatten.

„Immerhin, Watson“, sagte Holmes beim Hinaufgehen, „heißt das, daß der Verfolger des Erben nicht im Hotel wohnt. Offensichtlich will er nicht gesehen werden!“ Kaum hatte er mir diese Überlegungen mitgeteilt, als er fast mit Sir Henry zusammengestoßen wäre, der oberhalb der Treppe stand und vor Wut schier außer Fassung zu geraten drohte.

„Stellen Sie sich vor“, keuchte er, „es ist unglaublich! Man hat mir schon wieder einen Schuh gestohlen! Gestern einen neuen, heute eine alten! Jetzt habe ich nur noch ein zusammengestoppeltes Paar. Ein unmögliches Hotel ist das.“

Holmes, in dessen Gesicht sich Nachdenklichkeit mit unterdrücktem Schmunzeln vermischten, versuchte, die Wogen zu glätten, was ihm nach einiger Zeit auch gelang. Beim Essen war das Schuh-Thema bereits wieder vergessen.

Sir Henry überraschte uns sodann mit der Nachricht, daß er Ende der Woche nach Baskerville Hall reisen werde. Holmes nickte zustimmend. Er begründete sein Einverständnis damit, daß Sir Henry in London auf Schritt und Tritt verfolgt werde und es in der Millionenstadt äußerst schwierig sein, den Verfolgern und möglichen Attentätern auf der Spur zu bleiben. „Hat irgendein Mann, der in Baskerville Hall arbeitet oder dort verkehrt, einen schwarzen Bart?“ fragte er dann Mortimer.

„Ja, einer“, antwortete Mortimer zögernd, „Barrymore, der Butler.“

„Dann wäre es ganz interessant zu wissen, wo er sich gerade aufhält!“

Holmes ließ sich zwei Telegrammformulare geben. Der Text des ersten, an Barrymore adressierten, bestand aus einer Frage: *Alle Vorbereitungen für die Ankunft von Sir Henry O.K.?* Im zweiten Telegramm bat er den Leiter des zuständigen Postamtes, das Telegramm an Barrymore nur diesem persönlich auszuhändigen und ihn, Holmes, andernfalls zu benachrichtigen, falls dies nicht möglich sei!

„In zwei bis drei Stunden wissen wir, wo sich Barrymore aufhält!"

Das nachfolgende Gespräch drehte sich dann um die Familie Barrymore, die seit Generationen für die Baskervilles tätig war, sowie um dessen geringen Anteil am Erbe von Sir Charles und um die Frage, wem das Gesamterbe nach einem eventuellen Tod von Sir Henry zufallen würde.

„Einem entfernten Verwandten von mir", antwortete Sir Henry nachdenklich, „James Desmond in Westmoreland, einem älteren Pfarrer. Angeblich soll es auch noch einen Baskerville irgendwo in Südamerika geben – aber dessen Existenz ist mehr als fraglich."

Eindringlich beschwor Holmes dann Sir Henry, jemanden mitzunehmen, der auch in Baskerville Hall ständig in der Nähe wäre. Bei Mortimer sei dies nur zum Teil der Fall, da er sich auch um seine Praxis kümmern müsse. Er selbst käme nicht in Frage, weil er in London mit Arbeit überreichlich eingedeckt sei. Ohne es mit mir vorher abgesprochen zu haben, empfahl er mich wärmstens. Einerseits überrascht, andererseits durch die Worte meines Freundes und die freudige Reaktion des Erben geschmeichelt und von der Aussicht auf Abenteuer beflügelt, erklärte ich mich sofort dazu bereit. Wir hatten gerade den Termin zur Abfahrt vereinbart und wollten uns verabschieden, als Sir Henry freudig ausrief: „Mein Schuh! Mein vermißter Schuh!"

Er eilte an mir vorbei zu einem Schrank, unter dem er dann den abhanden gekommenen neuen braunen Schuh hervorzog. Holmes und Mortimer waren beide gleichermaßen irritiert, da sie doch zuvor den Raum gründlich durchsucht hatten. Der Kellner, der als erster in Verdacht geriet, den Schuh dort versteckt zu haben, dementierte jedoch heftig. Wieder zu Hause in unserer Wohnung in der Baker Street, verbrachten wir den Rest des

Nachmittags wortlos. Ich hatte mich in ein Buch vertieft, während sich Holmes in Gedanken mit den zahlreichen Ungereimtheiten dieses Falles auseinandersetzte. Ein paar Stunden später erhielten wir zwei Anrufe: Im ersten teilte uns Sir Henry mit, er habe erfahren, daß Barrymore in Baskerville sei. Und Cartwright hatte seinen Auftrag erledigt und informierte Holmes, daß er die Reste der *Times* nicht gefunden hatte.

„Zwei meiner Versuchsballons sind geplatzt, Watson. Bin gespannt, wie sich der dritte entwickelt. Ich habe nämlich die Droschkenzentrale angerufen und erwarte jeden Augenblick eine Nachricht von dort."

Holmes sollte sich irren. Statt der Nachricht kam der Droschkenkutscher, ein zorniger Mann mittleren Alters, der Holmes in Verdacht hatte, sich beschwert zu haben. Holmes beruhigte ihn schnell und bat ihn dann – gegen großzügiges Trinkgeld – um Auskünfte über den Fahrgast mit dem schwarzen Bart. Nach kurzem Zögern berichtete der Fahrer, daß sich sein Fahrgast als Detektiv ausgegeben habe. Den ganzen Tag waren sie Sir Henry und Mortimer gefolgt. Am Schluß hatte sich der Fahrgast zur Waterloo-Station fahren lassen und beim Aussteigen erklärt, daß sein Name Sherlock Holmes sei. Mein Freund platzte fast vor Lachen: „Gut, hervorragend, der Mann besitzt Mut! Ein solcher Gegner macht mir Spaß! Können Sie ihn noch näher beschreiben?"

So erfuhren wir, daß der Verfolger etwa vierzig Jahre alt war und gut gekleidet, daß er ein blasses Gesicht und einen Bart hatte, der unten abgeschnitten war. Nachdem der Kutscher gegangen war, zogen wir Bilanz. Und dabei überwogen eindeutig die Negativposten: Drei Aufklärungsversuche waren ohne nennenswerte Ergebnisse fehlgeschlagen. Und wir hatten es offensichtlich mit einem hochkarätigen Gegner zu tun, der es uns auch künftig schwermachen würde. Holmes hielt meine Mission für ausgesprochen gefährlich. Er hatte Angst um mich.

Am Tag der Abreise begleitete er uns zum Bahnhof.

Nachdrücklich bestand er darauf, daß ich ihm vollständig und objektiv vor allem über die Bediensteten von Baskerville Hall und die Nachbarn sowie alle Ereignisse berichten solle, ohne Schnörkel und Theorien. Das sei seine Sache! Meinen Smith & Wesson solle ich sogar mit ins Bett nehmen. Kurz vor der Abfahrt hatte Holmes noch ein Gespräch mit Sir Henry. Dieser berichtete, daß er in den letzten Tagen, soweit ersichtlich, nicht verfolgt worden sei und daß der zweite Schuh nicht mehr aufgetaucht wäre. Holmes verabschiedete sich mit dem Ratschlag, daß Sir Henry das Moor bei Dunkelheit meiden und grundsätzlich nur in Begleitung ausgehen solle. Wir hatten eine angenehme und auch nicht allzu lange Fahrt. Wir unterhielten uns prächtig, wobei ich Sir Henry zunehmend besser kennenlernte. Baskerville Hall hatte er noch nie gesehen. Denn in seiner Kindheit hatte er an der englischen Südküste gelebt. Dann hatte ihn sein Schicksal in die USA verschlagen. Mit wachsender Begeisterung, geradezu hingerissen betrachtete er die Landschaft, die künftig seine Heimat sein sollte.

„Auf das Moor bin ich gespannt!“

„Sie können schon mal einen Blick drauf werfen“, mischte sich Mortimer ein. „Dahinten, der sanfte graue Hügel mit dem seltsamen Profil – das ist schon ein Ausläufer vom Hochmoor!“

Kurz danach hielt der Zug und wir stiegen aus. Die Nachricht von der Ankunft des neuen Herrn von Baskerville Hall war uns offensichtlich vorausgeeilt. Der Stationsvorsteher stand bereits auf dem Bahnsteig, um Sir Henry zu begrüßen, neben ihm ein paar Gepäckträger und in respektvollem Abstand einige Neugierige. Daß zwei Soldaten, die uns – auf ihre Gewehre gestützt – aufmerksam musterten, aus einem anderen Grund anwesend waren, erfuhren wir erst später. Mit dem Wagen, der bereits auf uns wartete, rollten wir dann los. Eine abwechslungsreiche Landschaft breitete sich links und rechts von der Straße aus: Überwucherte Steinwälle, hinter denen Weiden mit saftigem Grün lagen, ein Tal, in dem ein munter plätschernder Bach uns eine Weile begleitete, weite Flächen, über die das Heidekraut einen rostigen Schimmer gelegt hatte. Hin und wieder sahen wir verkrüppelte Bäume, die wie deplazierte und verunglückte Skulpturen aussahen, manchmal auch Dächer oder nur Schornsteine – die einzigen Indizien für das Vorhandensein von Menschen. Melancholie lag über allem, verstärkt noch durch die abgestorbenen Blätter, die den Weg bedeckten, die Fahrtgeräusche reduzierten und einen leicht modrigen Geruch verströmten. Es wurde Herbst! Wir fuhren aufwärts – und erschraken: Auf der Anhöhe direkt vor uns stand, einer Statue gleich, ein uniformierter Reiter mit Pferd und schußbereitem Gewehr. Perkins, der Fahrer, klärte uns darüber auf, daß die Gegend von Soldaten durchsucht werde, die nach einem entflohenen Sträfling fahndeten. Holmes hatte sich einmal mit dem Mann befaßt, der Seldon hieß und einen so ungewöhnlich grausamen Mord auf dem Konto hatte, daß sich die Zeitungen wochenlang damit beschäftigt hatten. Von der nächsten Anhöhe aus hatten wir das Moor um uns: Eine ziemlich eintönige Fläche, bewachsen mit hohen Gräsern, unterbrochen nur durch einige Anhäufungen aus Steinen und kleineren Hügeln, durchzogen von einigen schmalen Wasserläufen mit dunkler Färbung. Ein gespenstischer Anblick, der nur manchmal idyllischen Charakter annahm, wenn die schon fast über dem Horizont stehende Sonne durch die Wolken kam.

Nach etwa einer Meile Fahrt öffnete sich vor uns eine langgestreckte Mulde, in der der Baumbestand wieder überwog. Zwei Türme in der Mitte signalisierten uns, daß Baskerville Hall nicht mehr weit war. Als wir das schmiedeeiserne Tor passiert hatten, fuhren wir noch ein Stück durch eine schluchtartige Allee, dann lag der schloßähnliche Bau vor uns, eingerahmt von weitläufigen Rasenflächen. Vor dem Portal angekommen, wurden wir von Barrymore begrüßt, der auch das Gepäck abnahm und auf die Zimmer brachte. Mortimer verabschiedete sich kurz darauf, nicht ohne darauf hinzuweisen, daß er jederzeit für uns erreichbar sei. Und so kam es, daß ich mit Sir Henry allein den Abend verbrachte. Barrymore, der uns das Abendessen servierte und den wir beide als sympathischen und fähigen Butler kennenlernten, blieb die übrige Zeit diskret im Hintergrund. Es gab viel zu sehen: die Halle mit dem historischen Inventar, den Speisesaal mit der düsteren Ahnengalerie, den Billardraum, der mehr an die angenehme Atmosphäre eines Clubs erinnerte. Dort verbrachten wir nach dem Abendessen noch eine Stunde, genossen den herrlichen alten Scotch und das unvergleichliche Aroma einiger Davidoff-Zigarren. Sir Henry war voller Tatendrang. Mit leuchtenden Augen schilderte er mir, was er sich alles vorgenommen hatte: bauliche Veränderungen am Schloß und seinen Nebengebäuden, Wahrnehmung seiner gesellschaftlichen Rolle, ökologische Experimente auf den ausgedehnten Ländereien. Aber sosehr er sprachlich auch ein optimistisches Bild seiner Zukunft entwarf – uneingeschränkte Freude wollte nicht aufkommen. Die Schatten der Vergangenheit waren nicht so einfach zu verscheuchen. Und die mysteriösen Vorgänge, die sich seit seiner Ankunft ereignet hatten, konnten wir nicht einfach abschütteln.

Gegen 22 Uhr begaben wir uns auf unsere Zimmer. Die Reise hatte uns doch mehr angestrengt, als wir zunächst angenommen hatten. Dennoch konnte ich nicht schlafen. Zu viel rumorte in meinem Kopf herum und verunsicherte mich. Das Wetter draußen entsprach meiner Stimmung. In Hast und Eile zogen die Wolken am Himmel dahin, veränderten dabei ständig ihre Form, und nur gelegentlich gelang es dem Mond, sein fahles Licht nach unten zu schicken. Eine Weile lauschte ich dem stürmischen Wind, der das Mauergrün rascheln ließ und den Baulichkeiten seufzende Töne zu entlocken schien. Und mit einem Mal bemerkte ich dann, daß es dafür noch einen weiteren Grund gab: Irgend jemand im Haus schluchzte! Je mehr mir das bewußt wurde, um so deutlicher konnte ich dies aus der vielfältigen Geräuschkulisse heraushören. Es schien, als würde da jemand seinem Schmerz freien Lauf lassen ...

Ganz anders war die Situation am nächsten Morgen. Als wir frühstückten, waren die Räume in warmes, kräftiges Sonnenlicht getaucht. Die ganze trübsinnige Atmosphäre des vergangenen Abends war wie weggewischt. Auf meine Frage, ob er nachts ebenfalls ein Schluchzen gehört hätte, äußerte Sir Henry beiläufig, daß er im Halbschlaf Wahrnehmungen ähnlicher Art gemacht habe. Daher baten wir Barrymore um Aufklärung.

„Mir ist nichts dergleichen aufgefallen!" antwortete er zögernd, wobei er deutlich erblaßte. „Meine Frau kann es nicht sein. Das wüßte ich. Das Hausmädchen kommt auch nicht in Frage, weil es in einem anderen Flügel des Hauses wohnt."

Daß er gelogen hatte, stellte ich kurz danach fest, als ich seiner Frau auf der Treppe begegnete. Ihre Augen waren gerötet, ihre Lider geschwollen. Waren es Schuldgefühle? Was hatten sie und ihr Mann zu verbergen? Immerhin war es ja Barrymore gewesen, der Sir Charles gefunden hatte! Schließlich trug er auch den gleichen Bart wie jener geheimnisvolle Droschkenfahrgast, der sich als Sherlock Holmes ausgegeben hatte. Bevor Holmes meinen ersten Bericht bekam, erschien es mir sinnvoll, noch einmal nachzuprüfen, ob Barrymore das Telegramm auch wirklich direkt erhalten hatte. Aus diesem Grund machte ich einen Spaziergang in das nächste Dorf und suchte den Leiter des kleinen Postamtes auf.

„Das Telegramm an Barrymore? Moment mal, ich glaube, das hat mein Sohn James zugestellt!"

„Das habe ich an Mrs. Barrymore ausgehändigt. Ihr Mann war gerade auf dem Dachboden", erfuhr ich auf Befragen von James. „Nein, gesehen oder gehört habe ich ihn nicht", ergänzte er auf meine gezielte Nachfrage. Wenn Barrymores Frau nun auch gelogen hatte, wäre es durchaus möglich gewesen, daß ihr Mann doch zur fraglichen Zeit in London gewesen war! Obwohl er aus dem Kreis der Verdächtigen zunächst ausgeschieden war, richtete sich mein Interesse nun wieder verstärkt auf diesen Mann. Steckte er hinter allem? Und wenn ja – was bezweckte er? Was konnte er dabei gewinnen? Oder war er nur ein kleines Rädchen in einem Mechanismus, an dessen Schalthebeln ein anderer saß? Mit zahlreichen Fragen dieser Art war ich plötzlich konfrontiert. Immer mehr wurde mir auch bewußt, warum Holmes diesen Fall als einen seiner bisher schwierigsten bezeichnet hatte! In Gedanken und Fragen vertieft, begab ich mich auf den Rückweg. Nach ein paar hundert Metern wurde ich aus meinen Grübeleien aufgeschreckt. Ein Spaziergänger, der mir mit hastigen Schritten gefolgt war, redete mich mit Namen an.

„Verzeihen Sie, Dr. Watson, daß ich Sie so ungeniert anspreche!"

Ich hatte ihm schon verziehen. Zum einen war ich froh über jeden, den ich kennenlernte. Jeder konnte mich der Lösung unseres Falles näher bringen. Zum anderen verblüffte mich das Erscheinungsbild des Mannes: Er war ein kleiner, drahtiger, blasser Mann mittleren Alters, gekleidet in hellgrauen Flanell mit Bundhosen und Schnürstiefeln, wie man sie bei Bergwanderungen benutzt. Auf dem Kopf saß ein Pepita-Hut, auf dem Rücken trug er ein röhrenförmiges Utensil, in der gestikulierenden Hand ein Schmetterlingsnetz – offensichtlich ein Naturforscher.

„Stapleton, Mirrypit House!" stellte er sich – noch immer keuchend – bei mir vor. Die Frage, die mir auf der Zunge lag, vorwegnehmend, verwies er auf Dr. Mortimer, den er gerade besucht habe. Vom Fenster aus hatten mich beide in Richtung Baskerville Hall gehen sehen.

Im Verlauf des sich anschließenden Gespräches erkundigte sich Stapleton eingehend über Sir Henry. Ob er auf Dauer zu bleiben gedenke, ob er abergläubisch sei, welche Hobbys er wohl habe. Froh über die Abwechslung, gab ich bereitwillig Auskunft. Ebenso mitteilungsfreudig war mein Wegbegleiter, als das Gespräch auf die schaurige Familiensaga derer von Baskerville und auf das geheimnisumwitterte Monster aus dem Moor kam.

„Kaum einer, der Sir Charles näher kannte, bezweifelt, daß es zwischen seinem Tod und dem mysteriösen Hund einen Zusammenhang gibt! Bekanntlich hatte Sir Charles“, fuhr er aufgrund meines fragenden Blickes fort, „ein äußerst schwaches Herz. Nervlich war er kaum belastbar! Ich kann es mir nur so vorstellen, daß Sir Charles an jenem Abend in der Eibenallee irgendeinen fremden, großen Hund sah, der ihn erschreckte. Die für uns alle unfaßbaren Folgen kennen Sie ja!“

Vielleicht hatte er ja recht, mein Gesprächspartner. Aber darauf kam es mir nicht an. Mit Spekulationen und plausiblen Vermutungen konnte ich mich nicht zufriedengeben. Ich brauchte Beweise! Vor allem aber ging es mir darum, den oder die Urheber der gegen Sir Henry gerichteten Aktionen ausfindig zu machen, um ihn zu beschützen. Denn in London war er zweifelsfrei nicht von einem Hund verfolgt worden!

„Hat der Meisterdetektiv eine Theorie dazu?“ wollte Stapleton dann wissen. Auch in Devonshire hatte es sich offensichtlich schon herumgesprochen, daß zwischen Holmes und mir eine enge Beziehung bestand. „Soviel ich weiß, nein!“ entgegnete ich. „Das Thema dürfte meinen Freund auch kaum interessieren. Außerdem halte ich mich hier nicht aus kriminalistischen Gründen auf. Mit Sir Henry bin ich befreundet. Ich leiste mir nur einen Tapetenwechsel.“

Stapleton, im Gefühl, wohl etwas zu weit gegangen zu sein, entschuldigte sich für seine Neugier und gelobte Besserung. Kurz darauf – wir befanden uns gerade an einer Weggabelung – lud er mich zu einem Kurzbesuch in sein Haus ein „Meine Schwester würde sich sicher freuen, Dr. Watson!“

Da die Einladung auch meinem Auftrag entsprach,

möglichst viel über Sir Henrys Nachbarn zu erfahren, nahm ich an. Und so marschierten wir auf dem schmalen, gewundenen Weg entlang des Moores, das Stapleton, seinen ausführlichen Erzählungen zufolge, wie seine Westentasche kannte.

„Für mich als Naturforscher ist es das reinste Paradies! Eine Flora und Fauna findet man hier, die ihresgleichen sucht. Schmetterlinge und Grassorten existieren hier in erstaunlicher Fülle, man findet höchst seltene und ausgefallene Exemplare. Außerdem schützt sich die Natur hier weitgehend vor Störungen durch unsereins. Wer sich hier nicht ungeheuer gut auskennt, hat kaum eine Chance, aus dem Moor wieder lebend herauszukommen. Ein Fehltritt – und der Sumpf wird zum Grab! Schon des öfteren habe ich Ponys beobachtet, die in die Irre gegangen dann auf Nimmerwiedersehen im Sumpf verschwunden sind. Ihr Wiehern in Todesangst vergißt man sein Leben lang nicht mehr! Das aber, was Sie da hören, stammt nicht von einem Pony!"

Ein entsetzliches Stöhnen war gerade an unsere Ohren gedrungen und ließ mich erschaudern. Einer Sirene ähnlich, schwoll es an und ab und erstarb schließlich, einem letzten Röcheln gleich. Obwohl mir nicht so leicht Angst einzujagen war, bekam ich doch Herzbeklemmung. Außer ein paar harmlosen Raben war kein Lebewesen zu sehen.

„Was war das?"

„Wenn man den Moorbauern glaubt, war das der Hund von Baskerville", antwortete Stapleton so nüchtern, als hätte er mir gerade die Uhrzeit mitgeteilt. Auf Einwendungen von mir, ob es dafür nicht auch weniger märchenhafte Erklärungen gäbe, reagierte mein Begleiter mit Hinweisen auf Rohrdommeln und auf Moorlöcher, die gelegentlich gurgelnde Geräusche produzierten. Da Stapleton entweder nicht bereit oder nicht in der Lage war, mir das unheimliche Erlebnis durchschaubar zu machen, verzichtete ich auf weitere Nachfragen. Kurz danach wurde ich durch einen seltsamen Anblick abgelenkt. Entlang einer Hügelreihe befanden sich etwa zwanzig aus Steinen bestehende Ringe, von denen jeder einen Durchmesser von schätzungsweise fünf Metern hatte. „Das sind Häuser aus vorgeschichtlicher Zeit. Die Dächer fehlen zwar, aber sonst ist noch fast alles so, wie es vor Tausenden von Jahren war. Wie Sie sehen, haben hier früher mehr Menschen gewohnt!"

Seinen Kurzausflug in die Geschichte hatte Stapleton gerade beendet, als er einen unscheinbaren kleinen Falter sah und mit einem freudigen Ausruf hinter ihm herstürmte – direkt in den Sumpf hinein! Mit einer Geschicklichkeit, die ich ihm nicht zugetraut hätte, sprang er wieselflink und Haken schlagend von einem Grasbüschel zum anderen, als sei nichts leichter als das und keinerlei Gefahr dabei. Ich hatte mich gerade mit dem Gefühl vertraut gemacht, es hier mit einem recht seltsamen Kauz zu tun zu haben, als ich plötzlich Schritte aus der Richtung seines Hauses hörte, das nicht mehr weit entfernt sein konnte. Hinter einer durch einen kleinen Hügel erzwungenen Wegbiegung tauchte auf einmal eine Frau auf und kam mit schnellen Schritten auf mich zu. Dabei konnte es sich nur um Stapletons Schwester handeln, die Mortimer in seinen Erzählungen kurz erwähnt hatte. In der Tat war sie so schön, wie er sie geschildert hatte: groß und schlank, in einen eleganten Lodenmantel gehüllt, mit langen dunklen Haaren und Gesichtszügen, die Intelligenz wie Weiblichkeit gleichermaßen ausstrahlten. Nur eins irritierte mich: Ähnlichkeit mit ihrem Bruder war beim besten Willen nicht festzustellen! Kaum hatte ich diesen Gedanken wieder verscheucht, um sie anzusprechen, als sie mich bereits mit einer eindringlichen Warnung konfrontierte: „Fahren Sie zurück nach London! Mit dem nächsten Zug! Und kommen Sie nicht zurück!"

Verwirrt wollte ich Einwände erheben, als sie schon fortfuhr: „Sie sind in großer Gefahr! Aber verlangen Sie keine Erklärung von mir. Bitte! Tun Sie, was ich Ihnen rate! Doch still jetzt, mein Bruder kommt, kein Wort mehr davon ... Ja, im Moor gibt es eine ganze Reihe wilder Orchideen. Aber bedenken Sie, daß davon im Herbst ..."

Stapleton, der keuchend und ohne Schmetterling zurückgekehrt war und seine Schwester eher unterkühlt begrüßt hatte, äußerte die Vermutung, daß er uns wohl nicht mehr gegenseitig vorstellen müsse.

„Stimmt, Jack. Ich habe Sir Henry gerade ..."

„Sir Henry? Du irrst, Schwesterherz!" fuhr ihr Bruder dazwischen.

„Am besten kläre ich das Mißverständnis auf", unterbrach ich ihn. „Mein Name ist Watson, Dr. Watson genauer gesagt. Ich bin ein Freund von Sir Henry." Obwohl sie sich gut beherrschen konnte, bemerkte ich doch den Ärger, der in Miss Stapleton hochgestiegen war. „Das Mißverständnis tut mir leid. Für einen Besucher auf Zeit haben meine Bemerkungen zu den Orchideen natürlich einen anderen, geringeren Stellenwert, Dr. Watson. Ich vermute, mein Bruder hat Sie bereits eingeladen ..."

Merrypit House, das wir kurz danach erreichten, war ein alter, schmuckloser Bau, dessen Inneres allerdings modernisiert und geschmackvoll eingerichtet worden war. Aber was hatte Stapleton, was hatte vor allem seine junge Schwester veranlaßt, in einer solch gottverlassenen Gegend Wurzeln zu schlagen? Ich war nicht imstande, dafür eine passende Erklärung zu finden!

„Ihnen mag das merkwürdig erscheinen", sprach mich Stapleton an, als hätte er meine Gedanken erraten. „Aber wir fühlen uns wohl hier und vermissen kaum etwas. Wir haben eine große Bibliothek, von der wir ständig Gebrauch machen. Bei mir kommen noch die naturwissenschaftlichen Studien dazu. Meine Schmetterlingssammlung dürfte in ganz England einmalig sein. Nicht zuletzt haben wir reizende Nachbarn, mit denen wir uns prächtig verstehen. Langeweile kommt bei uns nie auf. Zu Sir Charles hatten wir eine gute Beziehung. Wär' schön, wenn sich der Kontakt auch zu Sir Henry so gut entwickeln würde. Ich würde mich ihm gerne heute nachmittag vorstellen. Ob er wohl Zeit für mich hat?"

„Da bin ich ganz sicher! Wie ich ihn kenne, freut er sich über jede neue Bekanntschaft!"

Da der Zweck meiner Anwesenheit hier aber in erster Linie darin bestand, auf Sir Henry aufzupassen, wurde ich zunehmend unruhig und wollte nach Baskerville Hall zurück. Daher schlug ich die Einladung zum Essen aus und machte mich bald darauf wieder auf den Weg.

Grübelnd und ziemlich zerstreut marschierte ich den Weg zurück, auf dem ich gekommen war. Einer Klärung des Falles war ich keinen Millimeter näher gekommen. Im Gegenteil: Alles wurde zunehmend mysteriöser, verworrener, undurchschaubarer und bedrohlicher! Da war einmal das Moor, das ich nicht mehr mit der Unbefangenheit erleben konnte, mit der man sonst Landschaften betrachtet. Hinter seiner landschaftlichen Einmaligkeit verbarg sich ja auch ein mörderischer Appetit auf Ponys, und irgendwo mittendrin lebte eine nicht minder mörderische Bestie – ob Hund oder nicht war zweitrangig! Als Hirngespinst konnte ich es jedenfalls nicht mehr abtun. Und da war Miss Stapletons Warnung, die so eindringlich geklungen hatte und zweifellos Ausdruck ernster Sorge um Sir Henry gewesen war. Als ich meinen Blick hob, sah ich sie zu meiner Überraschung erneut vor mir. Sie saß am Wegesrand und rang noch nach Atem. Sie mußte eine mir unbekannte Abkürzung genommen haben.

„Ich muß mich beeilen, Dr. Watson, damit mein Bruder nichts merkt! Die Verwechslung mit Sir Henry tut mir leid. Vergessen Sie bitte, was ich gesagt habe! Es war nicht ernst zu nehmen!"

Und schon war sie wieder weg – die schöne, widersprüchliche Frau, die mir so viele Rätsel aufgab. Was ein paar Stunden zuvor noch eine hochdramatische Warnung gewesen war, war nun zur Weiberlaune heruntergespielt worden. Und warum eigentlich durfte ihr Bruder von alledem nichts wissen? Mit diesen Fragen beschäftigte ich mich auf dem Heimweg nach Baskerville Hall noch lange …

Am späten Nachmittag kam Stapleton, um Sir Henry seine Aufwartung zu machen. Ihr Kamingespräch drehte sich zunächst um ihre jeweilige Vergangenheit. Auf diese Weise erfuhr ich unter anderem, daß unser Nachbar lange Zeit Biologielehrer an einem schottischen Gymnasium gewesen war. Ausführlich ging Stapleton auch auf seine Beziehung zu Sir Charles ein. Man konnte nicht gerade behaupten, daß sich zwischen den beiden so unterschiedlich veranlagten Männern eine Freundschaft anbahnte, aber es war doch ein reges, von gegenseitigem Interesse und Respekt getragenes Gespräch.

Bereits am nächsten Morgen unternahmen wir unsere erste Moorexkursion zu dritt. Stapleton zeigte uns unter anderem jene Stelle, wo Hugo Baskerville der Sage nach sein schauriges Ende gefunden hatte. Die Örtlichkeit entsprach auf verblüffende Weise der Beschreibung, die uns Dr. Mortimer vorgelesen hatte, und bescherte selbst mir eine Gänsehaut. Auch bei Sir Henry, ebensowenig abergläubisch wie ich, schien die düstere Gegend Beklemmungen auszulösen. Mehrfach erkundigte er sich bei Stapleton, wie denn er als Naturwissenschaftler die Sache sehe, ob es natürliche Erklärungen für die übernatürlich erscheinenden Vorgänge gäbe. Die Antworten fielen eher ausweichend aus. Wir wurden nicht so recht schlau aus ihm. Möglicherweise übte Stapleton Zurückhaltung, um Sir Henry nicht noch mehr zu belasten!

Auf dem Rückweg legten wir in Merrypit House eine Imbißpause ein. Dort lernte Sir Henry Miss Stapleton kennen. Es war, um es etwas dramatisch auszudrücken, als habe der Blitz bei ihm eingeschlagen. Vom ersten, ganz wörtlich zu nehmenden Augenblick an hatte er sich verliebt! In ihrer Nähe wirkte er wie verwandelt. Nichts mehr blieb dann übrig von seiner eher rauhen Schale, die er sich in den USA zugelegt hatte. Sein Blick wirkte nur noch neugierig und verträumt, seine Stimme sanft und voll verhaltener Leidenschaft, Mimik und Gestik weniger selbstbewußt. Obwohl ich mich taktvollerweise im Hintergrund hielt, hatte ich doch den Eindruck, daß Miss Stapleton die Sympathie erwiderte, wenn auch in äußerst zurückhaltender Form. Stapleton, von dem man hätte annehmen können, daß ihm eine Verbindung seiner Schwester mit Sir Henry angenehm sein müßte, reagierte völlig anders als erwartet.

Mehrfach beobachtete ich ihn, wie sich sein Gesicht vor Ärger verfärbte, wenn er die beiden bei vertraulicheren Gesprächen beobachtete. Dennoch hatte er sich weitgehend unter Kontrolle. Nur gelegentlich, wenn Sir Henry nicht in unmittelbarer Nähe war, zischte er seiner Schwester irgendeine giftige Bemerkung zu.

Er sollte noch mehr Anlaß zur Verärgerung bekommen, denn – um zeitlich vorzugreifen – in jenen Wochen sahen wir das Geschwisterpaar fast täglich! Für mich war das manchmal eine schon fast delikate Angelegenheit. Einerseits fühlte ich mich oft als das „fünfte Rad am Wagen“, andererseits aber hatte ich Holmes versprochen, nur in Ausnahmefällen von der Seite Sir Henrys zu weichen!

Während mir das Verhalten Stapletons noch längere Zeit Rätsel aufgab, lüftete sich der mysteriöse Schleier, der Barrymore und seine Frau umgab, bereits nach wenigen Tagen. Am Abend, nachdem ich den Leiter des Postamtes auf das Telegramm an den Butler angesprochen hatte, berichtete ich Sir Henry, daß es keineswegs sicher sei, daß sich Barrymore zum Zeitpunkt der Telegrammübergabe in Baskerville Hall aufgehalten habe. Ohne lange zu überlegen, ließ der Baronet daraufhin Barrymore kommen. Befragt, ob er das Telegramm vom Postboten selbst in Empfang genommen habe, antwortete der Butler zunächst mit „ja“, korrigierte sich aber nach einer kurzen Überlegungspause.

„Nein, Sir, ich befand mich gerade auf dem Dachboden. Meine Frau hat es mir aber gleich zum Lesen raufgebracht."

Beunruhigt über die Befragung, sprach Barrymore den Baronet später noch einmal auf das Telegramm an. Sir Henry, der sich schwertat, das Motiv seiner Neugierde zu offenbaren, versicherte ihm hoch und heilig, daß er keinen Anlaß für irgendwie geartetes Mißtrauen habe. Um dies zu bekräftigen, schenkte er Barrymore einen Großteil seiner Garderobe. Mit neuer Kleidung inzwischen ausreichend versorgt, konnte er leicht darauf verzichten.

Für uns war Barrymore damit aus dem Kreis der Verdächtigen weitgehend ausgeschieden. Für seine Frau galt dies freilich nicht. Ich konnte einfach nicht vergessen, daß sie es gewesen war, die in jener Nacht, ohne daß es für uns dafür eine plausible Erklärung gab, so hemmungslos geweint hatte. Um einen einmaligen Kummer konnte es sich dabei nicht gehandelt haben! Zu oft sah ich sie auch danach noch mit rotgeränderten Augen und Tränenspuren im Gesicht. Möglich, daß sie Probleme mit ihrem Mann hatte ...

Schneller als erwartet erfuhren wir des Rätsels Lösung. Mein leichter Schlaf hatte daran den größten Anteil. Eines Nachts hörte ich verdächtige Schritte auf dem Flur vor meiner Tür. Ein vorsichtiger Blick aus der Tür – und ich erkannte Barrymore, der da barfüßig und verstohlen den Gang entlangschlich. Als er etwa zwanzig Meter Vorsprung hatte, folgte ich ihm. Erst vor einem Eckzimmer des Nebenbaus hielt er an und ging hinein. Nachdem ich die Tür erreicht hatte, warf ich vorsichtig einen Blick hinein, und meine Verblüffung hätte kaum größer sein können: Barrymore stand mit einer Kerze vor dem Fenster und starrte ins Dunkle, aufs Moor hinaus. Er verharrte da regungslos ein paar Minuten, löschte dann die Kerze und ging seinen Weg zurück. Ich hatte mich in einer Türnische versteckt und folgte ihm erneut. Später, ich war längst wieder im Bett, hörte ich noch, wie irgendwo eine Tür aufgeschlossen wurde.

Noch vor dem Frühstück am nächsten Morgen suchte ich das Eckzimmer auf – in der Hoffnung, vielleicht etwas zu entdecken, was ich in der Dunkelheit übersehen hatte. Im Raum selbst fand ich nichts, was mir Aufschlüsse irgendeiner Art gegeben hätte. Allerdings stellte ich fest, daß es das einzige Zimmer im Haus war, aus dem man das ganze Moor überblicken konnte. Welchen Faden man auch immer in diesem vertrackten Fall aufnahm – er führte ins Moor! Aber vielleicht gab es auch eine ganz harmlose Erklärung für Barrymores Verhalten?! War es nicht möglich, daß da draußen zu nächtlicher Stunde ein Mädchen auf ihn wartete, daß er seine Frau betrog? Immerhin sah er gut aus! Damit ließen sich auch die Tränen seiner Frau erklären! Beim Frühstück berichtete ich Sir Henry von meinen Beobachtungen und Überlegungen. Barrymores nächtliche Wanderungen waren auch ihm schon aufgefallen. So beschlossen wir, den Abend gemeinsam auf meinem Zimmer zu verbringen und ihm dann zu zweit zu folgen. Nach dem Frühstück schlüpfte Sir Henry in seinen Mantel und wollte ausgehen. Von Holmes mit dem strikten Auftrag versehen, den Baronet nie allein zu lassen, nahm auch ich meinen Mantel und wollte ihn begleiten. Doch Sir Henry sah mich mit einem hintergründigen Lächeln an. „Ich weiß es zu schätzen, mein lieber Watson, daß Sie so um mich besorgt sind, aber heute muß ich allein ausgehen!“ Sprach's und verschwand.

Hin- und hergerissen zwischen der Pflicht zu beschützen und dem Respekt vor dem Privatleben des Baronet, entschloß ich mich schließlich doch, ihm zu folgen. Sir Henry hatte bereits einen riesigen Vorsprung und war bald meinen Blicken entschwunden. In der Nähe der Weggabelung erkletterte ich daher einen Hügel – und traute meinen Augen kaum: Etwa eine Meile entfernt, auf dem schmalen Weg, der mitten durchs Moor führt, spazierten der Baronet und Miss Stapleton, den Handbewegungen nach zu urteilen heftig debattierend. Mehrfach sah ich, wie Sir Henry seinen Kopf schüttelte. Und noch etwas sah ich im Gegensatz zu dem Pärchen im Moor, das sich allein wähnte: Stapleton, der quer über den Sumpf geradewegs auf beide zusteuerte. Sir Henry hatte seine Begleiterin gerade in die Arme genommen, als Stapleton hinter ihnen auftauchte, woraufhin sich beide blitzschnell wieder trennten. Aus der Entfernung hatte ich den Eindruck, daß der Baronet von Stapleton aufs heftigste beschimpft wurde und sich offenbar kaum wehrte gegen dessen Attacken. Kurz darauf entfernten sich Stapleton und seine Schwester in Richtung Merrypit House, während der Baronet noch eine Weile wie ein begossener Pudel verharrte, um dann langsam in Richtung Hügel zu gehen. An dessen Fuß erwartete ich ihn bereits. Natürlich machte er mir Vorwürfe, weil ich ihm gegen seinen ausdrücklichen Wunsch gefolgt war, lenkte aber bald ein, nachdem ich ihm meine Gewissensqualen geschildert hatte.

„Einer von uns beiden, Stapleton oder ich, muß verrückt sein!" meinte er resigniert. „Was hat der Kerl bloß? Ich liebe seine Schwester, möchte sie heiraten und könnte ihr alles bieten. Als Bruder müßte ihn das doch freuen. Aber was macht er? Wenn wir uns nur anschauen, geht er schon in die Luft! In wüstester Form hat er mich beschimpft – als ob ich der entflohene Sträfling wäre, den sie hier überall suchen! Und aus seiner Schwester werde ich erst recht nicht schlau. Mal schaut sie mich an, als hätte sie sich unsterblich in mich verliebt. Dann beschwört sie mich wieder, die Gegend zu verlassen. Erst so sei sie glücklich. Das mag begreifen, wer kann, ich schaff's nicht!"

Mir ging es ähnlich. Daß Stapleton am Nachmittag in Baskerville Hall auftauchte, erschien uns beiden als der Gipfel der Provokation. Indes, Sir Henry beruhigte sich schnell. Als Zweck des Besuchs unseres Nachbarn erwies sich nämlich, daß er sich für sein Verhalten am Vormittag förmlich entschuldigen wollte. Wie ich vom Baronet erfuhr, führte er als Begründung vor allem seine innige Beziehung zu seiner Schwester an. Ein Leben ohne sie könne er sich, da ohne Frau, überhaupt nicht vorstellen. Erst im Moor sei ihm der drohende Verlust schlagartig bewußt geworden. Und daraufhin habe er so heftig reagiert. Aber ihm sei nun auch klar, daß er, wenn er sich nicht dem Vorwurf aussetzen wolle, nur seine eigenen Interessen zu verfolgen, seiner Schwester keine Steine in den Lebensweg legen dürfe. Wenn sie schon wegziehe, dann am besten in die Nachbarschaft!

Wie das zu interpretieren war, verstand Sir Henry sehr wohl. Um so leichter fiel ihm daher die Zusage, seiner Angebeteten drei Monate lang nicht den Hof zu machen. Stapleton hatte sich diese Frist ausbedungen, um den Schicksalsschlag in Ruhe verarbeiten zu können. Als Versöhnungsgeste lud er uns für den folgenden Freitag zum Essen ein.

Die Lösung des Stapleton umgebenden Rätsels hatte uns motiviert, endlich auch dem Fall Barrymore auf den Grund zu gehen. Am gleichen Abend noch wollten wir die Erklärung für das seltsame Verhalten des Butlers finden. Bis drei Uhr morgens saß ich mit Sir Henry in meinem Zimmer. Es war ein vergebliches Unterfangen und ein ungemütliches dazu! Wir schliefen schließlich in unseren Sesseln ein. Keineswegs entmutigt wiederholten wir aber das Warten gleich am nächsten Abend. Schweigend und nur mit unseren Pfeifen beschäftigt, zählten wir die Minuten und Stunden. Und dann endlich war es soweit! Kurz nach zwei Uhr morgens hörten wir leise Schritte auf dem Gang. Barrymore war wieder auf dem Weg zum Eckzimmer des Nebengebäudes! Um jedes Geräusch zu vermeiden, schlichen wir ihm erst etwas später langsam hinterher. Gemeinsam warfen wir schließlich einen vorsichtigen Blick in das Zimmer. Wie schon zwei Tage zuvor, stand Barrymore mit einer Kerze in der Hand am Fenster. Der Baronet, kein Freund von umständlichen Verfahrensweisen, betrat das Zimmer.

„Können Sie uns verraten, was Sie hier treiben, Barrymore?“

„Nichts, wie Sie sehen, Sir!“ stammelte der Butler, der sich umgedreht hatte und nun wie ein zitterndes, in die Falle gegangenes Tier vor uns stand. „Das Fenster – ich wollte überprüfen, ob es auch gut geschlossen ist.“

„Sie nehmen doch wohl nicht an, daß ich Ihnen das glaube“, konterte Sir Henry ungewöhnlich kühl.

„Also, ich habe die Kerze da ans Fenster gehalten. Sonst nichts!“

„Ich empfinde es fast als Beleidigung, mir eine solch dummdreiste Geschichte aufzutischen!“ schnaubte der Baronet.

Mir kam plötzlich eine Idee. Ohne zu fragen, nahm ich Barrymore die Kerze aus der Hand und stellte mich ans Fenster. „Daß ich noch nicht früher drauf gekommen bin … Zweifellos dient die Kerze als Lichtsignal! Bin gespannt, ob ich eine Antwort darauf erhalte!“

Schon kurz danach wurde meine Vermutung bestätigt: Weit entfernt, irgendwo im Moor leuchtete plötzlich ein kleines Licht auf, das – wenn man genauer hinsah – hin und her geschwenkt wurde.

„Was wird hier gespielt, Barrymore?“ knurrte der Baronet, der Mühe hatte, sich zu beherrschen.

„Glauben Sie mir, Sir: Nichts, was Sie betrifft! Mehr kann ich nicht sagen!“

„Und ich kann Ihnen sagen, daß ich ab sofort auf Ihre Dienste verzichte!“

„Tun Sie's nicht, Sir Henry! Ich bin an allem schuld!“ Der verzweifelte Ausruf stammte von Barrymores Frau, die im Nachthemd und mit aufgelöstem Haar in der Tür stand und ein Bild des Jammers bot. „Mein Mann hat mir nur einen Gefallen getan. Es geht um meinen Bruder. Er ist es, der sich da im Moor versteckt hat. Der entflohene Sträfling! Ich kann ihn doch nicht verhungern lassen. Mit der Kerze verständigen wir ihn, wenn wir Nahrungsmittel für ihn haben. Sein Licht zeigt uns den Platz, wo wir sie hinbringen sollen!“

Unsere Verblüffung hätte kaum größer sein können. Der Bruder dieser bescheidenen und rechtschaffenen Frau ein Mörder?! Kaum zu glauben, aber wahr! Der Lebenslauf des mißratenen Bruders, den uns Barrymores Frau dann in kurzen Sätzen schilderte, war ein geradezu klassisches Beispiel einer sogenannten kriminellen „Karriere“. Angefangen hatte alles damit, daß ihr Bruder in seiner Kindheit „nach Strich und Faden“ verwöhnt worden war. Als seine Wünsche größer wurden, folgten kleine Diebstähle und Gaunereien. Schlechter Umgang kam dazu. Und auf einmal war aus dem blondgelockten Lieblingskind ein Schwerverbrecher geworden, der selbst vor einem Mord nicht zurückschreckte!

„Ich kann Ihr Verhalten nicht billigen“, erklärte der Baronet schließlich, an die Barrymores gewandt, „obgleich ich Ihre Beweggründe nachvollziehen kann und für menschlich verständlich halte. Von mir aus können Sie auch weiterhin bei mir arbeiten. Lassen Sie uns jetzt bitte allein!“

Nachdem die Barrymores sich mit dankbaren Worten verabschiedet hatten, blieben wir noch ein paar Minuten und beratschlagten unser weiteres Vorgehen. Sehr schnell waren wir uns dahingehend einig, daß es am besten sei, die Gelegenheit beim Schopf zu greifen. Das hieß: Seldon festzunehmen, der weniger für uns als für die Nachbarn eine unkalkulierbare Gefahr darstellte. Bereits fünf Minuten später befanden wir uns, in dicke Mäntel gehüllt und bewaffnet, auf dem Weg ins Moor. Etwa eine halbe Meile waren wir, nur von leichtem Wind und Nieselregen behelligt, durch die Nacht gegangen, als ein entsetzliches, anschwellendes Stöhnen an unsere Ohren drang, in ein markerschütterndes Jaulen überging und sodann in einem Röcheln erstarb! Kein Zweifel, daß es sich dabei um das gleiche Geräusch handelte, das ich in Stapletons Gegenwart bereits einmal gehört hatte. Selbst in der Dunkelheit, die vom Mondlicht nur spärlich gemildert wurde, konnte ich erkennen, daß Sir Henry leichenblaß geworden war. Er, dem abergläubische Verhaltensweisen völlig fremd waren, den ich als nüchternen Realisten kennengelernt hatte, schien zutiefst verängstigt und verunsichert. War vielleicht doch etwas dran an der zunächst so unwirklich klingenden Familiensaga? Hatte sich das Schicksal auch gegen ihn verschworen? Machte die Bestie bereits Jagd auf ihn? Diese Fragen beschäftigten ihn, wie er mir flüsternd mitteilte!

Und doch siegte schließlich seine Kämpfernatur über alle Zweifel und Ängste.

„Bringen wir es hinter uns, Watson! Und wenn der Teufel höchstpersönlich sich die Ehre gibt!"

Als das Licht, dem wir entgegenstrebten, schließlich in greifbare Nähe gerückt war, stellten wir fest, daß es nichts weiter war als eine einfache Kerze, die abgeschirmt zwischen drei Felsbrocken und einer zerbrochenen Glasscherbe stand. So konnte ihr der Wind nichts anhaben, und zugleich war dadurch gewährleistet, daß sie nur von Baskerville Hall aus gesehen werden konnte, anderen Blicken dagegen entzogen war. Nach Seldon spähten wir vergebens. Dennoch: Er mußte in der Nähe sein! So warteten wir, von einigen Büschen in alle Richtungen gut abgeschirmt. Unsere Geduld wurde schnell belohnt. Schon einige Minuten später nahmen wir einen schwachen Schatten wahr, der sich der Kerze näherte. Dann sahen wir, wenn auch nur für einen kurzen Augenblick, sein von der Kerze beleuchtetes, blasses und bärtiges Gesicht, das von bösartig funkelnden Augen geprägt war. Seldon mußte Verdacht geschöpft, Gefahr gewittert haben. Womit er ja auch recht hatte! Wir durften jedenfalls keine Zeit verlieren. Ich sprang daher auf und wollte mich, gefolgt vom Baronet, auf den Verbrecher stürzen. Seldon, der nur einen Sekundenbruchteil wie gelähmt wirkte, richtete sich aber auf und jagte in der Gegenrichtung davon. Ihm zu folgen war völlig aussichtslos, wie wir schon nach wenigen Metern merkten. Eine Weile beobachteten wir ihn noch, wie er sich immer weiter entfernte, immer kleiner wurde und schließlich hinter einem Hügel verschwand.

Uns blieb daher nichts anderes übrig, als die Jagd abzubrechen und umzukehren, um uns in Baskerville Hall endlich den wohlverdienten Schlaf zu holen. Den Rückweg hatten wir gerade angetreten, als ich eine Entdekkung machte, die in mir einen tiefen Eindruck hinterließ. Über einem Hügel, der unseren Weg säumte, stand, durch Wolken nicht verschleiert, der Mond. Genaugenommen sah ich nur einen Teil davon. Denn ein Mann stand direkt vor ihm – mit Konturen, die einem Scherenschnitt glichen: groß und schlank, mit leicht gespreizten Beinen, den Kopf von einer Hand gestützt. Der Unbekannte hatte das Geschehen im Moor unter ihm offenbar genauestens beobachtet. Aber als ich Sir Henry auf ihn aufmerksam machen wollte, war die Silhouette plötzlich wie vom Erdboden verschluckt!

Nach dem Frühstück am nächsten Morgen bat Barrymore den Baronet um ein kurzes Gespräch, zu dem ich nach ein paar Minuten hinzugezogen wurde. In verhaltener, dennoch anklagend klingender Form warf uns der Butler vor, seinen Schwager verfolgt und damit sein, Barrymores, Vertrauen mißbraucht zu haben. Auf unseren Einwand, es sei nicht nur unsere staatsbürgerliche Pflicht, den Mann wieder hinter Schloß und Riegel zu bringen, sondern auch aus Sicherheitsgründen im Interesse aller Nachbarn eine Notwendigkeit, entgegnete Barrymore, daß Seldon keine Gefahr mehr darstelle. Überfälle oder Diebstähle seien völlig ausgeschlossen. Seldon würde kein Risiko mehr eingehen, da er in einigen Tagen das Land per Schiff verlassen wolle! Obwohl der Baronet ursprünglich geplant hatte, die Polizei über den Aufenthaltsort des Verbrechers zu informieren, und obwohl er sich durch Unterlassung zum Komplizen des Mörders machen würde, wie er sich ausdrückte, gab er dem Butler schließlich aus menschlichen Überlegungen heraus die Zusage, nichts mehr gegen Seldon zu unternehmen. Und ohne es zu ahnen, brachte er damit die Lösung des Falles indirekt ein ganzes Stück weiter. Denn Barrymore, der sich überaus dankbar zeigte,

‚erinnerte‘ sich plötzlich an einige neue Aspekte im Zusammenhang mit dem Tod von Sir Charles!

„Ich hätte es Ihnen schon früher sagen sollen, Sir“, begann er seine Ausführungen, „aber in den letzten Tagen ist soviel passiert, daß ich einfach nicht daran gedacht habe. Es geht um den Tod Ihres Onkels!“

Als habe uns gerade eine Tarantel gestochen, fuhren wir aus unseren Sitzen auf: „Wissen Sie, wer oder was seinen Tod verursachte?!“

„Nein, aber ich weiß einiges darüber, was vor seinem Tod passierte! An der Pforte zum Moor hatte er sich mit einer Frau verabredet. Ihren Namen kenne ich zwar nicht, aber immerhin dessen Anfangsbuchstaben: L. L. Am Morgen seines Todestages bekam Sir Charles einen von einer Frau adressierten Brief, der in der Nähe aufgegeben worden war. Daß das möglicherweise von Bedeutung war, fiel uns erst Tage nach seinem Tod auf, als meine Frau sein Arbeitszimmer aufräumte und hinter dem Kaminrost die Reste eines Briefes fand. Zu lesen war nur noch ein letzter Absatz:

Erwarte ich von einem Gentleman zuviel, wenn ich Sie bitte, diesen Brief zu verbrennen? Ich bin um zehn Uhr an der Pforte. L. L.

„Können Sie mit den beiden Buchstaben etwas anfangen? Bekam Sir Charles öfter Post von dieser Dame?“

„Nein, Sir, diese Buchstaben sagen mir überhaupt nichts. Und um seine Post habe ich mich nie gekümmert; derlei Indiskretionen sind mir fremd! Der Brief am Todestag fiel mir nur deshalb auf, weil es an diesem Tag der einzige war.“

„Danke, Barrymore“, beendete der Baronet das Gespräch, „wir brauchen Sie im Augenblick nicht mehr!“

Ich kannte Sir Henry gut genug, um zu merken, daß er nur mühsam die Form wahrte. Zu verärgert war er über den Umstand, erst jetzt von Barrymore über diesen Punkt aufgeklärt worden zu sein! Aber natürlich sprachen auch entlastende Umstände für den Butler. Da war zum einen die Aufregung mit seinem Schwager; auch war nicht zu leugnen, daß Sir Charles durch nichts mehr hätte wieder lebendig gemacht werden können; und schließlich galt es auch, den Ruf des Toten nicht durch eine Affäre mit einer Frau zu beflecken! Indes, in weiblichen Händen lag der Schlüssel der ganzen Angelegenheit! Wenn wir herausfinden würden, wer sich hinter „L. L." verbarg, war das Rätsel wohl gelöst. Schade, daß Holmes nicht da war ...

So setzte ich mich, wie schon mehrere Male zuvor, an meinen Schreibtisch und verfaßte einen Bericht für meinen Freund.

Da das Wetter schlecht war, verbrachte ich den nächsten Tag zunächst mit Lesen. Es regnete unaufhörlich, und eine Gänsehaut lief mir bei dem Gedanken über den Rücken, daß draußen im Moor zwei Männer – Seldon und der Unbekannte – ungeschützt dem pausenlos vom Himmel strömenden Wasser ausgeliefert waren. Immer mehr kreisten meine Gedanken um den geheimnisvollen Unbekannten. Welche Rolle spielte er in dem ganzen Geschehen? Ich nahm mir vor, es herauszubekommen! Und so zog ich mir am späten Nachmittag meinen Regenmantel über und machte mich auf die Suche. Jagdeifer beflügelte meine Schritte trotz des Unwetters. Auf einmal machte mir der Regen, der mir ins Gesicht peitschte, nichts mehr aus. Nach einer halben Stunde hatte ich schließlich den Hügel erreicht, auf dem der Unbekannte am Abend zuvor gestanden hatte. Um mich herum und unter mir lag nichts als triste, unwirtliche Moorlandschaft. Nirgendwo auch nur die Spur eines Menschen! Enttäuscht, nicht nur des Wetters wegen, machte ich mich wieder auf den Heimweg. Auf halber Strecke mußte ich einem Wagen ausweichen. Es war Mortimer, der einen Klienten besucht hatte und mich nach Baskerville Hall mitnahm. Auch er befand sich in trüber Stimmung, da sein Hund verschwunden war. Wie so häufig hatte er im Moor herumgetollt, nur war er diesmal nicht mehr zurückgekommen.

Kein anderer als Mortimer, der das ärztliche Monopol in diesem Teil Devonshires hatte und daher jeden kannte, war besser geeignet, die Identität der Dame „L. L." aufzuklären. Und doch dauerte es eine Weile, bis er mir nach langem Nachdenken auf meine diesbezügliche Frage antwortete.

„Das kann, wenn überhaupt, nur Laura Lyon sein, die in Coombe Tracey wohnt! Den alten Frankland kennen Sie vielleicht schon? Wenn nicht, haben Sie nichts versäumt. Er ist ein unerträglicher Quertreiber und Gerechtigkeitsfanatiker. Sie ist seine Tochter. Aber auch mit ihr hat er Streit, weil sie gegen seinen Willen einen verkommenen Künstler geheiratet hat. Sir Charles und Stapleton haben ihr gelegentlich finanziell etwas unter die Arme gegriffen!"

Wenn Mortimer gewußt hätte, wie er mir mit dieser Auskunft geholfen hatte. Gleich morgen, nahm ich mir vor, wollte ich der Dame ein paar Fragen stellen.

Am folgenden Abendessen nahm auch Mortimer teil, der sich danach mit Sir Henry zum Schach in die Bibliothek zurückzog. Für Holmes hatte ich mir einen weiteren Bericht vorgenommen und ließ mir daher von Barrymore noch eine kleine Kanne Kaffee kommen.

„Erzählen Sie mal, Barrymore, ist Ihr Schwager schon auf dem Atlantik, oder treibt er sich noch im Moor herum?"

„Kann ich Ihnen nicht sagen, Sir. Vor drei Tagen haben wir ihm das letzte Mal Essen gebracht. Seither hatten wir keinen Kontakt mehr. Als ich nachschaute, war das Essen weg. Aber das kann auch der andere Mann genommen haben."

Der andere Mann! Also war ich nicht der einzige, der von seiner Existenz wußte ...

„Ich habe ihn nicht gesehen", fuhr der Butler auf meine Frage fort, „Seldon erzählte mit nur von ihm. Wenn ich ehrlich bin, so hab' ich Angst um Sir Henry!

An Seldon ist der Unbekannte überhaupt nicht interessiert. Was der Unbekannte aus dem Moor da ausbrütet, kann sich nur gegen den Baronet richten!"

Davon war auch ich überzeugt! Nur über einen Punkt mußte ich mir noch Klarheit verschaffen: „Von irgendwas außer Luft muß der Mann doch leben! Wissen Sie Näheres darüber?"

„Seldon hat mehrfach einen Jungen beobachtet, der ihm Nahrungsmittel brachte. Wahrscheinlich aus Coombe Tracey."

Coombe Tracey! Auch Laura Lyon wohnte dort. Wo der wahrscheinlich überaus gefährliche Unbekannte hauste, war auch klar. Eine der prähistorischen Hütten im Moor bot ihm wohl Unterschlupf. Mein Programm für den nächsten Tag stand also fest.

Beim Frühstück informierte ich Sir Henry über meine Absicht, Laura Lyon kennenzulernen, und machte mich dann auf den Weg. In dem kleinen Ort, in dem jeder jeden kannte, hatte ich die Adresse der freiberuflichen Schreibkraft sofort herausbekommen. Immerhin konnte sich Laura Lyon ein Dienstmädchen leisten, denn ein solches öffnete mir die Tür und führte mich in ein Zimmer, in dem Laura Lyon hinter einer Schreibmaschine saß.

Nach der freundlichen Begrüßung und nachdem sie bemerkt hatte, daß es sich bei ihrem Besucher nicht um einen neuen Auftraggeber, sondern um jemanden handelte, der eine Auskunft wollte, wurde ihr Ton zunehmend kühler, und als ich ihren Vater erwähnte, bekam ihr Verhalten eine eisige Note.

„Ich hatte schon Besucher mit besseren Empfehlungen, und im übrigen habe ich den Eindruck, daß Ihr Besuch gleich wieder zu Ende ist, Mr. Watson!"

Hinter der hübschen Larve mit den großen, mahagonibraunen Augen und dem schönen Mund, der in einem Gesicht lag, das von langen Haaren mit brünettem Schimmer eingerahmt wurde, verbarg sich, so schien es, ein Frauenzimmer mit groben Gewohnheiten.

„Das würde ich bedauern", warf ich tapfer ein, „denn mein Besuch steht im Zusammenhang mit dem Tod von Sir Charles. Wie ich weiß, korrespondierten Sie mit ihm."

„Gelegentlich. Aber ich wüßte nicht, was Sie das angeht!"

„Nun, Sie müssen mir in der Tat nicht antworten, es sei denn, ein polizeiliches Verhör ist Ihnen lieber!"

„Dazu dürfte es keinen Anlaß geben!"

„Da bin ich allerdings ganz anderer Ansicht. Haben Sie Sir Charles am Tag vor seinem Tod einen Brief geschrieben?"

Das ‚Nein', das folgte, war kaum zu vernehmen. Dafür konnte ich ihrem Gesicht, das fahl geworden war, um so mehr entnehmen.

„Vielleicht kommt Ihnen folgendes Zitat bekannt vor:

Erwarte ich von einem Gentleman zuviel, wenn ich Sie bitte, diesen Brief zu verbrennen? Ich bin um zehn Uhr an der Pforte. L. L."

„Ein feiner Gentleman!" fauchte sie verächtlich.

„Sie irren sich! Sir Charles hat den Brief verbrannt. Daß ein kleiner Rest davon noch lesbar war, beruht auf einem Zufall. Aber Sie werden sicher verstehen, wenn ich Sie frage, warum Sie um ein Treffen zu so ungewöhnlicher Zeit und an einem so ungewöhnlichen Ort baten!"

„Das ist leicht zu erklären. Sir Charles wollte am nächsten Tag nach London reisen. Was den Treffpunkt betrifft, so wollte ich im beiderseitigen Interesse vermeiden, daß die Gerüchteküche in diesem gottverdammten Nest mal wieder überbrodelt. Und damit Sie's wissen – ich wollte ihn um finanzielle Unterstützung bitten, um meinen Rechtsanwalt zahlen zu können, der meine Scheidung betreibt!"

„Waren Sie um zehn an der Pforte?"

„Nein, ein Verwandter half mir vorher aus der Patsche. Den Termin vorher abzusagen war nicht mehr möglich. Und nachher – da war er schon tot!"

Widersprüche konnte ich an den Aussagen Laura Lyons nicht entdecken. Alles klang irgendwie plausibel und logisch. Und doch: Warum war sie so abweisend, ja geradezu giftig gewesen, wenn sie ein reines Gewissen hatte? Warum hatte sie den letzten Brief an Sir Charles erst abgestritten? Und warum gab sie immer nur soviel zu, wie man ihr beweisen konnte? Eine ganze Palette von Unklarheiten und Ungereimtheiten war offen, als ich sie verließ! Auf dem Weg zu meinem Wagen kam ich an Franklands Haus vorbei, der – wie's der Zufall so will – gerade dabei war, seinen Garten auf den Winter vorzubereiten, und mich spontan zu einem Gläschen Wein einlud. Angesichts seiner finanziellen Lage war der Wein schon recht ordentlich, den mir der alte Querulant servierte. Für die Geschichte, die er mir dann zunächst in aller Ausführlichkeit auftischte, galt dies weniger. Er hatte wieder einmal einen Prozeß gewonnen und damit ein Wegerecht durch ein Privatgrundstück erstritten, von dem er – wie ich ihn inzwischen kannte– kaum Gebrauch machen würde. Ein verrückter Vogel! Daß er allerdings auch in der Lage war, einen Beitrag zur Lösung unseres verzwickten Kriminalfalles zu leisten, wurde mir bewußt, als er mir stolz seine zweite Erfolgsmeldung präsentierte:

„Stellen Sie sich vor, ich weiß, wie der Sträfling im Moor an seine Nahrungsmittel kommt! Wenn ich das morgen der Polizei erzähle, ist er bald hinter Schloß und Riegel, und ich erhalte eine Prämie. Kann ich gut gebrauchen für den Prozeß gegen meinen Nachbarn, dessen Apfelbaum auf mein Grundstück reicht. Eins dieser mörderischen Dinger hätte mich neulich doch tatsächlich fast am Kopf getroffen! Aber zurück zum Moor-Mörder: Ein kleiner Junge bringt ihm jeden Tag sein Essen in sein Versteck. Da gibt's überhaupt keinen Zweifel. Mit eigenen Augen habe ich es mehrfach durch mein Fernrohr beobachtet. Schauen Sie! Dahinten am Black Tor – sehen Sie was?"

Man mußte schon ganz genau hinschauen – aber tatsächlich: In der Nähe der Hügelkuppe bewegte sich ein kleiner schwarzer Punkt!

„Kommen Sie, Dr. Watson, jetzt beweise ich Ihnen oben im Turmzimmer, daß ich recht habe!“ keuchte er ganz aufgeregt und schon halb auf der Treppe.

Durchs Fernrohr sah ich ihn dann ganz deutlich. Es war ein etwa sechzehnjähriger Junge in ziemlich zerlumpter Kleidung mit einer Lebensmitteltüte in einer Hand, der gerade hinter einem Hügel verschwand. Mir fiel ein Stein vom Herzen. Ohne Zweifel wurde da der Unbekannte mit Nachschub versorgt, der Mann, der mir am meisten Rätsel aufgab und der für Sir Henry wahrscheinlich die größte Gefahr darstellte. Endlich, so schien es, würde ich in diesem oft so hoffnungslos verworren erscheinenden Fall ein Stückchen weiterkommen! Wie gut auch, daß der alte Frankland nicht Barrymore beim Nahrungsmitteltransport erwischt hatte! Den alten Herrn über all das aufzuklären, was ich wußte, kam mir nicht in den Sinn. Jetzt wußte ich genug, um erfolgreich die Fährte aufnehmen zu können. Und es galt, keine Zeit zu verlieren! So verabschiedete ich mich hastig, nicht ohne seinen Wein zu loben und ihm auch weiterhin viel Erfolg bei seinem Kampf gegen das unsägliche Unrecht und die kolossale Willkür auf dieser Welt zu wünschen ...

Mein Weg führte mich ins Moor. Dort steuerte ich auf den Hügel zu, hinter dem der Junge verschwunden war. Kein Mensch war zu sehen – weder der Junge noch der Unbekannte, nur ein paar Vögel zogen leise ihre Kreise. Das Moor unter mir machte in der Abendsonne einen so friedlichen, freundlichen Eindruck! Mich vermochte es freilich nicht zu täuschen. Ich wußte um die Gefahren, die da lauerten. Und da stand an erster Stelle der Unbekannte! Auf der Rückseite des Hügels lagen einige der frühgeschichtlichen Häuser. Eines davon wies noch Reste eines Dachs auf. Wenn der Unbekannte Unterschlupf gefunden hatte, dann da! Eine Zigarette rauchend, beobachtete ich ein paar Minuten nur diesen

Bau. Aber nichts rührte sich. Mit der Pistole in der Hand pirschte ich mich heran und warf einen Blick hinein. Der Bau war leer, aber zweifellos hauste hier jemand! Zusammengerollte Decken, Asche auf einer provisorischen Herdstelle und leere Konservendosen zeugten davon, daß hier ein Mensch seinen Unterschlupf im Moor gefunden hatte. Da ich Anhaltspunkte für die Identität des Unbekannten suchte, nahm ich den Steinbau genauer unter die Lupe – und wurde fündig. Unter einer Lebensmitteltüte fand ich ein beschriebenes Blatt Papier. Darauf hingekritzelt die Worte: *Watson in Coombe Tracey*. Meine Verwirrung war grenzenlos. Was um Himmels willen hatte das zu bedeuten? Offensichtlich wurde ich beschattet! Vielleicht auch verfolgt? Dann war möglicherweise nicht Sir Henry in Gefahr, sondern ich selbst. Der Jäger als Gejagter! Ich bekam Angst, entsetzliche Angst, und ich beschloß, meine Haut so teuer wie möglich zu verkaufen! Nur weglaufen würde ich nicht! So setzte ich mich nieder, umklammerte die Pistole und wartete.

Es mußte wohl etwa eine halbe Stunde vergangen sein, als ich endlich Geräusche hörte. Jemand kam näher, seine Schuhe streiften hier einen Stein, zertraten da ein paar knackende Zweige. Kein Zweifel, der Unbekannte fühlte sich sicher. Dann herrschte Stille – der Mann mußte stehengeblieben sein, wie festgewachsen, kam es mir vor. Hatte ich mich durch irgend etwas verraten? Saß ich in der Falle? Meine Nerven waren zum Zerreißen gespannt, als der Unbekannte schließlich an die Türöffnung kam und sein Schatten hereinfiel.

„Sei gegrüßt, alter Freund!“ ertönte eine Stimme, die ich nur allzugut kannte. „Wie kann man sich bei der herrlichen Abendsonne nur in einem solch dunklen Loch verkriechen?!“

Holmes! Es war Holmes! Als hätte mich der Schlag getroffen, saß ich noch einen Moment wie benommen da, raffte mich dann aber auf und marschierte überglücklich zu meinem Freund hinaus. Der saß auf einem

Stein und lächelte mich an. Aufs herzlichste begrüßten wir uns. Da es so unendlich viel zu erzählen gab, verbrachten wir noch Stunden miteinander, auf nichts weiter als zwei Steinen hockend. Daß die Sonne unterging, daß die feuerrote Farbe des Himmels zunehmend durch Azurblau verdrängt wurde, daß bald darauf das Sternenmeer uns überwölbte – wir bemerkten es kaum.

„Kombiniere ich richtig, Watson, daß du mich für den verbrecherischen Drahtzieher der ganzen Angelegenheit gehalten und mir deshalb aufgelauert hast?“ fragte mein Freund mich schließlich. „Und gesehen hast du mich wahrscheinlich an dem Abend, als ihr beide Seldon kassieren wolltet und ich mich ungünstigerweise vor den Mond gestellt hatte. Stimmt's?!“

Er hatte natürlich recht mit seinen Folgerungen. Ohnehin war es zwischen uns sowieso die Regel, daß ich ihm mindestens genauso oft zustimmen mußte, wie ich gefragt wurde. Die Ausnahmen bestätigen nur die Regel: „Gehe ich recht in der Annahme, Watson, daß du alle Hütten in der ganzen Gegend systematisch durchsucht hast, bis du auf diese hier gestoßen bist?“

„Wieso sollte ich es mir schwieriger machen“, gab ich ihm Paroli, „wenn's auch einfacher geht. Dein Lebensmittellieferant hat uns auf die Spur gebracht!“

„Klar doch, der alte Frankland und sein Fernrohr“, nickte Holmes, der Schlappen einstecken konnte, wenn auch auf sehr zurückhaltende Art. „Übrigens, mein Mitarbeiter ist der junge Cartwright, den du ja schon kennst. Einen Jungen aus dem Dorf zu nehmen war mir zu riskant!“

Seine Versteckspielerei – auch mir gegenüber – begründete mein Freund damit, daß er keine Alternative gehabt habe. Als Gast in Baskerville Hall hätten ihn unsere Gegner viel zu gut beobachten können und wären jeweils rechtzeitig gewarnt worden. Im übrigen hätte er längst nicht so frei Ermittlungen anstellen können wie als Schlupflochbewohner im Moor.

„Aber warum hast du nicht wenigstens mich über

deine Anwesenheit und deine Adresse informiert?" fragte ich, nicht ganz ohne ironischen Unterton.

„Ach, Watson, was hätte denn das gebracht? Mehr als einmal wärst du auf den Gedanken gekommen, mir irgend etwas mitzuteilen, und mein Versteck wäre nichts mehr wert gewesen. Ich will es nicht unterstellen, aber vielleicht hättest du dich auch mal verplappert und mich dadurch verraten. Auf meine Art konnte ich dich so viel besser als durch jede denkbare Alternative beschützen und auch für Sir Henry vorsorgen. Getrennt marschieren, vereint zuschlagen, das alte militärische Erfolgsrezept gilt auch hier! Ich glaube, wir haben beide bisher gute Arbeit geleistet, aber wir sind noch längst nicht am Ziel. Erzähl mir doch, was du im Gespräch mit Laura Lyon erfahren hast. Ich nehme an, sie war der Grund für deinen Ausflug nach Coombe Tracey. Ihrer Aussage messe ich große Bedeutung bei." Ausführlich berichtete ich ihm von dem Gespräch mit der undurchsichtigen jungen Dame, wobei Holmes, der mir mit äußerster Aufmerksamkeit folgte, sich mehrfach mit Zwischenfragen einschaltete.

„Damit, Watson, habe ich endlich das Bindeglied, das mir noch fehlte! Ist dir übrigens bekannt, daß sich Mrs. Lyon und Stapleton ungewöhnlich gut verstehen?"

„Dahingehend habe ich bisher keine Anhaltspunkte!"

„Es ist aber wirklich so. Stapletons Frau würde sich wundern ..."

„Seine Frau? Wie soll ich das verstehen?"

„Die hübsche Frau, die überall als seine Schwester gilt, ist seine Gemahlin!"

„Ist ja nicht zu fassen! Besonders, da er es zuläßt, daß sich Sir Henry Hoffnungen macht ..."

„Das ist ja der Trick dabei. Das Risiko, daß er seine Frau mit einem anderen teilen muß, hat er zunächst ausgeschaltet, aber daß sich Sir Henry in Hoffnungen verzehrt – das macht ihn zum perfekten Werkzeug Stapletons! Überdies erleichtert ihm sein offizieller Status als Junggeselle, daß sich auch Laura Lyon Hoffnungen macht – für die Zeit nach ihrer Scheidung. Wie du siehst, wurde da einiges recht geschickt eingefädelt!"

„Und wie bist du ihm auf die Schliche gekommen?"

„Über die zentrale Arbeitsvermittlung für Lehrer in Schottland. Ein Mann, auf den Stapletons Beschreibung wie ein Ei zum anderen paßt, war dort tatsächlich einmal als Lehrer an einer Schule. Fachrichtung und Hobby des Junggesellen waren Biologie und Schmetterlinge!"

Langsam, nein, immer schneller begann sich der Nebel, der diesen Fall verhüllt hatte, zu lichten. Stapleton war der Mann, der hinter den ganzen bedrohlichen Ereignissen steckte! Keiner hatte eine perfektere Tarnung. Darauf hätte ich freilich selbst kommen können. Aber was führte er im Schilde? Und warum? Was war sein Motiv?

„Was er plant", erriet Holmes meine Gedanken, „ist mir klar, Watson. Er bereitet einen kaltblütigen Mord vor. Nur, was er dabei gewinnen will, vermag ich noch nicht zu erklären. Wahrscheinlich kann uns Laura Lyon dahingehend weiterhelfen, nachdem wir ihr die Augen geöffnet haben. Gleich morgen werden wir der Dame nähertreten. Was aber noch wichtiger ist, ist, daß du sofort wieder deine Rolle als Beschützer des Baronets einnehmen mußt. Sir Henry ist in größter Gefahr!"

Ich konnte ihm nur beipflichten. Es war leichtsinnig gewesen, ja geradezu verantwortungslos, den Baronet so lange allein zu lassen! Ich war gerade dabei, mich aufzurichten und den Heimweg anzutreten, als plötzlich ein markerschütternder Schrei übers Moor gellte. Einen Augenblick lang standen wir erstarrt, und dann kam uns zu Bewußtsein, von wem dieser gellende Schrei stammen konnte – von Sir Henry! Von Schuldgefühlen gequält und von fürchterlicher Angst getrieben, liefen wir in die Richtung, aus der der entsetzliche Schrei gekommen war.

Noch einmal, diesmal schon mehr in unserer Nähe, heulte ein Schrei durch die Nacht und erstarb in einem Röcheln. Überlagert wurde es vom drohenden Knurren eines Hundes. Und es gab nur einen Hund, der solche Laute von sich geben konnte: der geheimnisvolle Hund von Baskerville!

Am Fuß eines hohen Felsens fanden wir dann, noch leise stöhnend und zuckend, den auf dem Bauch liegenden, zerschmetterten Körper eines Mannes! Um wen es sich handelte, erfuhren wir, sobald Holmes ein Streichholz angezündet hatte. Einen solch eleganten Anzug trug von allen Menschen, die wir kannten, nur einer: Sir Henry Baskerville!

Wir waren leichenblaß geworden – und bebten vor Verzweiflung und Wut.

„Mein Gott, Watson. Das ist unsere Schuld!" stöhnte Holmes. „Wir hätten es verhindern können. Ihn allein gelassen zu haben war der größte Fehler meiner ganzen bisherigen Laufbahn. Aber wenn wir ihn schon nicht mehr lebendig machen können, so können wir ihn doch rächen!"

Langsam kam der Mond wieder durch die Wolken und beleuchtete die traurige Szene.

„Das gibt's doch gar nicht!" entfuhr es auf einmal meinem Freund, der sich nach einem schnellen Rundgang wieder der Leiche genähert hatte. „Ich werd' verrückt!" prustete er lachend heraus, als habe ihn überraschend der Wahnsinn gepackt. „Der Mann hat einen Bart!"

Schon hatte er mit einer kräftigen Bewegung einen Arm der Leiche gepackt und den Toten auf den Rücken gedreht. Seldon war's, der da vor uns lag! Trotz seines blutigen Gesichts gab es keinerlei Zweifel. Dieses bärtige Gesicht konnte nur dem Mann gehören, der uns im Moor einmal knapp entwischt war. Und nun fiel uns auch wieder ein, daß Sir Henry ja einen Großteil seiner Kleidung dem Butler Barrymore vermacht hatte! Kein Zweifel, daß Barrymore die Sachen an den flüchtigen Sträfling weitergegeben hatte. Es war sein tragisches Schicksal, daß der Hund auf den wohl zu diesem Zweck gestohlenen Schuh von Sir Henry abgerichtet worden war. Und wenngleich sich auch ein gräßliches Unglück abgespielt hatte, ein Unschuldiger war ihm nicht zum Opfer gefallen. Sir Henry lebte! Vor Erleichterung hätte ich laut schreien können. Und es gab hier draußen auch keinen, der daran hätte Anstoß nehmen können. Oder etwa doch? Das Aufglühen einer Zigarette signalisierte uns, daß sich jemand näherte.

„Da kommt der Teufel höchstpersönlich", bemerkte Holmes lakonisch. „Laß dir nichts anmerken!"

Stapleton hatte, als er uns sah, einen Moment gestutzt, dann aber seinen Weg in unsere Richtung fortgesetzt. „So spät noch im Moor unterwegs, Dr. Watson?" Und, ohne die Antwort auf die alberne Frage abzuwarten: „Sherlock Holmes, wenn ich mich nicht täusche? Meine Verehrung! Aber um Himmels willen, wer liegt denn da? Ein Unglück? Ist das nicht Sir Henry?"

Er beugte sich über den Toten, drehte dann sein Gesicht, das noch blasser geworden war, zu uns und fragte verwirrt: „Was wird hier gespielt? Wer ist das?"

„Seldon, der entflohene Sträfling", sagte Holmes. „Er scheint sich beim Sturz vom Felsen das Genick gebrochen zu haben. Beim Spaziergang durchs Moor hörten wir einen Schrei, und dann fanden wir ihn hier."

„Ich bin aus dem gleichen Grunde hier. Allerdings hatte ich Angst um Sir Henry. Ich hatte ihn eingeladen, aber er kam nicht. Als ich dann den Schrei hörte ..."

Stapleton stockte, fuhr aber nach einigen Sekunden fort: „Seldon ist offenbar in panischer Angst, darauf deutet auch sein Schrei hin, über den Felsen gestürzt. Aber Angst wovor? Am Gerede der Leute, daß sich im Moor eine Bestie herumtreibt, scheint doch mehr dran zu sein, als ich bisher annahm!"

Die Bemerkung, daß die schlimmsten Bestien immer noch die mit zwei Beinen sind, verkniff ich mir. Auch Holmes zeigte kein Interesse, das Gespräch in die Länge zu ziehen. Nachdem wir den Toten bedeckt hatten, verabschiedeten wir uns mit knappen Worten, wobei Holmes hinzufügte, daß er am nächsten Morgen nach London zurückreisen wolle ...

Auf dem Heimweg wechselten wir nur wenige Worte. Uns beiden war klar, daß wir es bei Stapleton mit einem äußerst gerissenen Mörder zu tun hatten, der zudem über ein beispielloses Maß an Nervenstärke verfügte. Indes, vor keinem Gericht hätte unsere Gewißheit zu einem Schuldspruch geführt! Wir benötigten stichfeste Beweise. Am nächsten Tag, so hofften wir, würde es soweit sein.

Holmes wurde vom Baronet aufs herzlichste begrüßt. Daß er kein Gepäck mit sich führte, wurde zwar bemerkt, aber nicht angesprochen. Es gab Wichtigeres zu bereden! Zunächst aber hatte ich die traurige Pflicht, Barrymore und seine Frau über den Tod Seldons zu informieren.

Während der Butler die Nachricht gefaßt und sicherlich auch mit innerer Erleichterung aufnahm, reagierte seine Frau, wie zu erwarten war, mit einem Sturz von Tränen – wahrscheinlich die einzigen, die den Mörder auf seinem Weg in die Hölle begleiteten!

Der Baronet zeigte sich froh, nun doch noch Gesprächspartner für den Abend gefunden zu haben, nachdem er die Weisung, nicht allein auszugehen, befolgt und auf einen Besuch bei Stapleton und dessen vermeintlicher Schwester verzichtet hatte.

Mit dem für ihn üblichen trockenen Humor erzählte ihm Holmes, daß er als verwechselte Moorleiche auf uns weniger fröhlich gewirkt habe. Auf die verblüffte Reaktion des Baronets folgte eine lange, lockere Diskussion zu den verschiedensten Aspekten unseres Falles, wobei wir uns Mühe gaben, unseren Gastgeber nicht über Gebühr zu beunruhigen. So erfuhr Sir Henry auch nicht, daß wir den Täter bereits ermittelt, jedoch noch nicht entlarvt und überführt hatten. Beunruhigt, ja irritiert zu sein blieb mir dagegen nicht erspart, als Holmes für einige Minuten lang nicht am Gespräch teilnahm und längere Zeit wie hypnotisiert eines der Porträts an der Wand fixierte. Der Baronet, dem das nicht verborgen geblieben war, erläuterte daraufhin anekdotenreich, daß es sich dabei um ein Bildnis des verruchten Sir Hugo handle, den Urheber des Fluchs, der seither auf den Baskervilles laste. Erst später am Abend, unter vier Augen, sollte ich erfahren, was hinter Holmes ungewöhnlicher Reaktion auf das Bild steckte.

Er erklärte mir, daß es, wenn man nur das Gesicht betrachtete und den barocken Rahmen ignorierte, Stapleton war, der einen da anblickte! Natürlich war er es nicht, aber die Ähnlichkeit konnte kein Zufall sein!

„So wahr ich Holmes heiße, so wahr ist das ein Baskerville! Und er ist der Letzte der Baskervilles, wenn wir den Mord, den er im Schilde führt, nicht verhindern!" fügte er mit grimmiger Entschlossenheit hinzu.

Der nächste Morgen begann mit einer herben Enttäuschung für den Baronet. Holmes informierte ihn, daß er aus unaufschiebbaren Gründen mit mir nach London müsse. Nur wer den tapferen Mann gut kannte, merkte ihm an, daß er sich von uns im Stich gelassen fühlte. Gleichwohl versprach er, alle Anweisungen meines Freundes ohne Einschränkungen zu befolgen.

„Ich gehe davon aus, daß Sie einer erneuten Einladung zum Abendessen folgen werden. Richten Sie Stapleton dann bitte aus", schärfte Holmes ihm ein, „daß wir gerne mitgekommen wären und uns für unsere Abwesenheit entschuldigen. Wir haben einen dringenden Termin in London, der keinen Aufschub duldet! Es ist unerläßlich, daß Sie mit dem Wagen nach Merrypit House fahren und den Wagen dann zurückschicken. Den Rückweg betrachten Sie als Verdauungsspaziergang mit festgelegter Route: Von Merrypit House nehmen Sie den Fußweg übers Moor nach Baskerville Hall. Ohne Umwege, nur diesen Weg!"

Holmes hatte dies mit seiner üblichen Pokermiene gesagt. Sir Henry, dem außer einem „Sie können sich drauf verlassen!" nichts einfiel, machte einen reichlich verwirrten Eindruck. In meinen Zügen muß wohl eher die Verzweiflung darüber sichtbar gewesen sein, unseren Schützling gerade in dieser gefährlichen Situation allein lassen zu müssen. Mit herzlichen Worten verabschiedeten wir uns. In Coombe Tracey angekommen, schickten wir den Wagen zurück. Cartwright erwartete uns bereits.

„Du nimmst den nächsten Zug nach London!" schärfte ihm Holmes ein. „Von dort schickst du in meinem Namen ein Telegramm an Sir Henry. Falls er mein Notizbuch findet, möge er es mir per Einschreiben in die Baker Street schicken!"

„So, Watson", fuhr er dann, an mich gewandt, fort, „und jetzt nehmen wir uns Laura Lyon vor!"

Der alte Fuchs hatte mich schon wieder ausgetrickst. Keine Rede war mehr davon, nach London zu reisen. Um Stapleton zu täuschen, hatte er auch den Baronet in sein Versteckspiel einbezogen. Das Telegramm aus London würde zusätzlich jeden Zweifel über unseren Aufenthaltsort ausräumen und Stapleton in Sicherheit wiegen.

„Mrs. Lyon", begann Holmes unverblümt, als wir in ihrem Arbeitszimmer standen, „Sie haben Sir Charles darum gebeten, um zehn Uhr an der Pforte auf Sie zu warten. Genau in diesen Minuten starb er! Zwischen Ihrem Brief und seinem Tod besteht ein eindeutiger Zusammenhang!"

„In Ihrer Phantasie vielleicht", fuhr sie ihn an. „Was bilden Sie sich eigentlich ein?!"

„Wenn Sie mich schon so fragen: Ich bilde mir ein, einen Mord aufklären zu können, an dem – neben Ihnen – auch Mr. Stapleton und seine Frau beteiligt waren!"

„Seine Frau? Seine künftige Frau sitzt vor Ihnen!"

„Einen Mörder werden Sie kaum mehr heiraten wollen – und können. Außerdem ist er noch verheiratet. Sie können sich unschwer davon überzeugen, wenn Sie einen Blick auf dieses Bild werfen. Mit zuverlässigen Zeugenaussagen kann ich ebenfalls dienen!"

Holmes hatte der Frau, die da mit aufgerissenen Augen und zitternden Händen vor ihm saß, ein Bild hingelegt, daß einen Mr. und eine Mrs. Vandeleur zeigte und vier Jahre zuvor in New York aufgenommen worden war. An der Identität mit Stapleton und seiner angeblichen Schwester konnte kein Zweifel bestehen.

„Der Verräter“, stöhnte Laura Lyon mit gebrochener Stimme, „er hat mir – nach meiner Scheidung – die Ehe versprochen. Mein Gott, was war ich dumm, ihm das alles zu glauben und mich auch noch als sein Werkzeug mißbrauchen zu lassen! Ausgerechnet Sir Charles, der meine Dankbarkeit am meisten verdient hatte, ist dadurch zu Tode gekommen. Ich wußte allerdings nicht, wie sehr ihm mein Brief schaden würde!“

„Das glaube ich Ihnen aufs Wort, Mrs. Lyon. Hat Stapleton Ihnen den Brief diktiert?“

„Ja, vom ersten bis zum letzten Wort. Ich sollte Sir Charles um ein Darlehen bitten, um meine Scheidung bezahlen zu können. Als ich den Brief abgesandt hatte, tat Stapleton plötzlich, als sei er ein Ehrenmann, der es sich anders überlegt hat. Er erklärte, er wolle mir das Geld vorstrecken. Außerdem untersagte er mir, die Verabredung einzuhalten. Dann mußte ich ihm sogar schwören, daß ich keiner Menschenseele von dem Brief je erzählen würde, sonst würde der Verdacht auf mich fallen!“

Liebe macht blind – und leichtsinnig! An Laura Lyon hatte sich diese Volksweisheit mal wieder in vollem Umfang bestätigt. Daß auch Mörder Vertrauen aufbringen können, obwohl sie selbst keins verdienen, bewies Stapletons Verhalten. Hätte er Zweifel an der Zuverlässigkeit seines Köders gehabt, wäre Laura Lyon sicher nicht mehr am Leben gewesen!

Wieder am Bahnhof, hatten wir noch die angenehme Aufgabe, Inspektor Lestrade zu empfangen, der aus London kam und einen Haftbefehl mitbrachte. Zwischen Holmes und dem Beamten hatte sich in den vergangenen Jahren langsam und stetig eine feste Freundschaft herausgebildet. Beide wußten, was sie aneinander hatten. Bekanntlich war das nicht immer so gewesen. Die eifersuchtsähnlichen Szenen, mit denen Lestrade anfänglich die Erfolge meines Freundes quittiert hatte, waren mir noch allzugut in Erinnerung!

„Was für einen Fisch“, fragte er unverblümt, „haben Sie denn diesmal an der Angel, Holmes?“

„Den dicksten, seit ich als Detektiv arbeite! Anglerglück, mein Lieber!“ Holmes schmunzelte. „Zur Abwechslung angeln wir diesmal im Moor!“

Zu dritt fuhren wir bis an die Grundstücksgrenze von Baskerville Hall und schickten den Wagen nach Coombe Tracey zurück. Den Weg nach Merrypit House legten wir zu Fuß zurück. Direkt am Weg, etwa zweihundert Meter vom Haus entfernt, verschanzten wir uns in einem Hinterhalt aus Felsgestein. Von Holmes erhielt ich den Auftrag, mir einen Überblick über das Geschehen im Haus zu verschaffen. So schlich ich mich geduckt und vorsichtig an das Anwesen heran. Dabei mußte ich vermeiden, vom Fenster aus gesehen zu werden! Im Zimmer saßen lediglich Stapleton und Sir Henry. Beide rauchten und waren offensichtlich in eine lebhafte Unterhaltung vertieft. Außer einer Flasche Wein und zwei Gläsern konnte ich nichts im Zimmer erkennen, was für uns irgendwie von Bedeutung war. Von Stapletons Frau war nichts zu sehen und nichts zu hören. Nur einmal verließ der Gastgeber das Zimmer. Kurz darauf hörte ich Schritte im Hof und die quietschende Tür einer Hütte. Aus dem metallisch-rasselnden Geräusch, das folgte, konnte ich mir keinen Reim machen. Als Stapleton wieder im Haus verschwunden war, um dem Baronet erneut Gesellschaft zu leisten, kehrte ich in unseren Hinterhalt zurück und berichtete meinen beiden Begleitern, was ich gesehen und gehört hatte.

Vor allem Holmes war plötzlich von einer Nervosität befallen, die mir an ihm völlig neu war. Denn zwischenzeitlich war eine Entwicklung eingetreten, die geeignet war, unsere Pläne völlig zunichte zu machen.

Eine Nebelbank, die ursprünglich nur über dem Grimpener Loch, dem Sumpf, gelegen hatte, kam immer näher, schob sich in unsere Richtung – und nichts schien sie aufhalten zu können.

„Wenn er nicht bald kommt, tappen wir hier wie die Blinden herum, und an den Schutz von Sir Henry ist nicht mehr zu denken!“ knurrte Holmes.

Daraufhin entfernten wir uns immer mehr vom Haus auf einen langsam ansteigenden Hügel. Eine Lösung unseres Problems konnte das aber nicht sein, denn der Nebel verfolgte uns auch dorthin. Gleichzeitig wuchs die Entfernung zum Haus – und damit die Gefahr, dem Baronet nicht mehr rechtzeitig beistehen zu können! Endlich hörten wir seine Schritte. Zügig kam er aus dem Nebel heraus und marschierte, sich gelegentlich umschauend, den Hügel hinauf.

„Aufgepaßt! Es geht los!“ zischte uns Holmes zu, der gleichzeitig seinen Revolver zog. Wir taten es ebenfalls. In diesem Moment raste ein schwarzes Monstrum aus dem Nebel auf uns zu, an uns vorbei, dem Baronet dicht auf den Fersen! Selbst in unseren wildesten Phantasien hätte dieses Tier keinen Platz gefunden: eine riesige, schwarze Bestie, die Feuer zu spucken schien, ja deren Schädel fast völlig von Feuer umlodert wurde! Lestrade war fast einem Herzanfall nahe, während Holmes und ich vom Anblick zunächst gelähmt wurden, uns dann aber doch wieder fingen und fast gleichzeitig auf den Hund schossen. Ein wütendes, aufheulendes Gejaule signalisierte uns, daß er getroffen worden war. An dem Tempo, mit dem er dem Baronet weiter nachjagte, änderte dies jedoch nichts. Nun wußten wir sicher, daß es sich um kein Gespenst, sondern um einen riesigen Hund handelte. Holmes, der dies als erster begriffen hatte, lief – als ginge es um sein eigenes Leben – hinter dem Hund her. Mit weitem Abstand folgte ich ihm, wiederum gefolgt von Lestrade. Wie festgenagelt vor Schreck und Entsetzen, die Hände in hilfloser Abwehrhaltung erhoben, stand der Baronet auf dem Weg und sah den Hund auf sich zuschießen. Als habe Sir Henry ihn angeschossen, stürzte sich der Hund wütend und mit grollendem

Höllengeheul auf den Baronet, der umfiel und von der Bestie unter sich begraben wurde. In allerletzter Sekunde – das Untier war dem Baronet gerade an die Gurgel gefahren – peitschten ein paar Schüsse übers Moor. Der Hund wankte, jaulte kurz auf und kippte um. Holmes hatte einen Volltreffer gelandet!

Um den Baronet, der in Ohnmacht gefallen war, wieder aufzumuntern, steckte ihm Holmes erst einmal einen mit Scotch gefüllten Flachmann zwischen die Lippen. Zuvor schon hatte mein Freund festgestellt, daß Sir Henry keine Verletzungen davongetragen hatte.

„Habe ich das geträumt?" fragte der Baronet benommen, nachdem er die Augen wieder geöffnet hatte.

„Das war schon eher ein sehr realer Alptraum!" brummte Holmes trocken. „Keine Angst, das Biest ist tot. Den Fluch der Baskervilles habe ich mit zwei Schüssen erledigt." Reglos am Boden liegend, ging vom Hund der Baskervilles in der Tat keine Bedrohung mehr aus. Wie war es bloß möglich gewesen, daß dieses Tier soviel Furcht und Schrecken verbreitet hatte? Weder Bluthund noch Dogge, wahrscheinlich eine Mischung beider Rassen, war es nun nur noch ein großer Klumpen. Beim Betrachten des Kopfes fiel mir ein seltsam fluoreszierender Rand an der Schnauze auf. „Irgend eine Phosphormischung", kommentierte Holmes. „Das war mir schon längst klar. Dadurch, daß es geruchlos ist, beeinträchtigte es den Hund auch nicht, wenn er eine Fährte aufnahm!"

Sir Henry wirkte noch immer etwas angeschlagen, war aber immerhin wieder auf den Beinen. Holmes entschuldigte sich bei ihm dafür, daß er ihn in Gefahr gebracht hatte.

„Ich schlage vor, daß Sie sich eine Weile hier ausruhen, bis wir Sie wieder abholen. Wir müssen noch nach Stapleton schauen. Doch auf dieses Abenteuer sollten Sie lieber verzichten! Ihr Bedarf dürfte vorläufig gedeckt sein, oder?"

Der Baronet fügte sich seiner Empfehlung, während

wir Merrypit House erneut einen Besuch abstatteten. Daß sich Stapleton dort noch aufhalten würde, schien uns ausgeschlossen. Durch die Schüsse war er sicher gewarnt worden! Ohnehin schien es wahrscheinlich, daß er seinem Hund gefolgt war. Aber was war mit Mrs. Stapleton? Im Schmetterlingsmuseum ihres Mannes im Dachgeschoß des Hauses fanden wir die Antwort darauf. Geknebelt und an einen Balken gefesselt, war die arme Frau von ihrem Mann ihrem Schicksal überlassen worden.

„Lebt er?" flehte sie Holmes mit bebender Stimme an, nachdem er sie befreit hatte. „Ich meine Sir Henry! Wie geht's ihm?"

„Er hat's überstanden! Den Hund haben wir erledigt. Jetzt fehlt mir nur noch Ihr Mann. Wissen Sie, wo er sein könnte?"

„Der, der ..." Stapletons Frau hatte Mühe, einen passenden Ausdruck für den Mann zu finden, der sie so gequält hatte, „kann sich nur auf einer Insel im Sumpf aufhalten. Eine frühere Zinngrube, wissen Sie. Auch der Hund war die meiste Zeit da versteckt. Den Weg hat er durch Hölzer markiert!"

Ob Stapleton den Weg im Nebel gefunden hatte, erschien uns äußerst fraglich. Ganz sicher aber war, daß an eine unmittelbare Verfolgung nicht zu denken war. So verließen wir Merrypit House, holten den Baronet auf dem Weg ein und kehrten wieder nach Baskerville Hall zurück.

Lestrade blieb bei Mrs. Stapleton. Nur mit äußerster Zurückhaltung informierten wir den Baronet über Stapleton und seine Frau. Zu angegriffen war er noch nach den Ereignissen der Nacht, zu stark mußte ihn die Rolle der von ihm Angebeteten schmerzen!

Am nächsten Tag – Sir Henry war im Bett geblieben – führte uns Mrs. Stapleton an die Stelle am Grimpener Loch, wo der markierte Weg zum Versteck ihres Mannes abzweigte. Weg war dabei ein reichlich übertriebenes Wort für die schmale Spur schwammigen Bodens, auf der wir in den Sumpf hineinmarschierten. Ein falscher Schritt – und es hätte der letzte sein können. Die links und rechts liegenden, oft durch Gräser verdeckten Tümpel und Wasserlöcher, die – durch Faulgase bedingt – gelegentlich gurgelten und blubbsten, schienen auf einen Ausrutscher geradezu zu warten.

„Wer suchet, der findet!" platzte Holmes plötzlich heraus, bückte sich und angelte nach einem alten Schuh, der im modrigen Wasser dümpelte. In der Sprüchesammlung meines Freundes war für jeden Anlaß vorgesorgt! „Jetzt wissen wir endlich, wo Sir Henry seine Schuhe gekauft hat. Irgendein schicker Schuh-Laden in Denver, Colorado, wenn ich das Etikett richtig lese. Obwohl er seinen Zweck, den Hund auf die Fährte zu bringen, längst erfüllt hatte, konnte sich Stapleton wohl nicht von ihm trennen!"

Der aber, der den Schuh dort weggeworfen hatte, blieb für immer verschwunden! Irgendein Sumpfloch mußte den Mörder von Sir Charles und Seldon verschluckt haben. Auf der Insel, die wir endlich erreichten, fanden wir nur noch Spuren seiner früheren Aktivitäten, darunter auch das Halsband von Dr. Mortimers Hund – sowie ein paar zermalmte Knochen. Der Hund von Baskerville hatte auch in diesem Fall ganze Arbeit geleistet.

Erst Monate danach – längst hatten wir es uns wieder in der Baker Street gemütlich gemacht – erfuhr ich die letzten Einzelheiten und Hintergründe dieses Falles, der uns wie keiner davor und auch danach in Bann gehalten hatte:

Wie Holmes richtig vermutet hatte, war der angebliche Stapleton in der Tat ein Baskerville, Sohn von Rodger Baskerville, Sir Charles Bruder, von dem eigentlich angenommen worden war, daß er kinderlos in Südamerika gestorben sei. Gemeinsam war Vater und Sohn ein hemmungsloser Umgang mit Geld anderer Leute. Auf der Flucht vor seinen geprellten Geldgebern, floh Stapleton von Kontinent zu Kontinent, bis er schließlich im Lande seiner Väter landete. Nach der gescheiterten Schullaufbahn in Schottland betrieb er – wieder auf der Suche nach neuen Geldquellen – Ahnenforschung. Zu seiner nicht geringen Überraschung stellte er dabei fest, daß ihn vom riesigen Erbe der Baskervilles nur zwei Personen trennten: Sir Charles und Sir Henry. Pfarrer James Desmond wäre erst nach ihm an der Reihe! Um sich eine günstige Ausgangslage zu verschaffen, suchte er sich seinen Wohnsitz in der Nähe von Baskerville Hall. Nachdem er sich mit Sir Charles angefreundet hatte, war der Rest reine Routine! Von Sir Charles kannte er die im Laufe der Zeit immer mehr aufgebauschte, sagenumwobene Geschichte des Höllenhundes aus dem Moor. Er wußte aber auch, daß die Familiensaga vom alten Baskerville keineswegs als Fiktion aufgefaßt wurde! Als er von Mortimer andeutungsweise von dem kritischen Gesundheitszustand des alten Mannes erfuhr, reifte sein Plan, den Hund wiederauferstehen zu lassen. Ein dramatisch inszeniertes Zusammentreffen zwischen dem Hund und Sir Charles reichte aus, um dem Herzkranken einen tödlichen Schock zu versetzen. Nachdem er den Hund mit Hilfe von Phosphor in eine gespenstische Bestie verwandelt hatte, galt es nur noch, Sir Charles in die Falle zu locken. Der Rest ist bekannt!

Weitaus schwieriger gestaltete sich die Vorbereitung des Anschlags auf Sir Henry. Stapleton hatte ursprünglich geplant, den Baronet bereits in London zu beseitigen. Dies scheiterte jedoch in erster Linie an Dr. Mortimer, der – ohne es zunächst zu wissen – als Leibwächter tätig war. Überdies hatte er die Bereitschaft seiner Frau, Mord-Komplizin zu sein, überschätzt. Mrs. Stapleton war es übrigens gewesen, die den Warnbrief mit Fragmenten aus der *Times* an Sir Henry geschrieben hatte. Um seinen Hund abrichten zu können, benötigte Stapleton irgendein Kleidungsstück seines ins Visier genommenen Opfers. Nichts war leichter, als eins der miserabel bezahlten Zimmermädchen zu bestechen und als Gegenleistung einen Schuh zu erhalten! Da er mit dem ersten, neuen Schuh nichts anfangen konnte, mußte die Aktion wiederholt werden – für Holmes übrigens auf Anhieb ein untrüglicher Beweis dafür, daß ein Hund mit im Spiel war!

Schwieriger war die Rolle von Mrs. Stapleton zu erklären. Sie, die ihren Mann in Südamerika kennengelernt und geheiratet hatte, war – fern der ursprünglichen Heimat – völlig von ihm abhängig. Und es war für uns schwer zu beurteilen, inwieweit Liebe oder Angst ihr Verhalten bestimmt hatten. Aber es war wohl so, daß sie nach dem Tod von Sir Charles zum ersten Mal Verdacht schöpfte, mit einem Mörder Tisch und Bett zu teilen. Als dann die Leiche Seldons gefunden wurde, mußte dieser Verdacht fast zur Gewißheit werden.

Am Nachmittag des Tages, an dem Sir Henry eingeladen war, hatte Stapleton seinen Hund dann in die Hütte auf seinem Anwesen gesperrt. Für seine Frau wurde es damit zur sicheren Gewißheit, daß der nächste Mord unmittelbar bevorstand.

Spätestens durch die heftigen Auseinandersetzungen, die darauf folgten, mußte es Stapleton bewußt werden, daß sie sich zur Gegenspielerin entwickelt hatte.

Um seinen Plan nicht noch in letzter Minute zu gefährden, sperrte er seine geknebelte Frau daraufhin ein. Es war fast ein Wunder, daß sie überhaupt noch lebte, als wir sie fanden! Rein theoretisch konstruierten wir noch Stapletons Möglichkeiten, an das Erbe der Baskervilles heranzukommen, wenn er mit seinem mörderischen Plan Erfolg gehabt hätte.

„Von allen Nüssen, die zu knacken waren“, so mein Freund, der bildreiche Formulierungen über alles liebte, „wäre das die harmloseste gewesen. Was hätte ihn denn hindern können, sein Erbe vom Ausland aus zu beanspruchen, sich zu verkleiden oder einen Anwalt dazwischenzuschalten? Indes, grau, mein lieber Freund, ist alle Theorie! Als Quittung für seine Mordtaten hatte sich Stapleton ein riesiges Erbe versprochen. Eine Quittung hat er tatsächlich auch bekommen. Nur stammt sie von einem, der gelegentlich für so was wie höhere Gerechtigkeit sorgt!“

Die Brook-Street-Affäre

Wer sich's leisten kann, verbringt den Oktober auf Teneriffa oder doch zumindest auf den vom warmen Golfstrom verwöhnten Kanalinseln. Denn der Oktober in London – das ist nichts Halbes und erst recht nichts Ganzes. Längst vorbei sind dann die wenigen heißen Sommertage, und der Winter kündigt sich an. Der Nebel liegt von morgens bis abends über der Stadt, und der Nieselregen fällt fast unaufhörlich. Feuchtkalt ist es, ein ungemütlicher Dauerzustand, und nur wenn die Sonne durchbricht – was selten genug geschieht –, enthüllt sich den Bewohnern und Besuchern gleichermaßen der einmalige Charme, den diese Weltstadt im Herbst besitzt. Kulturelle Lichtblicke sind dagegen häufiger. So bestand denn auch unsere Therapie aus dem Besuch von

Theatern, Konzerten, Museen und Galerien, wenn der Nebel sich auf unsere Stimmung gelegt hatte. Wir hatten gerade einen Abend in der Oper hinter uns und wollten unser Haus in der Baker Street betreten – vor dem ein fremder Wagen parkte –, als mich Holmes am Ärmel packte. „Halt, Watson! Auf uns wartet Arbeit. Und der Auftraggeber gehört der edlen Zunft an, die du nur allzugut kennst!“

In der Tat war es nicht schwierig, anhand einiger im Wagen befindlicher Utensilien festzustellen, daß der späte Besucher ein Arzt sein mußte. Daß der Besuch uns galt, konnten wir daran erkennen, daß Licht im Arbeitszimmer brannte.

Der Mann, der dort auf uns wartete, sprang auf, als wir eintraten. Er war höflich, aber seltsam erregt und entsprach so gar nicht dem üblichen Bild eines Arztes, der Ruhe und Zuversicht ausstrahlen sollte. Blaß, mit von Sorgen durchfurchten Gesichtszügen und wie vom Schicksal gebeugt, stand der Mann vor uns, der sich als Dr. Percy Trevelyan vorstellte.

„Psychiater von Beruf!“ ergänzte Holmes. „Ihre Abhandlung über ‚Freud und die Freudlose Psychopathologie der modernen Pädagogik‘ habe ich gelesen. Sehr aufschlußreich!“

„Ja, Psychiater“, bestätigte Trevelyan, sichtlich geschmeichelt. „Genaugenommen Neurologe. Mein Spezialgebiet sind die stark zunehmenden, zumeist beruflich bedingten Nervenkrankheiten. Aber wie Sie sich denken können, bin ich aus einem anderen Grund hier!“

„Dann schießen Sie mal los, Dr. Trevelyan!“ munterte ihn Holmes auf. „Erzählen Sie uns den Anlaß Ihres Besuches, Hintergründe, Ihre berufliche Entwicklung, kurz alles, was von Interesse ist.“

„Dann beginne ich mit meiner Laufbahn“, sagte unser Gast. „Studiert habe ich an der Londoner Universität und habe die psychiatrische Zusatzausbildung bei Professor Hacker absolviert, der mich dann als Assistent übernahm. Der Vorteil dabei war, daß ich meine wissenschaftlichen Studien, vor allem über die Pathologie der Katalepsie*, vertiefen konnte, die mir in Fachkreisen internationale Anerkennung eingebracht haben. Auch konnte ich hoffen, irgendwann eine Professur angetragen zu bekommen, was meine finanzielle Situation erheblich verbessert hätte. Assistenten werden, wie Sie wohl wissen, schlecht bezahlt! Um mich als Psychiater niederzulassen, fehlte mir zunächst das Startkapital. Das kleine Vermögen, das mir meine Eltern hinterlassen haben, war längst aufgebraucht. Wie hätte ich also die laufenden Kosten und die hohen Mieten zahlen sollen? Wer beschreibt daher meine Verblüffung, als ich eines Morgens Besuch bekam von einem Mr. Bessington, der mir ein finanziell äußerst reizvolles Angebot machte. Seine Offerte bestand darin, ein Haus in der Brook Street, also in der feinsten Gegend Londons, anzumieten und mir auch die Praxiseinrichtung zu finanzieren. Als Gegenleistung verlangte er fünfundzwanzig Prozent meiner Nettoeinnahmen und – als Untermieter – zwei Zimmer im Haus. Was wollte ich mehr? Londons beste Gegend, eine Klientel, die vornehmlich an ihrem Reichtum leidet, eine eingerichtete Praxis, keine Schulden! Das war wie ein Sechser im Lotto! Natürlich habe ich angenommen. Und alles lief auch bestens an. Vier Wochen später schon zog ich in der Brook Street ein und konnte mich auch über das Fehlen von Patienten nicht beklagen. Bessington hatte sich zwei Zimmer im ersten Stock eingerichtet. Jeden Abend kam er als mein letzter Patient zu mir, bißchen Kreislaufkontrolle und so, und nahm bei der Gelegenheit auch gleich seinen Anteil an meinen Einnahmen mit.

In den letzten beiden Jahren haben sich diese fünfundzwanzig Prozent zu einer beachtlichen Summe addiert. Etwas merkwürdig freilich war's schon, daß er das Geld nie auf die Bank brachte, sondern in einer Truhe in seinem Zimmer verstaute!

*Anm.: Starrkrampf der Muskulatur

Im allgemeinen aber sind wir ganz gut miteinander ausgekommen. Bessington ist ein ruhiger Mann und lebt äußerst zurückgezogen. Nur vor dem Abendessen geht er regelmäßig eine Stunde spazieren. Um so mehr überraschte es mich, als er eines Tages, vor etwa zwei Wochen, völlig außer sich, zu mir in die Praxis stürmte. Der – für mich – banale Anlaß war, daß im West End, nicht weit von uns, nachts eingebrochen worden war. Bekanntlich passiert so was am laufenden Band. Diese Bagatelle jedoch löste bei meinem Untermieter dramatische Veränderungen aus. Er setzt keinen Fuß mehr vor die Tür und verschanzt sich regelrecht in seinem Zimmer, das er zudem noch durch Zusatzvorrichtungen gesichert hat. Da er mich jeden Abend aufsucht, bemerke ich auch, daß er plötzlich äußerst nervös geworden ist und vor irgendwas entsetzliche Angst hat!

Wahrscheinlich hängt nun all das irgendwie mit dem anonymen Brief zusammen, den ich vor zwei Tagen bekam. Darin wurde mir für den nächsten Tag um 18.15 Uhr der Besuch eines adeligen Exil-Russen avisiert, der an Katalepsie leide. Stellen Sie sich vor – Katalepsie! Das war schon eine kleine Sensation für mich, denn diese Krankheit ist äußerst selten – und zugleich mein Spezialgebiet!

Auf die Minute genau kam dann auch ein älterer Herr. Adelige Züge jedoch konnte ich an ihm nicht feststellen, eher ärmliche. Er hatte ein durch Arbeit und Sorgen ausgemergeltes, hageres Gesicht und trug einen ausgebleichten, verknitterten Anzug! Ganz anders dagegen wirkte sein Begleiter, sein Sohn, wie sich herausstellte. Er war ein großer, breitschultriger, attraktiver Mann! Ich bot ihm an, bei der Untersuchung dabeizusein, was er aber ablehnte. Nachdem er sich ins Wartezimmer zurückgezogen hatte, begann ich, mit verschiedenen Tests den Krankheitsgrad des alten Herrn zu ergründen. Auf meine Fragen reagierte er zunächst ziemlich wirr – das konnte aber auch am Alter oder am Intelligenzquotienten liegen. Urplötzlich stoppte er dann mit seinen schleppenden Antworten, sein Körper erstarrte auf dem Stuhl, und seine Augen blickten völlig geistesabwesend – die typischen Symptome der Katalepsie! Völlig normal dagegen blieben alle anderen körperlichen Befunde wie Puls, Reflexe, Blutdruck und Temperatur.

Gerade das ist es ja, was diese Krankheit so irritierend macht! Bei meinen wissenschaftlichen Untersuchungen am Institut hatte ich festgestellt, daß sich als medikamentöse Behandlung am besten die Inhalation von Amylnitrit eignet. Da ich damit auch in meinem Kellerlabor experimentiere, verließ ich das Behandlungszimmer für einige Minuten, um eine Testdosis zu mischen. Meine Mühe war jedoch umsonst. Denn als ich zurückkam, war das Zimmer leer. Der alte Herr war weg. Auch sein Sohn war verschwunden! Meinem Butler, der erst seit kurzem bei uns ist, konnte ich keinen brauchbaren Hinweis entlocken. Kurz darauf kam Bessington von seinem Spaziergang zurück. Erzählt habe ich ihm nichts, es ging ihn ja auch nichts an!

Mit Verrücktheiten habe ich beruflich, wie Sie sich denken können, ständig zu tun. Die allerdings, die ich heute erlebte, war von ganz anderer Art. Der Kataleptiker und sein Sohn kamen wieder, als seien sie erneut mit mir verabredet. Pünktlich Viertel nach sechs waren sie da. Sein ungewöhnliches Verschwinden erklärte der Alte damit, daß er in einem Zustand geistiger Verwirrung auf die Straße gegangen sei. Wie mir sein Sohn erklärte, war er ihm in der Annahme, die Behandlung sei beendet, gefolgt.

Nun, bei meinen Patienten darf man das alles nicht so ernst nehmen. Und so schickte ich den Sohn wieder ins Wartezimmer und beschäftigte mich noch einmal etwa eine halbe Stunde mit meinem Patienten. Da ich keinen akuten Katalepsie-Anfall feststellen konnte, habe ich ihn mit vielen Ratschlägen und einem Rezept nach Hause geschickt.

Kurz darauf – nach ihm kann man übrigens fast die Uhr stellen – kam Bessington von seinem abendlichen

Spaziergang zurück. Und nicht einmal zwei Minuten später tobte er wutschnaubend und völlig außer sich in mein Sprechzimmer. Als er wieder in der Lage war, ein paar zusammenhängende Worte herauszubringen, bellte er mich an, was ich in seinem Zimmer verloren habe. Ich muß ziemlich dumm geschaut haben, weil ich mir keiner Schuld bewußt war. Er aber belehrte mich eines Besseren und zeigte mir Fußabdrücke auf seinem Teppich, die unmöglich von ihm stammen konnten. Sein Zimmer haben wir dann genauestens unter die Lupe genommen. Aber nichts fehlte, nichts war aufgebrochen oder durcheinander, keine weiteren Spuren! Meine Erklärung für den Vorfall, die ich ihm allerdings nicht auf die Nase band, war die, daß der Sohn des Exil-Russen vom Wartezimmer aus wahrscheinlich einen Ausflug unternommen hatte. So merkwürdig dieser Vorfall auch war – Bessingtons Verhalten wurde nun vollends verrückt! Er schien wie von Furien gehetzt, war völlig außer Kontrolle und weinte sogar. Schließlich, als er sich halbwegs beruhigt hatte, nannte er mir Ihren Namen und bat um Ihre Mithilfe! Deshalb bin ich hier und bitte Sie, den Fall zu übernehmen. Am besten wird es wohl sein, wenn Sie sich alles vor Ort anschauen, Mr. Holmes!"

Holmes hatte den langen Ausführungen des Psychiaters mit seiner üblichen Poker-Miene und kommentarlos gelauscht, hatte ihn sprechen lassen und keinerlei Zwischenfragen gestellt. Daß der Fall ihn interessierte, konnte, wer ihn – wie ich – näher kannte, höchstens daran erkennen, daß sich seine Augen gelegentlich zu Schlitzen verengten ... und daß die aus seiner Pfeife aufsteigenden Kringel dann nicht mehr so kunstvoll geblasen waren. Und an diesen Anzeichen war abzulesen, daß er den Fall übernommen hatte. Er warf also seinen Mantel über, und wir taten es ihm gleich.

In Trevelyans Haus in der Brook Street wurden wir mit der nächsten Überraschung konfrontiert: Aus dem Halbdunkel des ersten Stockes glänzte uns eine Pistole entgegen.

„Keinen Schritt weiter!" krächzte Bessington von oben herab. „Sonst knallt's!"

Nachdem wir das Mißverständnis aufgeklärt und das Licht eingeschaltet hatten, gestattete er uns den Zugang zu seinem Zimmer. Aber nicht die Ausstattung des Raumes, die zunächst nichts Außergewöhnliches bot, war es dann, was uns fesselte, sondern Bessington selbst, der da vor uns stand. Er war ein Mann von schier unglaublichem Leibesumfang, mit hängenden Falten im Gesicht und von grauer Hautfarbe. „Gott sei Dank, daß Sie gekommen sind!" wandte er sich übereifrig an Holmes. „Der Einbruch – ich brauche Ihre Hilfe!"

„Der Einbruch", entgegnete Holmes zu meiner Verwunderung kühl, „ließe sich wahrscheinlich leicht aufklären, wenn ich mehr über die beiden Patienten des Psychiaters wüßte! Können Sie dahingehend nachhelfen?"

„Wieso? Wie kommen Sie darauf? Dafür ist doch Dr. Trevelyan zuständig!"

„An sich schon", knurrte Holmes, „aber es hätte ja sein können, daß wir auch von Ihnen Näheres erfahren?!" Wie er darauf kam, war mir nicht erklärlich, aber ich war jetzt auf alles gefaßt. Bessingtons Antwort ließ lange auf sich warten. „Dazu kann ich im Augenblick nichts sagen, Mr. Holmes!" Ich war über diese ausweichende Antwort reichlich verärgert und sah Holmes an. Er schien nichts gehört zu haben, und nur an einer unauffälligen, verächtlichen Gesichtsregung war abzulesen, was er von dieser Antwort hielt, nämlich nichts. Sein Unmut steigerte sich noch, als Bessington uns nun ausführlich die Geschichte seiner Truhe ausspann, die sein Safe sei, weil er den Banken und Bankern nicht traue. Daher rühre auch seine Furcht vor Einbrüchen.

„Über das Alter, in dem ich Märchen noch verschlungen habe, bin ich zwar längst hinaus", beschied ihn Holmes zuletzt, „aber ich kenne mich in London ganz gut aus", fügte er hinzu. „Vielleicht versuchen Sie es einmal als Märchenonkel." Einen Moment herrschte gespanntes Schweigen. „Mr. Holmes!“ protestierte Bessington dann. „Ich habe Sie nicht engagiert, um mir besserwisserische Kommentare anzuhören. Lieber hätte ich einen Ratschlag dahingehend, wie ich mich weiter verhalten soll!“

„Sehr gern“, erwiderte Holmes, „und ganz einfach: Sie sollten bei der Wahrheit bleiben. Dann und nur dann kann ich Ihnen helfen! Und jetzt entschuldigen Sie mich bitte!“

Diese kultivierte, für Außenstehende auch bissig erscheinende Rede meines Freundes konnte mich nicht darüber hinwegtäuschen, daß ihn Bessingtons Ausführungen ziemlich enttäuscht hatten und daß er nicht willens war, sich derlei Ausflüchte weiter anzuhören. Wenn auch ohne näheren Anhaltspunkt über Holmes' Beweggründe, ihm jedoch blind vertrauend, folgten wir ihm, als er mit energischer Gestik zum Aufbruch drängte.

„Solch eine freche Vernebelungstaktik habe ich schon lange nicht mehr erlebt!“ kommentierte er in kurzer Form auf der Straße. „Er wollte mich hinters Licht führen – ein starkes Stück! Der Kerl weiß viel mehr, als er uns mitteilt! Irgendwas hat er auf dem Kerbholz, und das ist es, was die beiden angeblichen Exil-Russen von ihm zurückhaben wollen! Daß der Sohn des Kataleptikers ihm zwei ungebetene Besuche abgestattet hat, steht für mich außer Frage! Nur den genauen Grund kenne ich noch nicht!“

„Und die Katalepsie?“ hakte ich, leicht irritiert, nach.

„Eine unheimliche Krankheit. In diesem Fall, sollte man jedoch besser sagen, daß der alte Mann eine bühnenreife Vorstellung gegeben hat. Mit den Symptomen habe ich mich schon vor längerer Zeit einmal befaßt. Man kann sie wunderbar simulieren! Einem Arzt ist es völlig unmöglich, tatsächliche Symptome und Simulation auf Anhieb zu unterscheiden!“

„Du schiebst alles auf Bessington!“ konterte ich. „Könnte es nicht auch so sein, daß uns Dr. Trevelyan auf den Arm nimmt?“

„Deine Naivität in allen Ehren, mein lieber Watson! Aber du solltest lernen, auf die Details besser achtzugeben. Denk an die Schuhspuren auf dem Teppich! Trevelyan hat eine andere Schuhgröße und eine andere Schuhform, nämlich vorne spitz, dem Modetrend folgend! Daß *er* nicht der geheimnisvolle Besucher war, ist damit bewiesen. Was im übrigen die Lösung dieses eigentlich gar nicht so komplizierten Falles betrifft, müßte ich mich schon gewaltig täuschen, wenn sich da nicht sehr schnell neue Entwicklungen abzeichneten!"

Undurchsichtige Äußerungen dieser Art war ich bei Holmes gewohnt. Obwohl er bisher fast immer recht behalten hatte, wartete ich doch gespannt, ob sich auch dieses Mal der kriminalistische Spürsinn meines Freundes bewähren würde.

Unser Frühstück am nächsten Morgen hatten wir kaum begonnen, als uns ein Telegramm bei unserer gemütlichen Tätigkeit störte. Holmes las es, legte es beiseite und sagte: „Machen wir uns fertig, Watson. Gleich werden wir abgeholt. Trevelyan legt Wert auf unseren sofortigen Besuch!" setzte er schmunzelnd dazu. Er hatte es also richtig vorhergesehen!

Das Schmunzeln verging ihm allerdings gründlich, als wir in der Brook Street angelangt waren.

„Kommen Sie!" flüsterte uns Trevelyan, der uns ungeduldig vor der Tür erwartet hatte, aufgeregt zu. „Bessington! Er hat sich erhängt!"

Dafür fing er einen von Holmes' unergründlichen Blicken ein. „Keine schöne Art zu sterben", merkte er nur kurz an und fragte dann, ob Inspektor Lanner den Fall schon übernommen habe.

Mit Trevelyan, der die Frage bestätigte, marschierten wir dann nach oben. Lanner und Holmes, die alte Bekannte waren, begrüßten sich kurz und respektvoll, und dann standen wir zu viert erschüttert vor den sterblichen Überresten Bessingtons.

Denn der Anblick, der uns da erwartete, war nur etwas für starke Gemüter! Bessington hing an einer Art

Fleischerhaken, seltsam verkrampft und totenstarr. Ich konnte nichts mehr für ihn tun, und so deckte ich die Leiche ab.

Routiniert kommentierte Lanner den Fall: „Irgendeine Kurzschlußreaktion! Im Bett war er erst gar nicht! Es entspricht übrigens auch der Kriminalstatistik, daß Selbstmörder den frühen Morgen lieben. Mehr als drei Stunden ist er noch nicht tot."

„Weitere Erkenntnisse?" hakte Holmes gespannt nach.

„Ja, wir haben einen Schraubenzieher, wie er von Einbrechern gern benutzt wird, gefunden", reagierte Lanner eilfertig. „Ein paar Schrauben auch. Und vier Zigarrenstummel waren im Kamin! Scheint vorher noch intensiv irdische Genüsse wahrgenommen zu haben!"

Zu diesem Kommentar bemerkte Holmes nichts. Statt dessen schnupperte er am Zigarrenetui des Toten und ein Vergleich mit den Stummeln aus dem Kamin machte Holmes klar, daß die Marken nicht identisch waren. „Nur in der Not", überlegte er laut, „wechselt der Zigarrenraucher seine Marke. Würden Sie mir daher widersprechen, Lanner, wenn ich annehme, daß Bessington noch Besuch hatte, bevor er starb?"

„W... w... widersprechen nicht, Mr. Holmes", stotterte Lanner. „Meinen Sie, daß da Mörder ihre Andenken hinterlassen haben?! Immerhin könnten etwaige Besucher auch vor dem Selbstmord wieder gegangen sein!"

„Ja, ja", reagierte Holmes in der gedehnten Art, die ihm eigen war, wenn er sich seiner Sache sicher war. „In der Theorie ist bekanntlich alles möglich! Hätten Sie vielleicht auch eine Erklärung dafür, wie die Kerle hereingekommen sind?"

„Nun, völlig ausgeschlossen, daß er Besucher zur Todeszeit hatte! Alles war von innen verriegelt!"

„Und wie erklären Sie das?" insistierte Holmes, der den Zimmerschlüssel herausgezogen und eingehend mit der Lupe untersucht hatte. „Sehen Sie die Kratzer am

Bart?! Blind müßte sein, wer da nicht auf Einbrecher tippt, die einen Schlüssel mit Draht oder dem Dietrich aus dem Schloß herausbugsiert haben!"

Der Inspektor sah ihn mit belämmertem Blick an. Indes hatte Holmes sich ganz nebenbei ein Photo Bessingtons angeeignet.

„Wenn ich Ihnen ein Stück weiterhelfen darf", nun war die Ironie nicht mehr zu überhören, „dann zunächst mit dem Hinweis, daß drei Personen am Ableben Bessingtons beteiligt waren, wie sich aus der Analyse der Fußspuren eindeutig ergibt. Zwei davon sind uns zwar nicht namentlich, ansonsten aber bestens bekannt! Der *dritte* Mann, Dr. Trevelyan, ist jemand, den Sie eingestellt haben. Wo ist denn eigentlich der Butler?"

„Gute Frage!" reagierte Dr. Trevelyan resigniert. „Weg! Wir haben schon vergeblich versucht, das aufzuklären!"

„Ich betrachte das mal als Bestätigung meiner These", fuhr Holmes fort. „Drei also waren es! Bessington hatte keine Chance gegen sie, ganz gleich, ob er im Schlaf überrascht oder hellwach von ihnen überwältigt wurde! Wahrscheinlich wurde er vorsichtshalber erst einmal geknebelt! Und dann hat wohl eine Art längerer Gerichtsverhandlung stattgefunden! Damit sind auch die Zigarrenreste zu erklären. Über den Inhalt der Verhandlung kann ich noch nichts sagen, aber das Ergebnis dagegen ist ein klares Todesurteil gewesen – er wurde gehenkt! Den Fleischerhaken werden sie wohl mitgebracht haben, um diese – bereits eingeplante – Absicht zu verwirklichen!"

Nach den letzten Worten meines Freundes hatte sich Lanner – wie mir schien – leicht zerknirscht davongemacht, um seine Ermittlungen fortzuführen. Ich kehrte in die Baker Street zurück, nachdem Holmes sich von mir verabschiedet hatte. „Zum Fünf-Uhr-Tee bin ich wieder da, Watson! Bis dahin müßte alles klar sein! Lanner und Trevelyan sind dann unsere Gäste – und auf deren Gesichter freue ich mich schon jetzt!"

War es die für Holmes typische Präzision? War es britische Beamtentugend oder die Termingenauigkeit eines Arztes? Jedenfalls – um fünf waren wir wieder alle um dampfenden Tee versammelt.

„Was Neues, Lanner?“ begann Holmes kurz und schnörkellos die Diskussion.

„Das kann man wohl sagen: Wir haben den Diener!“

„Gut, und ich hab' die beiden anderen!“

Lanner schien wie vom Schlag getroffen: „Wo? Wie?...“

„Na, ja“, Holmes grinste. „Im Wagen habe ich sie natürlich nicht. Aber ich weiß, wer's war! Die Worthington-Bank-Gang war's!“

„Was, die?“ entgegnete Lanner überrascht und stokkend, „was die mit unserem Einbruch und einem angeblichen Mord zu tun haben, wüßte ich nun aber wirklich gerne!“

„Gar nicht so schwierig, lieber Lanner! Sechs Leute waren's damals, die da im Stil der berühmten *Posträuber* die Bank um einige hunderttausend Pfund erleichterten! Bekam ihnen schlecht. Einen haben damals die Wächter erschossen, einen zweiten hat man gehenkt, nachdem er von einem Komplizen, der als Kronzeuge aussagte, verraten wurde. Der Verräter konnte das Gericht als freier Mann verlassen. Die anderen drei kamen für fünfzehn Jahre hinter Gitter. Nach ihrer Freilassung, vor kurzem, wollten sie sich am Verräter ihres Teamkollegen rächen und damit gleichzeitig an dem, der sie um ihre gesamte Beute betrogen hatte – und so hefteten sie sich an seine Fersen. Wie ich einwandfrei anhand eines Photos von Bessington feststellen konnte – war er der Verräter! Ihn aufzuspüren war kein Problem. Ihn auszuschalten, wenn ich das mal so neutral ausdrücken darf, war schwieriger. Ein paarmal ist es wohl schiefgegangen! Auf die kataleptische Tour haben sie's dann endgültig geschafft! Habe ich was vergessen, Dr. Trevelyan?“

„Ich bin noch etwas verwirrt, Mr. Holmes“, antwortete der Angesprochene, „aber ich denke, daß es genau so war! Als Bessington das erste Mal bei mir zusammengebrochen ist – das war wohl der Tag, als in der Zeitung von der Freilassung seiner Komplizen berichtet wurde!"

„Und die Angst vor einem Einbruch war nur ein Vorwand!" bemerkte Holmes. „Daß er sich *Ihnen* nicht anvertraute, Mr. Trevelyan, ist übrigens ganz einfach zu erklären. Es ist dies das ebenso typische wie unglaublich tief in der Seele verwurzelte und hartnäckige Mißtrauen aller Verbrecher gegenüber Nicht-Gaunern, das ihn daran hinderte! Er hat sich zwar bei Ihnen eingenistet, weil ihn das Alleinsein in seiner Todesangst wahnsinnig gemacht hätte! Helfen hätten Sie ihm vielleicht können, aber helfen läßt sich halt nicht jeder!"

„Wär' ja auch noch schöner!" resümierte Lanner in seiner gelegentlich souverän-trockenen Art. „Die Allgemeinheit muß man schützen, um solche Leute, wenn man sie schon nicht verbieten kann, dann doch zumindest hinter Gitter zu bringen!"

Hinter Gitter kam der Rest der Worthington-Bank-Gang nie! Wie der Vollzieher der höheren Gerechtigkeit sie richtete, ist mir zwar nicht bekannt, jedoch weiß ich, daß sie nicht mehr leben: Einem Attentat fielen sie drei Wochen nach unserem Gespräch zum Opfer. In totaler Überschätzung ihrer Möglichkeiten hatten sie sich mit nordirischen Freiheitskämpfern zusammengetan und diese ausgetrickst. Der Schock ob des Verrats währte bei den Iren nur kurz, und ihre Rache war tödlich.

Chinesisches Porzellan

Erholung hatten Holmes und ich mehr als reichlich nötig: Holmes hatte gerade drei verzwickte Fälle erfolgreich abgeschlossen, bei mir war durch einen noch unbekannten Grippevirus eine Patientenschwemme ausgelöst worden, und auch mein „Hobby“, das Aufschreiben der komplizierten Kriminalfälle und des abenteuerlichen Lebens meines Freundes, hatten mich doch reichlich mitgenommen. Wir hatten herausgefunden, daß nichts so nachhaltig die Spannungen wieder lösen konnte wie ein Besuch in einer römisch-irischen Sauna.

So lagen wir eines Nachmittags im September nach der ersten Schwitzphase im Ruheraum unserer Stammsauna, eingehüllt in Leinentücher und vertieft in ein Gespräch. Holmes – an diesem Ort weit weniger schweigsam als sonst – erläuterte mir verdächtig ausführlich Hintergründe seiner letzten Fälle, berührte aber mit keinem Wort die Gegenwart.

„Bist du gerade arbeitslos?“ fragte ich mit freundlicher Ironie.

„Nicht unbedingt, aber es liegt nichts Besonderes an. Und wie dieser Fall hier zu beurteilen ist, weiß ich noch nicht!“

Während er sprach, hatte er in seinen neben ihm hängenden Tabaksbeutel gegriffen und ein Blatt Papier hervorgeholt, das er mir vor die Nase hielt: „Da, lies selbst!“ Die Zeilen waren auf einem Briefbogen des Carlton Clubs geschrieben:

„Werter Mr. Holmes
Morgen nachmittag gegen 16.30 Uhr würde ich Sie gerne besuchen. Ich möchte Sie in einer ebenso heiklen wie wichtigen Angelegenheit um Ihren Rat bitten und vertraue auf Ihre Diskretion. Für das Zustandekommen dieser Unterredung wäre ich Ihnen sehr dankbar. Bitte benachrichtigen Sie mich und teilen Sie mir mit, ob Ihnen dieser Termin recht ist.
Hochachtungsvoll
Sir James Damery

„Ich habe ihm ausrichten lassen, daß ich ihn erwarte. Kennst du den Mann?“

„Ich weiß nur, daß er in der Gesellschaft einen Namen hat“, antwortete ich.

„Dann kann ich vielleicht doch noch etwas ergänzen. Er ist Meister der Diplomatie und des Fingerspitzengefühls. Im Dienste Ihrer Majestät erledigt er bei Bedarf besonders delikate Spezialaufträge. Auch bei Verwicklungen von bekannten Persönlichkeiten in Skandale wurde er schon öfters bemüht. Wir können demnach annehmen, daß er uns tatsächlich ein kompliziertes Problem präsentieren wird!“

Obwohl viele Patientenbesuche gemacht werden mußten, war ich am nächsten Tag pünktlich zur Stelle. Auf die Minute genau traf auch Sir James ein. Als Persönlichkeit beeindruckte er jeden, der seine Bekanntschaft machte: Eine große, aufrechte Gestalt, vom Scheitel bis zur Sohle eine äußerst gepflegte Erscheinung, und Augen, die einmal durchdringend wachsam blickten, dann wieder Güte und Humor ausstrahlten.

„Freut mich, auch Sie hier zu treffen, Dr. Watson! Wir werden unsere Kräfte kombinieren müssen, um in dieser Angelegenheit vorwärtszukommen!" Manchmal konnte Sir James offenbar auch sehr direkt sein.

Holmes erwiderte ebenso unverblümt:

„Wie heißt denn Ihr Gegner diesmal!"

„Es handelt sich um Baron Gruner, einen Österreicher."

„ Etwa den, der bereits einen Mord auf dem Gewissen hat?" hakte Holmes sofort nach.

„Sie sind unnachahmlich, Mr. Holmes! Wie schaffen Sie es nur, immer so hervorragend informiert zu sein?"

„Mein Beruf verlangt, daß ich mich auch mit den Kriminalfällen auf dem Festland befasse. Ich habe jede Einzelheit des Verbrechens in Prag verfolgt und bin von der Täterschaft dieses Mannes fest überzeugt. Er hat es nur der Geschicklichkeit seines Anwaltes zu verdanken, daß er wieder auf freiem Fuß ist und jetzt in England leben kann! Wie er den Mord an seiner Frau als ‚Unglücksfall' arrangierte, spricht allerdings auch für seine Gerissenheit! Welches Drama hat er denn dieses Mal inszeniert?"

„Es geht diesmal darum, ein Verbrechen zu verhindern – eine äußerst verwickelte Angelegenheit. Man sieht förmlich, wie andere Leute in ihr Unglück verstrickt werden, und weiß kaum, wie man es verhindern kann. Deshalb bitte ich Sie um Ihre Mithilfe, Mr. Holmes! Ich komme im Namen eines ehrenwerten Mannes zu Ihnen, der nicht genannt werden möchte, aber ich verbürge mich dafür, daß seine Beweggründe absolut über jeden Zweifel erhaben sind."

„Tut mir leid, Sir James", distanzierte sich mein Freund, „unter dieser Bedingung kann ich leider nichts für Sie tun! Die Klärung eines Falles gleich mit einem zusätzlichen Geheimnis zu beginnen erscheint mir absurd!"

Bei diesen Worten flog ein trüber Schatten über das Gesicht unseres Besuchers.

„Ich habe mein Wort gegeben, daß ich in diesem Punkt Verschwiegenheit wahre, und daran muß ich mich halten. Aber vielleicht räumen Sie mir noch eine kleine Chance ein? Wenn Sie damit einverstanden sind, werde ich Ihnen wenigstens den Sachverhalt vortragen. Sie können sich danach vielleicht eher entscheiden, mein Angebot zu akzeptieren!"

„Sofern es mich zu nichts verpflichtet, höre ich Ihnen gerne zu!"

„Ich danke Ihnen! Zumindest aus den Zeitungen wird Ihnen beiden wohl der General de Merville bekannt sein. Er hat eine Tochter namens Violet, ein zauberhaftes, hübsches Mädchen, das von mütterlicher Seite eine Menge Geld geerbt hat. Violet muß aus der Hand dieses Gruner befreit werden!"

„Hat er denn eine solche Macht über sie?"

„Die größte, die man sich überhaupt denken kann. Sie liebt ihn! Der Mann hat es mit seinem guten Aussehen, seiner Bildung und seiner aalglatten Art geschafft, daß sie ihm geradezu verfallen ist. Er kann mit ihr machen, was er will!"

„Wie haben sie sich denn überhaupt kennengelernt?" wollte Holmes nun doch wissen.

„Auf einer Kreuzfahrt im Mittelmeer. Er hat sich bei ihr schnell eingeschmeichelt und ihr Herz im Sturm erobert. Sie will ihn nächsten Monat heiraten!"

„Kennt sie die Ereignisse von Prag?"

„Ja, er hat ihr jedes Detail erzählt, ihr aber die Geschichte so verdreht dargestellt, daß sie nun in ihm das unschuldige Opfer sieht. Alle Menschen, die ihr nahestehen, haben versucht, sie vom Gegenteil zu überzeugen, aber ohne Erfolg!"

„Ich habe das Gefühl, Sir James, daß Sie bei Ihrer Erzählung, ohne es zu wollen, uns doch indirekt den Namen Ihres Auftraggebers verraten haben. Ich vermute, daß es der Vater ist! Habe ich recht?"

„Wenn ich darauf nicht antworte, darf Sie das nicht täuschen. Ihre Annahme geht fehl, Mr. Holmes. Der General ist an der Sache zerbrochen, obwohl er früher einer der mutigsten und tapfersten Männer war. Ein

Freund der Familie kümmert sich nun um die Geschicke der jungen Frau. Er kennt sie von Kindheit an, möchte aber nach außen keinesfalls in die Probleme verwickelt werden. Bitte, fragen Sie nicht weiter nach seinem Namen!“

„Mittlerweile bin ich der Meinung, daß ich Ihnen dieses Zugeständnis machen kann“, bemerkte Holmes lächelnd. „Ihre Geschichte fasziniert mich, ich werde ihren Faden weiterspinnen!“

„Ich danke Ihnen und wünsche Ihnen viel Erfolg! Sie erreichen mich jederzeit im Club. Bevor ich mich verabschiede, gebe ich Ihnen noch die Adresse des Barons. Er residiert in einem geschmacklosen Prachtbau in Vernon Lodge, den er sich mit dem Geld aus seinen dubiosen Börsengeschäften gekauft hat.“

„Wissen Sie sonst noch etwas über ihn?“

„Er liebt Luxus, hat einiges von seinem Kapital in die Pferdezucht gesteckt und sammelt mit Leidenschaft Antiquitäten. Sein spezielles Interesse gilt chinesischem Porzellan. Auf diesem Gebiet soll er eine Kapazität sein. Er hat über diese alten Keramiken auch ein Buch verfaßt!“

„Er scheint ein gebildeter Mann zu sein. Nicht ungewöhnlich für einen vielseitigen Verbrecher“, kommentierte Holmes. „ Ich werde wohl einige meiner Informationsquellen anzapfen müssen, um entsprechendes Material gegen ihn in die Hand zu bekommen. Ich halte Sie auf dem laufenden, Sir Damery!“

In den nächsten Stunden war mein Freund mal wieder nicht ansprechbar. Schließlich hielt ich es nicht mehr aus und fragte ihn, ob er die junge Lady denn nicht besuchen wolle.

„Ich glaube, das hat wenig Zweck, nachdem alle ihre Freunde vergeblich versucht haben, sie von der Wahrheit zu überzeugen! Vielleicht ergibt sich später eine günstigere Gelegenheit. Lieber möchte ich jetzt Shinwell Johnson einschalten!“

Von Johnson hatten wir schon lange nichts mehr gehört. Bevor er Holmes von Zeit zu Zeit assistierte, hatte er Karriere als Krimineller gemacht, dann eine Zeitlang im Gefängnis verbracht. Danach kehrte er ins bürgerliche Leben zurück. Seine Kontakte zur Verbrecherwelt aber waren oft eine wertvolle Hilfe für Holmes. Da er nämlich nicht zum Polizeispitzel geworden war, stand er mit den anderen Ganoven nach wie vor auf gutem Fuß.

In den nächsten Tagen nahm mich meine Praxis stark in Anspruch, und ich konnte deshalb die von Holmes eingeschlagenen Schritte nicht verfolgen. Ein paar Tage später, bei einem vorzüglichen Abendessen, berichtete er mir, was sich getan hatte.

„Johnson durchforstet noch alle Bars und Nachtclubs! Irgend etwas Interessantes kommt sicher dabei heraus."

„Ja, glaubst du denn, daß sich Violet noch durch irgendwelche Machenschaften des Barons in ihrem Glauben an ihn erschüttern läßt, wenn sie ihm sogar einen Mord verziehen hat?" unterbrach ich ihn.

„Wer weiß, die Frauenlogik macht oft nicht nachvollziehbare Sprünge! Abwarten und Tee trinken, heißt da die Parole. Vorgestern besuchte ich übrigens unseren Gegner. Er war die Freundlichkeit in Person, die Atmosphäre in seiner Nähe kam mir vor wie die Ruhe vor dem Sturm. Richtig freundlich hat er mich bewirtet und fühlte sich offenbar geschmeichelt, daß er jetzt mit einem Mann wie mit mir zu rechnen hat. Ich fiel dann direkt mit der Tür ins Haus und sagte ihm, daß ich die Absicht habe, seine Heirat mit Violet zu verhindern!"

„Passen Sie nur auf, daß Sie sich nicht die Finger verbrennen! In Anbetracht des Rufs, den Sie zu verlieren haben, empfehle ich Ihnen wärmstens, schnellstens den Rückzug anzutreten", antwortete er mir überheblich.

„Sie nehmen mir das Wort aus dem Mund!" gab ich zurück. „Den gleichen Rat wollte ich Ihnen geben. Reden wir doch mal ein offenes Wort miteinander. Niemand vermag Ihnen aus den alten Geschichten einen Strick zu drehen, was für Sie ja sehr unangenehm werden könnte. Wenn Sie aber auf der Verbindung mit Miss de Merville bestehen, scheuchen Sie einen Schwarm einflußreicher Verfolger auf, die Ihnen das Leben in England zur Hölle machen werden. Und ob sich dieses Risiko lohnt, möchte ich bezweifeln!"

Der Baron lachte mir geradewegs ins Gesicht.

„Mit diesen Drohungen können Sie doch keinen Hund hinterm Ofen hervorlocken! Violet steht auf meiner Seite, ganz egal, was passiert! Geben Sie das Spiel auf, Mr. Holmes! Sie haben keinen einzigen Trumpf in der Hand. Meiner Braut habe ich von dem Mißgeschick in Österreich erzählt und sie weiß, daß ich von allen möglichen Verleumdern verfolgt werde. Sie ist weder unter Drogen noch unter Hypnose gesetzt worden und kann mit klarem Verstand meine Lage beurteilen. Wenn Sie Wert darauf legen, wird sie sich all Ihre Argumente anhören, aber überzeugen können Sie sie sicher nicht!"

„Nach diesen Worten, Watson, blieb mir nichts anderes übrig, als zu gehen. Du siehst, was für ein eingebildeter Mann er ist. Er setzte dem Ganzen noch die Krone auf, als ich fast schon bei der Haustür war!"

„Mr. Holmes", rief er mir nach, „Ihnen ist der Spion aus Frankreich, Le Brun, doch bestimmt ein Begriff?"

Ich nickte nur.

„Dann erinneren Sie sich auch, daß er auf einer Seinebrücke in Paris in einen Hinterhalt geriet und derartig zusammengeschlagen wurde, daß er nie mehr laufen kann. Wissen Sie, warum er jetzt im Rollstuhl fährt? Er mischte sich einige Tage vorher in meine Geschäfte, und das ging ihn ja wirklich nichts an!"

„Jetzt weißt du über das Großmaul Bescheid, Watson. Trink deinen Scotch aus, wir gehen ins Arbeitszimmer. Johnson wird jeden Moment auf der Bildfläche erscheinen, um uns Bericht zu erstatten!"

Kaum angesprochen, erschien Johnson auch schon bei uns. Sein aufgedunsenes Gesicht, die großporige

Haut und die ungepflegten Zähen hätten auch jetzt so manchen zu der Vermutung veranlaßt, einen Ganoven vor sich zu haben. Doch wie er auch immer aussehen mochte, er hatte die Unterwelt erfolgreich durchleuchtet! Mit ihm erschien eine schmächtige, grazile junge Frau, aus deren lebhaften Augen eine Menge Temperament sprach. Ihr Gesicht verriet allerdings auch, daß sie trotz ihrer Jugend schon einiges hinter sich hatte.

„Miss Kitty Winter", stellte Shinwell Johnson sie vor. „Sie erzählt Ihnen am besten gleich selbst, in welcher Beziehung sie zu diesem Fall steht. Ich habe sie jedenfalls sofort hergeschleppt, als ich Ihre Nachricht bekam!"

„Verdammt, Johnson!" sprudelte sie los. „Wir sind alte Kumpel und schon ganz schön weit heruntergekommen! Aber wenn's noch einen Funken Gerechtigkeit auf dieser Welt gibt, dann muß der Gruner noch viel tiefer stürzen. Direkt neben dem Teufel schmoren müßte er!"

„Unser Einverständnis haben Sie, Miss Kitty", bestärkte sie Holmes schmunzelnd.

„Ich helf' Ihnen, wo ich nur kann", bekräftigte die junge Frau ihre Entschlossenheit, „mein Leben ist zwar nicht gerade vorzeigbar, aber das, was ich jetzt bin, habe ich nur diesem Kerl zu verdanken! Am liebsten würde ich ihn höchstpersönlich umbringen!"

„Davon würde ich abraten", beschwichtigte sie Holmes. „Wissen Sie, um was es hier geht?"

„Ich bin im Bilde! Dieser Mensch hat sich an 'ne anständige Frau rangemacht. So ein armes Luder! Und Sie wollen jetzt verhindern, daß er sie auch noch zum Altar schleppt! Ich könnte mit ein paar Kleinigkeiten rausrükken, da fallen ihr die Augen aus dem Kopf. Mit Unschuldsaugen hat er mir einen zweiten Mord gestanden, und ich Idiotin hab', total verknallt in ihn damals, nichts unternommen! Dürfte auch alles in seinem Tagebuch stehen, das er immer verschlossen in einem Geheimfach versteckt!"

„Das hat er Ihnen gezeigt?"

„Ja, aber nur, weil er an dem Abend schwer betrunken war. Seine Eitelkeit hat ihn dazu getrieben! Er wollte mir mit seiner Frauensammlung imponieren. Von jeder hat er in diesem Buch ihre Macken, ihr Vermögen und so aufgeschrieben! Dem schlimmsten Ganoven der Unterwelt wäre so was nicht zuzutrauen!"

„Miss Winter, ich habe mir alles noch einmal durch den Kopf gehen lassen. Wir sollten es doch wenigstens versuchen, vernünftig mit der jungen Dame zu reden. Wenn Sie einverstanden sind, werde ich für morgen siebzehn Uhr einen Termin vereinbaren!"

„Wenn's ihm an den Kragen geht, ich bin jederzeit zu allem bereit!"

Meine Patienten hinderten mich daran, an dem Gespräch teilzunehmen. Holmes erzählte mir beim nächsten Dinner die neueste Entwicklung!

„Durch Vermittlung ihres Vaters kam die Gesprächsrunde problemlos zustande. Violet erklärte ihrem Vater, ein braves Mädchen zu sein, das sich allen seinen Wünschen fügt – bis auf die Beziehung zum Baron! Wie verabredet, kam auch die leicht überschäumende Miss Winter auf die Minute genau. Wir wurden in den großen Salon geführt, wo uns die Tochter des Hauses empfing. Einer Statue ähnlich, mit kaltem Blick, bleicher Gesichtsfarbe und vollkommen beherrscht, saß sie in ihrem Sessel. Für sie war es wohl eine Art Pflichtübung, der man sich mit Disziplin unterwirft, bevor man sich wieder ganzen Herzens der Kür zuwendet! Irgendwie weit weg von der Wirklichkeit schien sie mir zu sein. Nach einem kurzen Gruß kam sie gleich zur Sache:

„Ich weiß, daß Sie gekommen sind, um weitere Verleumdungen gegen meinen Verlobten, Baron Adelbert Gruner, vorzubringen. Nur meines Vaters wegen habe ich mich auf dieses Gespräch eingelassen. Ich betone aber, daß ich nicht die Absicht habe, mich von Ihnen beeinflussen zu lassen!"

„Watson, in diesem Moment hatte ich richtig Mitleid

mit ihr, als ob sie mein eigenes Kind wäre! Ich bin kein Mann großer Worte, aber ich habe versucht, ihr eindringlichst zu schildern, wie hart es eine Frau trifft, wenn sie erst nach der Hochzeit erkennt, welch schlechten Charakter ihr Ehemann hat. Ich malte ihr die Angst, die Verachtung durch die Mitmenschen, spätere Trostlosigkeit und Resignation in glühendsten Farben aus, habe aber nur wie gegen eine Wand geredet!"

„Mr. Holmes, Sie sind jetzt ausreichend zu Wort gekommen", hielt sie mir schließlich entgegen, „meinen Entschluß aber konnten Sie damit nicht ändern! Ich weiß, daß der Baron in seinem Leben schon einiges durchgemacht hat. Ungerechtfertigt wird er deshalb von einer Reihe Menschen verleumdet und gehaßt! Ich erkenne Ihren guten Willen an, habe mir aber bereits selbst eine Meinung über den Mann gebildet, den ich liebe. Die Einstellung anderer ist für mich kein Maßstab."

„Damit wollte sie die Unterredung beenden. Dann aber fiel ihr Blick auf meine Begleiterin, und sie erkundigte sich, wer die junge Frau sei. Kitty, die nur auf ihr Stichwort gewartet hatte, legte los wie eine Furie!"

„Wenn Sie es genau wissen wollen: Ich bin seine letzte Geliebte, eine aus der Sammlung, die er mißbraucht und wieder weggeworfen hat. In der Gosse bin ich gelandet! Genauso wird er auch mit Ihnen umgehen, nur wird Ihr Abstieg im Grab enden. Denn er will an Ihr Geld! Sie verblendete Person! Was aus Ihnen wird, ist mir zwar wurscht, ihn aber werde ich mit meinem Haß verfolgen, solange ich die Kraft dazu habe!"

„Mit Ihnen spreche ich überhaupt nicht!" wies Miss Merville Kitty ab, wandte sich dann aber an mich:

„Ich weiß, daß der Baron zweimal in seinem Leben in eine Beziehung zu obskuren Frauenzimmern verwickelt war, aber er bereut alles Schlechte, was er unter dem Einfluß dieser zweifelhaften Damen getan hat!"

„Zweimal?!" schrie Kitty hysterisch auf. „Wenn Sie das glauben, dann sind Sie nicht bei Trost!"

„Mr. Holmes, ich darf Sie wohl jetzt verabschieden", war ihre sanfte Art des Hinauswurfs.

Mit Müh und Not konnte ich Miss Winter daran hindern, Violet mit handgreiflichen Argumenten zu überzeugen! Sie explodierte fast vor lauter Wut. Selbst ich habe mich über diese Art und Weise des Hinausbeförderns nach unseren vergeblichen Bemühungen geärgert, und du weißt, daß ich nicht leicht aus der Ruhe zu bringen bin. Mit guten Worten haben wir also nichts erreicht, jetzt muß ich mir eine neue Strategie ausdenken. Vielleicht kommt auch bald ein Schritt von der Gegenseite!"

So war es dann auch. Zwei Tage später – ich war gerade beruflich in Schottland gewesen – sprangen mir auf dem Nachhauseweg die Schlagzeilen der Abendzeitung ins Auge:

„Attentat auf Sherlock Holmes!"

Mir blieb schier das Herz stehen! Nach wenigen Sekunden hatte ich mich wieder einigermaßen gefaßt und riß dem Zeitungsverkäufer ein Blatt aus der Hand. Schwarz auf weiß stand da:

Auf den berühmten Privatdetektiv Mr. Sherlock Holmes wurde heute morgen ein Mordanschlag verübt. Er schwebt in Lebensgefahr! Die Ärzte haben größte Sorge, ob er die Verletzungen übersteht. Eine genaue Diagnose war bisher nicht möglich!

Gegen zehn Uhr vormittags war der allseits geachtete Mann von zwei Männern in der Baker Street angegriffen worden. Sie waren mit Totschlägern bewaffnet und schlugen mit großer Wucht auf ihn ein. Holmes erhielt mehrere Schläge auf den Kopf, die wahrscheinlich eine Hirnverletzung verursacht haben. Der Todkranke wurde ins Charing Cross Krankenhaus gebracht. Nach Zeugenaussagen waren die Schläger gut gekleidet. Sie flüchteten in ein benachbartes Wirtshaus und entkamen über die Hintertreppe. Es wird vermutet, daß die Täter zu einer Verbrecherbande gehören, der schon häufig durch die

34
Times
Attentat auf
Sherlock Holmes

hervorragende Arbeit von Holmes ins Handwerk gepfuscht wurde!

Ich hatte kaum die Zeilen überflogen, als ich auch schon auf dem Weg ins Krankenhaus war, im Korridor traf ich den bekannten Arzt, Sir Dr. Leslie Oakshott.

„Zum Glück weniger schlimm, als der erste Eindruck befürchten ließ, Herr Kollege", berichtete er mir. „Zwei komplizierte Kopfwunden und einige massive Prellungen. Die Kopfhaut habe ich genäht. Er wird auf die Morphiumspritze hin bald schlafen. Einige Minuten aber können Sie noch zu ihm reinschauen!"

Etwas beruhigter betrat ich das Krankenzimmer auf Zehenspitzen. Munter betrachtete mich mein Freund. Beängstigend wirkten allerdings die Binden um seinen Kopf, die stellenweise mit Blut durchtränkt waren.

„Kein Grund zur Aufregung, Watson", krächzte er mit geschwächter Stimme, „es sieht dramatischer aus, als es ist!"

Ich seufzte vor Erleichterung.

„Du kannst dir doch denken, daß mir Selbstverteidigungsspezialisten kaum einer zu nahe kommen kann. Übertölpelt wurde ich nur, weil es gleich zwei waren – ich habe mich aber ganz schön zur Wehr gesetzt!"

„Holmes, ich gehe gleich los und mache diesem Gruner den Garaus."

„Mein Bester, du wirst dich noch etwas zurückhalten müssen! Im Moment können wir da nichts unternehmen. Die Täter haben bestimmt gut vorgesorgt und können ein Alibi vorweisen, falls man sie finden sollte. Ich plane etwas anderes! Vor allem möchte ich meine Verletzungen für die nächsten Tage maßlos übertreiben. Wenn du also mit jemandem redest, dann tu so, als stünde ich mit einem Bein im Grab. Du kannst das ja sehr professionell!"

„Und Dr. Oakshott? warf ich ein.

„Mit dem habe ich mich abgesprochen. Wenn nötig, werde ich ein bißchen Theater spielen!"

„Kann ich sonst noch etwas für dich tun?“

„Ja, Johnson soll Miss Winter schnellstens von der Bildfläche verschwinden lassen. Sie ist in Gefahr!“

„Bin schon unterwegs! Morgen schaue ich wieder vorbei.“

In den Tagen drauf bangte, von ein paar Ganoven und Schlitzohren abgesehen, ganz England um das Leben von Sherlock Holmes. Die Berichte der Klinik gaben allen Anlaß dazu. Im Krankenzimmer aber – ein Blumenmeer übrigens – sah alles weniger dramatisch aus! Von Tag zu Tag ging es Holmes besser. Sein durchtrainierter Körper erholte sich rasch, und nach einer Woche konnten ihm die Fäden gezogen werden. Am selben Tag entdeckte ich in der *Morning Post* die Passagierliste des Dampfers Titanic, der am Freitag von Liverpool auslaufen sollte. Baron Gruner hatte eine Reise nach New York gebucht! Es hieß, er habe vor seiner Hochzeit noch einige wichtige Geschäfte in den Staaten zu erledigen!

„Er will sich also erst einmal aus dem Staub machen, um kein unnötiges Risiko einzugehen. Nur noch drei Tage bleiben uns“, ereiferte sich Holmes, als er die Nachricht hörte. „Wir müssen sofort handeln. Wenn du einen Teil der Arbeit für mich übernehmen könntest, Watson, wäre ich dir dankbar. Die nächsten vierundzwanzig Stunden müßtest du dich intensiv sachkundig machen auf dem Spezialgebiet ‚Chinesisches Porzellan‘! Du sollst als Fachmann mit Sachverstand für mich auftreten!“

Ohne weitere Erklärung setzte er als selbstverständlich voraus, daß ich diese Aufgabe übernehmen würde. Ich hatte erhebliche Zweifel, ob ich es in dieser kurzen Zeit schaffen würde, mir die entsprechenden Fachkenntnisse anzueignen. Aber wie ich es gewohnt war, machte ich mich an die Arbeit und versuchte alles zu lernen, was ich über dieses Spezialgebiet finden konnte. Randvoll mit meinem neuen Wissen, besuchte ich Holmes am nächsten Abend.

„Hast du dein Pensum geschafft?“ begrüßte er mich ohne Umschweife.

„Ich habe getan, was ich konnte. Mehr war nicht möglich.“

„In Ordnung, dann kannst du mir gleich einen Beweis für deine neuen Qualitäten liefern. Nimm das Päckchen, das dort auf dem Sims liegt, und packe es mit größter Vorsicht aus. Es enthält einen Porzellanteller aus der Ming-Dynastie. Ein äußerst kostbares Stück, wahrscheinlich das einzige, das es aus dieser Serie noch gibt! Daneben steckt die Visitenkarte eines gewissen Dr. Hill Barton – ein Name, den ich mir für den heutigen Abend für dich habe einfallen lassen!“

„Und was soll ich mit alldem?“

„Du wirst den Baron mit einem Besuch beehren, ich denke, so gegen halb neun. Mit der Visitenkarte kannst du dich vorher anmelden und knapp auf den Grund deines Besuches hinweisen. Du erklärst, daß du als Kunsthändler auf diese seltene Kostbarkeit gestoßen bist und sie ihm zum Kauf anbietest, wenn er einen guten Preis zahlt! Welche Höhe du ansetzt, kannst du selbst festlegen!“

„Wie wäre es, wenn ich vorschlage, daß der Preis durch einen unabhängigen Gutachter bestimmt wird?“

„Ausgezeichnet, dann kannst du dich auch nicht verschätzen und blamieren!“

Wenig später stand ich vor der Villa des Baron Gruner. Der Butler ließ mich ein und führte mich direkt in das Arbeitszimmer seines Herrn, in dem auch dessen Porzellansammlung untergebracht war. Gruner beschäftigte sich gerade mit einschlägigen Museumskatalogen ...

„Nehmen Sie Platz, Doktor“, forderte er mich auf und kam auch gleich zur Sache. „Haben Sie Ihren Schatz mitgebracht?“

Sorgfälltig wickelte ich den Teller aus einem Seidentuch und reichte ihn dem Baron. Unter einer starken Lampe studierte er ihn lange Zeit durch eine Lupe. Ich hatte ausreichend Gelegenheit, dabei festzustellen, daß er nicht zu Unrecht als außergewöhnlich gutaussehender Mann galt. Er wirkte sportlich und durchtrainiert, sein Teint war bronzefarben. Seine Ahnenreihe mußte slawische Einflüsse enthalten, was durch die leicht angeschrägten Augen und seine Backenknochen zum Ausdruck kam. Der Blick seiner Augen wirkte leicht melancholisch, und ich konnte mir lebhaft vorstellen, welche Wirkung dieser Mann auf Frauen haben mußte!

Dem scharfen Beobachter gaben lediglich seine verkniffenen, schmalen Lippen einen Hinweis auf seinen mehr als zweifelhaften Charakter!

„Wunderschön!" rief er nach einer Weile begeistert. „Wo haben Sie denn diese Rarität aufgetrieben?"

„Das tut nichts zur Sache. Und was den Preis anbelangt, den möchte ich gern vom Urteil eines vereidigten Sachverständigen abhängig machen!"

„Warum denn diese Geheimniskrämerei? Bei Geschäften mit solchen Kunstwerken will man doch immer umfassende Informationen haben?"

„Das ist in diesem Fall nicht notwendig. Meine Bank gibt Ihnen jede gewünschte Garantie! Im übrigen steht es Ihnen frei, den Kauf abzuschließen oder nicht!"

„Dr. Barton, wenn Sie ein Kenner der Branche sein sollten, was ich derzeit noch in Frage stellen muß, weil ich Sie einfach zu wenig kenne, wissen Sie, daß ein gesundes Mißtrauen immer angebracht ist. Wenn Sie gestatten, werde ich ein paar Fragen an Sie richten. Was zum Beispiel können Sie mir vom Kaiser Shomu erzählen, von welcher Bedeutung war die Wei-Dynastie, und welche kulturgeschichtliche Auswirkung hatte sie für die chinesische Keramik?"

Scheinbar empört, schnellte ich aus meinem Sessel hoch.

„Was muß ich mir von Ihnen eigentlich noch alles bieten lassen?! Ich wollte Ihnen als Experte den Vorrang beim Kauf lassen und nicht mehr. Ein Examen laß ich mir hier nicht abnehmen!"

„Volltreffer!“ ging er zum Angriff über. „Sie sind hier als Spion dieses Holmes. Daß er allmählich stirbt, hat seiner Inspiration offensichtlich keinen Abbruch getan. Sie sind ohne Einladung aufgetaucht, und ich versichere Ihnen, daß Sie nicht so einfach wieder hinauskommen.“

Wutentbrannt stürzte er zu einem Schrank. Ich wußte, daß mein Spiel aus war. Gruner griff in eine Schublade, wurde aber durch Geräusche aus dem Nebenzimmer aufgeschreckt. Was nun folgte, werde ich für immer vor Augen haben! Die Tür flog auf, und Holmes stürzte hinter Miss Kitty ins Zimmer – doch zu spät. In der nächsten Sekunde schüttete Kitty eine Flüssigkeit in Gruners Gesicht, und im selben Augenblick gellte der Schrei des Barons in meinen Ohren! Wie ein waidwundes Tier schlug er um sich, stieß mit seinem Kopf gegen die Wand und rollte sich schließlich auf dem Boden.

„Wasser, Wasser!“ stöhnte er.

Ich schnappte nach dem Wasserkrug auf dem Beistelltisch und goß den Inhalt über seinen Kopf. Von draußen strömten die Angestellten in den Raum. Sie wollten ihrem Herrn zu Hilfe eilen, aber die Wirkung der Salzsäure war nicht mehr zu stoppen! Sein Gesicht bestand nur noch aus Fleischfetzen, seine Augen waren erblindet!

Ich leistete ihm Erste Hilfe und spritzte ihm ein schmerzstillendes Mittel, während Kitty durch eine Hintertür verschwand. In seiner Not akzeptierte er mich. Trotzdem war ich froh, als endlich der Hausarzt mit einem Spezialisten eintraf. Da ich wußte, welch ein menschliches Wrack dieser Mann jetzt war, tat er mir doch leid in seinem Zustand! Holmes war mittlerweile auch verschwunden. So schnell ich konnte, kehrte ich nach Hause zurück. Wie gewohnt, fand ich meinen Freund in seinem Ohrensessel, denn im Krankenhaus hatte es ihn wohl nicht länger gehalten.

„Jetzt hat er das bekommen, was er verdient! Irgendwann mußte das so kommen“, kommentierte er, nachdem er meine Darstellung der Geschichte gehört hatte.

„Ich habe sein Tagebuch. Das heißt, eigentlich muß man sagen: das Verzeichnis seiner Sünden. In dem Moment, in dem Miss Winter es erwähnte, war mir klar, daß da der Zündstoff lag! Ich habe mit keinem Menschen darüber geredet, aber ständig daran gedacht. Deshalb habe ich durch dich ein Ablenkungsmanöver eingeleitet, um an diese Bombe heranzukommen. Es war unsere einzige Chance, Violet vor dem Schlimmsten zu bewahren! Miss Kitty hatte ich mitgenommen, damit sie dieses Sündenregister schnellstens findet, habe aber nicht daran gedacht, daß sie selbst irgendwelche persönlichen Absichten haben könnte! Doch wenn auch alles nicht so ablief, wie geplant, so habe ich das schwerwiegendste Beweisstück jedenfalls in der Hand! Hörst du, es klingelt! Das ist Sir James!"

Er war es. Und er war glücklich.

„Mr. Holmes, ich weiß gar nicht ... Es ist phantastisch! Sie haben Violet das Leben gerettet!"

Er war kaum zu bremsen. Holmes, der selten Gefahr lief, daß sein kühler Verstand durch Gefühle umnebelt wurde, versuchte, die Euphorie zu dämpfen:

„Nein, Sir James! Mitleid ist eine der wirkungsvollsten Liebesdrogen. Obwohl entstellt, wird ihn Violet jetzt eher noch mehr lieben! Wir müssen das immer noch untadelige Bild des Edelmannes in ihrem Herzen zerstören! Dazu ist es unerläßlich, daß Miss Violet das Tagebuch dieses Verführers und Mörders in die Hände bekommt. Nur so, durch seine handgeschriebene und dadurch absolut glaubwürdige Beichte kann man ihr jenen heilsamen Schock versetzen, der unerläßliche Voraussetzung für eine Trennung ist!"

Sir James war tief getroffen, nickte gelegentlich und sagte schließlich tonlos: „Sie haben recht, Holmes!"

Er nahm das Tagebuch, verabschiedete sich mit kurzen Worten und fuhr davon. Drei Tage später war in der High-Society-Spalte der *Morning Post* eine kleine Notiz zu lesen, daß die geplante Heirat zwischen Baron Gruner und Miss Violet de Merville abgesagt wurde.

Und vier Wochen später begann der Strafprozeß gegen Kitty Winter wegen schwerer Körperverletzung. Wegen mildernder Umstände konnte sie nach zwei Tagen Verhandlung den Gerichtssaal mit einer Bewährungsstrafe wieder verlassen. Gruner aber, seinerseits Opfer der Selbstjustiz eines seiner zahllosen Opfer, hatte auf ungewöhnliche Art „lebenslänglich" bekommen: Da er sich wegen seiner Verunstaltung in der Öffentlichkeit nicht mehr sehen lassen konnte und außerdem erblindet war, wurde seine Villa bis an sein Lebensende zu seinem Gefängnis!

Der Club der Rothaarigen

„Wird die Wolkendecke dichter, wer'n die Bäume immer lichter!" Solche altenglischen Weisheiten meiner Patienten über Widersprüche, Wetter und Widrigkeiten hatte ich noch im Kopf, als ich eines Tages nach einem Hausbesuch heimkehrte und Holmes nicht alleine antraf.

Mein Freund unterhielt sich angeregt mit einem Gast, der mir zunächst nur durch seine roten Haare auffiel.

Mr. Wilson, so sein Name, hatte alles, was ansonsten als Mittelmaß gilt.

Er war mittleren Alters, hatte ein Gesicht, in dem der harte Alltag einige Spuren hinterlassen hatte, Ansätze zum Übergewicht und eine Kleidung, die er sicher in einem einfachen Warenhaus gekauft hatte.

Aufgeregt saß er vor Holmes und berichtete von merkwürdigen Umständen in den vergangenen Wochen seines Lebens, auf die er sich keinen Reim machen konnte und die der Anlaß für ihn waren, Holmes aufzu-

suchen. Mein Freund machte uns zunächst bekannt und bat dann Wilson, mit seiner Geschichte nochmals von vorne zu beginnen, damit auch ich in alle Einzelheiten eingeweiht würde.

Angetan vom Interesse, das seine Geschichte ausgelöst hatte, kramte Wilson – auf der Suche nach einem Zeitungsausschnitt – zunächst umständlich in seiner Tasche.

Als er keine Anstalten machte, seine Erlebnisse zu schildern, nahm Holmes den Faden wieder auf.

„Mr. Wilson, bisher wissen wir noch recht wenig von Ihnen, außer den Tatsachen, daß sie früher einmal schwer gearbeitet und eine Weile in China gelebt haben, einer Prise Schnupftabak nicht abgeneigt sind, der Freimaurerloge angehören und in der letzten Zeit viel geschrieben haben. Im übrigen sind wir auf Ihre Berichterstattung angewiesen."

Verdattert schaute der Angesprochene auf.

„Wie kommen Sie denn da drauf???"

„Ach, nichts einfacher als das! Ich habe Sie nur etwas genauer angeschaut! Die Muskeln Ihrer rechten Hand sind durch körperliche Arbeit besonders stark entwikkelt. Tabakspuren habe ich auf Ihrem Nasenflügel entdeckt. Sie tragen den Orden einer Freimaurerloge auf dem Revers Ihrer Jacke. Während Ihrer Sucherei ist an Ihrem Handgelenk eine Tätowierung zum Vorschein gekommen, die so fein gearbeitet ist, daß sie nur von einem chinesischen Meister sein kann. Und die abgeschabten Manschetten und Hemdsärmel können nur durch intensive Schreibtischarbeit hervorgerufen worden sein!"

„Ach so, das haben Sie alles in Ihrer spitzfindigen Beobachtungsgabe herausgefunden?! Wie recht Sie haben! Und damit sind wir auch schon fast mittendrin in meiner Geschichte. Vielleicht lesen Sie zunächst einmal diese Annonce!"

Er reichte mir ein verschmuddeltes Stück Zeitungspapier, und ich begann laut vorzulesen:

„An alle Mitglieder des Clubs der Rothaarigen! Der reiche Amerikaner Jonathan Swift hat uns eine großzügige Geldsumme vermacht, die es uns erlaubt, einem Clubmitglied eine Stelle anzubieten, die mit wenig Aufwand verbunden ist und mit einem Wochenlohn von 100 Pfund bezahlt wird. Alle kräftigen, volljährigen Männer mit roten Haaren können sich melden: Montag, 11 Uhr, bei Mr. Bug in den Geschäftsräumen des Clubs, Red Road 9."

Holmes schien sich köstlich zu amüsieren und kicherte leise in sich hinein. Mir dagegen war alles total unverständlich! Und mein entgeisterter Gesichtsausdruck war wie Wasser auf die Mühlen seines Spaßvergnügens: Er lachte so richtig von Herzen!

„Jetzt sind Sie aber wieder an der Reihe, Mr. Wilson!" ermunterte Holmes dann unseren Gesprächspartner erneut.

„Was Sie da in der Hand halten, Doktor, ist eine Morgenausgabe des *Mirror*, etwa zwei Monate alt", begann unser Besucher.

„Okay, Mr. Wilson, und was hat das mit Ihnen zu tun?" fiel ihm Holmes ins Wort.

„Bitte! Immer mit der Ruhe, ich werde Ihnen genau berichten! Ich bin Inhaber einer kleinen Pfandleihe, mein Geschäft befindet sich in der Ross Street. In den letzten Jahren ging es mehr schlecht als recht. Früher einmal haben zwei Gehilfen für mich gearbeitet, jetzt habe ich nur noch einen und dies auch nur, weil er sich mit der Hälfte der Bezahlung zufriedengibt, die ich jedem anderen zahlen müßte. Er heißt Vic Smart und möchte unser Gewerbe kennenlernen! Er arbeitet zuverlässig und ist recht eifrig. Und er ist schon etwas älter, als man dies von einem normalen Lehrling erwartet. Ich will mich auch nicht über ihn beschweren! Er hat nur eine Angewohnheit, die mir immer wieder lästig wird. Er ist ein leidenschaftlicher Fotograf und läuft bei jeder sich bietenden Gelegenheit in den Keller, um seine Bilder zu entwickeln. Im übrigen geht er mir geschickt zur

Hand. Eines Morgens kommt er also in meinen Laden und jammert richtig so vor sich hin, wie schade es sei, daß er nicht rothaarig wäre! Ich fragte ihn, was denn los sei, und da zeigte er mir diese Anzeige!

„Das ist eine so gute Gelegenheit, um endlich ohne viel Mühe zu Geld zu kommen“, meinte er. „Menschenskind, Mr. Wilson, eigentlich müßten Sie sich melden! Ein solches Rot wie Sie haben sicher nicht viele Männer in London! Stellen Sie sich mal vor, Sie verdienen dort eine Menge Geld und können trotzdem Ihr Geschäft hier weiterlaufen lassen, da meines Wissens wenig Arbeitseinsatz nötig ist!“

„Sie können sich vorstellen, daß mich das gereizt hat, Mr. Holmes – bei meiner Finanzlage!“

„Bitte Mr. Wilson, bleiben Sie bei der Sache und berichten Sie, was weiter passierte“, unterbrach ich weitere Ausführungen dieser Art.

„Smart berichtete mir, daß Swift, selbst rothaarig, von London nach Amerika ausgewandert war und es dort zum Millionär gebracht hatte. In Verbundenheit mit seiner Heimatstadt und durch sein Wohlwollen gegenüber allen rothaarigen Männern bedingt, habe er in seinem Testament bestimmt, daß der Ertrag seines Kapitals Männern mit dieser seltenen Haarfarbe zugute kommen solle. Vom Hörensagen wisse er auch, daß nur Männer mit einem ganz besonderen Farbton für diese Zuwendung in Frage kämen! Ich hätte da ganz bestimmt eine gute Chance, ermunterte er mich. Kurz und gut, nach einer Weile machten wir uns gemeinsam auf den Weg. Die Red Road fanden wir verstopft von Rothaarigen in allen Farbvariationen. Ich wollte schon wieder umkehren, aber Smart blieb hartnäckig. Mich nach vorne schiebend und gleichzeitig die anderen zur Seite schubsend, bugsierte er mich durch die Menschenmassen. Ehe ich so recht wußte, wo ich war, standen wir bereits vor Mr. Bug, einem schmächtigen Mann mit fast flammendroter Haarfarbe! Obwohl ziemlich in Hektik, sprach mich Bug gleich an:

„Sie gefallen mir! Ihre Haarfarbe hat genau den richtigen Ton!“

Dabei tänzelte er die ganze Zeit um mich herum und konnte sich überhaupt nicht satt sehen.

Unvermittelt riß er dann an meinen Haaren, entschuldigte sich aber sofort für sein Vorgehen.

„Sie verstehen, eine Vorsichtsmaßnahme! Mancher probiert es nämlich bei uns mit Perücke!“

Danach gratulierte er mir überschwenglich zu meiner neuen Arbeitsstelle und informierte mich über meine neuen Pflichten und Aufgaben. Ohne Ausnahme – es werde keinerlei Entschuldigung akzeptiert – habe ich von Montag bis Freitag von zehn Uhr vormittags bis vierzehn Uhr im Büro zu sein. Bei Zuwiderhandlung würde ich meinen Job sofort verlieren. Während der Geschäftszeiten sollte ich aus der Encyclopaedia Britannica alles abschreiben, was im Zusammenhang mit der Farbe Rot steht!

„Können Sie morgen schon anfangen?“ wollte er dann wissen.

„Ich bin bereit!“ erklärte ich und verabschiedete mich mit meinem Mitarbeiter.

In den Abendstunden kamen mir aber dann doch erhebliche Bedenken, ob dies denn alles seine Richtigkeit habe. Daß jemand ein so gutes Gehalt für das Abschreiben eines Lexikons zahlt, wollte mir einfach nicht in den Kopf. Ich besprach mit Smart noch einmal die Angelegenheit. Er konnte mich aber zumindest dahin bringen, daß ich beschloß, mir am nächsten Tag wenigstens alles einmal anzusehen. Ich war dann ziemlich verblüfft, als ich alles so vorfand, wie man mir gesagt hatte. In den ersten Tagen kam Mr. Bug immer mal wieder zum Nachschauen, ließ dies aber nach einer Weile ganz sein. Trotzdem habe ich mich immer korrekt an die vereinbarten Stunden gehalten und zwischenzeitlich das Büro nie verlassen. Smart führte in dieser Zeit meine Pfandleihe. Meinen Lohn habe ich pünktlich an jedem Freitag erhalten. Acht Wochen ging alles gut! Ich freute mich über mein gutes Einkommen und habe fleißig gearbeitet. Aber seit heute morgen ist alles aus! Als ich Punkt zehn Uhr vor den Clubräumen stand, war die Eingangstür verschlossen. Nur ein Zettel hing daran. Warten Sie, ich habe ihn mitgebracht."

DER CLUB DER ROTHAARIGEN WURDE GESCHLOSSEN konnten wir auf dem Fetzen lesen, den er uns entgegenhielt. Holmes' Blick pendelte ständig zwischen dem Papier und dem Gesicht des unglücklichen Mannes hin und her, und schließlich konnte er sich das Lachen nicht mehr verkneifen.

„Da gibt es überhaupt nichts zu lachen!" protestierte Wilson, während er einen roten Kopf bekam. „Ich lasse mich von Ihnen nicht veralbern! Da hau' ich lieber gleich wieder ab!"

„Aber, aber, mein Bester, nichts liegt mir ferner! Die ganze Angelegenheit birgt nur soviel Humor in sich, daß ich mich köstlich amüsiere. Haben Sie noch irgend etwas herausgefunden, nachdem Sie die Schließung entdeckten?"

„Zunächst war ich wie vor den Kopf geschlagen und mir nicht darüber im klaren, was ich unternehmen sollte. Nach einer Weile habe ich dann Erkundigungen in den benachbarten Büros eingeholt und bin zum Hausmeister gegangen, aber niemand hatte je vom Club der Rothaarigen gehört. Auch der Name von Mr. Bug war niemandem bekannt. Das Büro ist angeblich von einem Rechtsanwalt namens Billy Hunter gemietet worden, der es nur übergangsweise als Kanzlei brauchte. Der Hauswart gab mir auch seine Adresse: King Edward Street 28! Ich bin gleich hinmarschiert, aber an der angegebenen Adresse ist nur eine Schuhfabrik. Zu Hause wollte ich mich dann mit meinem Gehilfen beratschlagen. Dem ist aber auch nichts Besseres eingefallen, als daß ich wahrscheinlich per Post verständigt werden würde. Mr. Holmes, ich möchte diese Stelle so gerne behalten. Könnten Sie nicht Licht in diese Angelegenheit bringen?!"

„Der Fall ist für mich äußerst interessant. Ich werde mich seiner annehmen, vermute aber, daß da noch einiges mehr dahintersteckt, als es zunächst den Anschein hat. Was Sie angeht, Mr. Wilson, so sollten Sie zufrieden sein mit dem, was Sie bisher verdient haben. Sie haben nichts eingebüßt und müßten dem Club eigentlich nur dankbar sein für das zusätzliche Einkommen, das Ihnen zufloß."

„In gewisser Weise haben Sie natürlich recht. Aber ich bin doch brennend daran interessiert, zu erfahren, welches Spiel da mit mir getrieben wurde!"

„Wir werden uns näher damit befassen, Mr. Wilson. Aber vorher habe ich noch ein paar Fragen an Sie, so wüßte ich gerne, wie lange Mr. Smart eigentlich schon bei Ihnen arbeitete, als diese Geschichte anfing, und wie er zu Ihnen gekommen ist."

„Ich hatte eine Anzeige in die Zeitung gesetzt. Es meldeten sich mehr als zehn Bewerber. Für Mr. Smart habe ich mich deshalb entschlossen, weil er mir sehr lernwillig vorkam und wenig Gehalt verlangte – den halben Lohn, den ich sonst zahlen müßte, um es genau zu sagen."

„Und wie sieht dieser Mr. Smart aus?"

„Er ist ein schmächtiges Kerlchen und bartlos, obwohl er allmählich fast dreißig ist, und er hat etwas Merkwürdiges im Gesicht: einen hellen Fleck auf der Stirn, der von einer chemischen Substanz stammen könnte!"

„Hat er vielleicht auch Löcher für Ohrringe?" lauerte Holmes.

„Ja, ich habe ihn einmal daraufhin angesprochen. Er erzählte mir, daß dies aus seiner Kindheit stamme."

„Waren Sie zufrieden mit seiner Geschäftsführung während Ihrer Abwesenheit?"

„Ja, es gibt keinen Grund zur Beschwerde! In den Vormittags- und Mittagsstunden war noch nie so viel los, und er hat alles korrekt erledigt."

„Ich glaube, das genügt vorläufig, Mr. Wilson! Am

Wochenende werde ich mir wohl eine Meinung zu der Geschichte gebildet haben. Sie werden dann wieder von mir hören!"

Die nächsten Stunden verbrachte Holmes in seinem Sessel – völlig in Gedanken versunken und nur mit seiner Pfeife beschäftigt. Ganz plötzlich – mit der Begründung, daß es seine Gedanken beflügeln würde – machte er mir dann den Vorschlag, ein Konzert zu besuchen. Vorher wolle er allerdings noch eine Kleinigkeit erledigen! Willig folgte ich ihm im Vertrauen darauf, daß seine manchmal nicht nachvollziehbaren Gedanken letztlich immer einen bestimmten Zweck verfolgten und zum Ziel führten. Wir fuhren einige Stationen mit der U-Bahn, schlugen ein paar Haken durch düstere Gassen und landeten schließlich vor einem schäbigen Haus, in dem sich der Laden von Mr. Wilson befand. Holmes musterte Stein für Stein! Einmal pochte er ganz unerwartet mit seinem Stock auf den Bürgersteig. Und schließlich ging er zur Ladentür und klopfte mit viel Schwung dagegen. Kurz darauf erschien ein junger Mann, um ihn hereinzubitten.

„Vielen Dank, aber ich brauche weder Geld, noch möchte ich etwas versetzen! Ich würde nur gern wissen, wie ich zur Albert Hall komme", fragte Holmes.

Höflich und präzise erklärte ihm der Bursche den Weg.

„Ein cleveres Kerlchen", bemerkte Holmes auf dem Weg zur Konzerthalle. „Zur Zeit spielt er erst die dritte Geige in London, aber ich habe das Gefühl, daß er in der Rangleiter bald aufsteigt!"

„Du wolltest doch sicherlich nur sehen, ob die Beschreibung von Mr. Wilson zutrifft?"

„Zum Teil hast du recht, was ich aber ganz besonders interessant fand, waren die Knie seiner Hose! Und natürlich der Stirnfleck und die Ohrringlöcher."

„Und aus welchem Grund hast du das Pflaster abgeklopft?" wollte ich wissen.

„Lieber Freund, bevor man einen Gegner stellt, sollte man sein Revier kennen! Wir schauen uns auch gleich noch die Rückfront des Gebäudes an, damit wir auf alle Eventualitäten gefaßt sind!“

Die von uns erwartete heruntergekommene Rückfassade des ohnehin halbverfallenen Hauses entpuppte sich jedoch als handfeste Überraschung. Wir standen nämlich inmitten einer lebhaften und fast schon eleganten Geschäftsstraße mit geschmackvollen Schaufensterauslagen, behäbigen Bürgerhäusern, Banken und gepflegtem Publikum. Nachdem die Szenerie auf uns gewirkt hatte, fuhren wir zur Albert Hall. Dort erfreuten wir uns an den Klängen des Orchesters. Holmes war überhaupt nicht mehr wiederzuerkennen! Leise summte er vor sich hin, seine Füße folgten dem Takt, und auf seinem Gesicht lag jene heitere Gelassenheit, die ihm immer dann eigen war, wenn er ein Problem gelöst hatte. Danach, wieder völlig der Alte, verabschiedete er sich von mir mit der knappen Bemerkung, er müsse noch einige Recherchen anstellen, drehte sich dann aber noch einmal um:

„Ich glaube, ich kann in letzter Sekunde ein Verbrechen verhindern. Da heute Samstag ist, wäre die Gelegenheit für den Täter günstig. Bist du für einen Einsatz heute abend bereit!“

„Selbstverständlich! Du kannst mich jederzeit zu Hause erreichen!“

„Gut, aber vergiß nicht, deine Pistole mitzunehmen. Ich rechne damit, daß es brenzlig wird!“

Verdrossen machte ich mich auf den Heimweg. Ich hatte mal wieder überhaupt nichts begriffen. Neben Holmes hatte ich einfach keine Chance.

Kurz vor zehn kutschierte Holmes in Begleitung eines zweiten Wagens vor die Haustür. Er brachte zwei Männer mit, einer war Peter Jones, ein Polizeiinspektor, der mir schon einmal vorgestellt worden war. Er und Holmes sprachen lebhaft mit einem langen, klapperdürren Mann, der vor Kummer gebeugt zu sein schien.

„Jetzt sind wir vollzählig! Die Jagd kann beginnen. Watson, zuerst möchte ich dich noch mit Mr. Merryweather bekannt machen. Ich habe ihn als weitere Hilfe bei unserer Jagd engagiert!"

„Ich wünsche mir nur", warf dieser zaghaft ein, „daß wir am Ende des Abends auch auf einen Blattschuß anstoßen können!"

„Es gibt keinen Anlaß für Ihren Pessimismus!" beruhigte ihn Holmes. „Aller Voraussicht nach werden Sie heute abend etwas erleben, was Sie den Rest Ihres Lebens als beeindruckende Anekdote erzählen können. Im übrigen sind die 1 000 000 Pfund, die Sie durch dieses Unternehmen Ihrem Geschäft erhalten, wohl ein ausreichendes Trostpflaster für den Verzicht auf einen gemütlichen Samstagabend! Dem Inspektor winkt ein anderer Lohn. Wenn er John Clay ‚Fleckstirn', einem der gerissensten Verbrecher, Zinker und Mörder Londons, die Gastfreundschaft der englischen Gefängnisse anbieten kann, wird er wahrscheinlich bald Oberinspektor sein. Es ist Zeit! Wir wollen uns auf den Weg machen."

Jones und Merryweather fuhren im ersten Wagen. Ich war wie gewöhnlich an der Seite meines Freundes.

„Den Fall haben wir bald geklärt", murmelte Holmes mehr zu sich selbst, wandte sich dann aber an mich: „Clay hat gerade einen Anschlag auf Merryweather vor! Den Inspektor habe ich nur deshalb hinzugezogen, weil Clay so gerissen ist, daß man auf Nummer Sicher gehen muß!"

In der Zwischenzeit hatten wir wieder die Straße hinter Mr. Wilsons Laden erreicht. Mr. Merryweather marschierte entschlossen voran. Wir schritten durch eine enge Gasse und kamen dann zu einer schmalen Tür, die er aufschloß. Muffiger Kellergeruch schlug uns entgegen. Er öffnete mit seinen Schlüsseln zwei weitere Türen. Über eine steile Treppe landeten wir schließlich in einem großen Kellerraum, der vollgestopft war mit verschiedenen Kisten und Kästen. Holmes leuchtete zunächst mit der Lampe die Decke und alle Winkel ab.

„Von oben her werden sie kaum kommen", kommentierte er nach einigen Minuten.

„Und von unten her auch nicht!" sagte Mr. Merryweather, während er mit seinem Stock auf den Boden schlug.

Doch dem Klang nach zu urteilen, befand sich unter den Steinplatten ein Hohlraum! Holmes untersagte uns nun jede weitere Äußerung. Mit beleidigter Miene zog sich Merryweather daraufhin in eine Ecke zurück. Holmes war die ganze Zeit mit der Laterne und der Lupe beschäftigt, untersuchte jeden Zentimeter des Fußbodens und murmelte nach einer Weile:

„Die werden nichts unternehmen, bevor Mr. Wilson fest schläft. Wir haben also noch etwas Zeit. Watson, wie du vielleicht schon erraten hast, halten wir uns im Keller einer der größten Bankfilialen Londons auf. Bankdirektor Merryweather kann dir erzählen, warum derzeit alle großen Verbrecher der Stadt an dieser Bank interessiert sind!"

„Französisches Gold ist der Grund." Ich konnte ihn nur mit viel Mühe verstehen, weil er ganz leise flüsterte. „Wir sind von mehreren Seiten gewarnt worden, daß wir mit einem Raub rechnen müssen! Vor einigen Wochen hatten wir nämlich eine günstige Gelegenheit, französische Goldbarren zu erwerben. Wir wollten unsere Rücklagen damit stärken! Dieses Geschäft ist aber bekanntgeworden. Wir hatten noch keine Möglichkeit, einen neuen, größeren Tresor für das Gold einzubauen. Es ist alles noch hier in den Kästen verpackt. Damit haben wir weit mehr Kapital im Haus, als sonst in irgendeiner Zweigstelle üblich ist!"

„Allmählich wird es Zeit, daß wir unsere Freunde erwarten! Herr Direktor, löschen Sie bitte die Lampe!" instruierte ihn Holmes. „Ist dein Revolver entsichert, Watson? Alles klar! Meine Herren, jetzt bitte vollkommene Ruhe."

Nach einigen Minuten sahen wir einen kleinen Lichtschimmer, der sich nach und nach immer mehr vergrößerte. Ein knirschendes Geräusch unter uns signalisierte, daß man bereits dabei war, die Steinplatten zur

Seite zu drücken: das letzte Hindernis zwischen dem vorbereiteten Stollen und dem Kellergewölbe! So entstand eine Luke von etwa einem Quadratmeter, an deren Rand ein kesses Gesicht nach oben spähte. Kurz darauf befand sich der menschliche Maulwurf bereits im Raum. Seine Arme streckte er noch einmal in das Loch, um seinem Kompagnon beim Aufstieg zu helfen. Es war ein drahtiger, kleiner Mann mit roten Haaren.

„Die Luft ist rein!" flüsterte der eine dem anderen zu. „Schmeiß das Werkzeug rüber!"

Doch wie hingezaubert, stand Holmes hinter dem ersten Gauner und packte ihn am Kragen. Der zweite Gangster versuchte, durch die Öffnung zu entkommen. Das Reißen von Stoff war zu hören, und der Inspektor hielt seinen Hemdsärmel in der Hand. Der Strahl der Lampe erfaßte dann die Mündung eines Revolvers. Bis mir diese Gefahr richtig bewußt wurde, hatte aber Holmes mit seinem Stock schon auf das Handgelenk des Einbrechers geschlagen und ihn so entwaffnet.

„Geben Sie auf, Mr. Clay!" brüllte Holmes ihn an. „Sie haben keine Möglichkeit mehr zu entkommen!"

„Es sieht so aus", antwortete dieser, „aber wenigstens ist mein Kumpel auf und davon."

„Da muß ich Sie leider enttäuschen! Vor dem Haus wird er von einigen Polizisten erwartet!"

„Alle Achtung, Mr. Holmes, Sie haben wohl alles berücksichtigt?!"

„Ich denke schon. Ich muß Ihnen übrigens meinen Respekt aussprechen. Ihr Einfall mit dem Club der Rothaarigen war wirklich mal etwas Originelles und hatte ziemlich gute Aussichten auf Erfolg!"

„Wenn Sie jetzt die Freundlichkeit hätten, mir Ihre Handgelenke zu reichen", meinte der Inspektor zynisch. „Ich würde sie gern mit Armbändern schmükken!"

„Da Sie mich so nett auffordern, kann ich wohl kaum ablehnen", erwiderte Clay und streckte gehorsam seine Arme aus.

„Das war bewundernswert, Mr. Holmes, wie Sie das wieder hinbekommen haben! Ich bin total begeistert!" Merryweather konnte sich kaum beruhigen.

„Dieser Fall hat mir selbst viel Freude bereitet. Für ausgefallene Ideen hatte ich schon immer eine besondere Vorliebe", antwortete Holmes ungewohnt bescheiden.

Kurz darauf verabschiedeten wir uns und machten uns auf den Heimweg. Unterwegs erläuterte mir mein Freund noch einige Details und ich bewunderte einmal mehr seinen Scharfsinn.

„Die Geschichte hat mich von Anfang an fasziniert. Es war offensichtlich, daß das Stellenangebot nur eine Finte sein konnte, um Mr. Wilson aus dem Haus zu lokken. Und ein Mensch, der sich ohne Not bereit erklärt, für den halben Lohn zu arbeiten, ist ebenfalls von Haus aus verdächtig! Ich habe deshalb nach einem Motiv für diese nicht erklärbaren Tatsachen gesucht. Als Anhaltspunkt diente mir die Erzählung von Mr. Wilson, daß sein Angestellter Smart alias Clay wegen seines Hobbys häufig in den Kellerräumen verschwand. Meine erste Aktion bestand darin, daß ich alles über diesen Gesellen auskundschaftete. Dabei wurde mir klar, daß wir es mit dem raffiniertesten Verbrecher der Stadt zu tun hatten, der sich da ungewöhnlich intensiv für den Keller interessierte. Das alles wußte ich, als wir das erste Mal vor dem Laden standen. Durch das Klopfen meines Stockes auf den Bürgersteig fand ich dann heraus, daß sich der Keller nicht unter der Straße vor dem Geschäft ausdehnte. Mein kurzes Intermezzo mit Clay, der mir vorher nie begegnet war, den ich aber nicht wegen seines Gesichtes sehen wollte, sondern wegen seiner Knie, bestätigte meine Hypothese. Die Hose war dort aufgerauht und mit Erde beschmutzt. Er buddelte demnach irgendwo. Wenn also nicht in Richtung Straße, dann blieb eigentlich nur die andere Seite – Richtung Durchgangsstraße. Auf unserem Rückweg habe ich dann festgestellt, daß dort eine Bank ist. Ich habe sofort den Bankdirektor besucht und anschließend Scotland Yard. Den Rest kennst du ja!“

„Wie kamst du denn auf den Gedanken, daß der Einbruch für heute abend geplant war?“

„Die Schließung des Clubs deutete auf den Abschluß der Grabungsarbeiten hin. Und ein Samstag eignet sich famos für die Abwicklung einer solchen Angelegenheit. Wenn sie nicht alles auf einmal geschafft hätten, hätte ihnen noch ein weiterer Tag zur Verfügung gestanden.“

„Eine großartige Arbeit!“ lobte ich ihn.

„Wenigstens hat sie mich davor bewahrt, vor Langeweile zu sterben“, winkte er ab.

Der Tote von Abbey Grange

„Steh auf, Watson!“

Holmes, wer sonst, riß mich auf diese äußerst unsanfte Art aus schönen Träumen, zudem mitten in der Nacht. „Weißt du, wie spät es ist?“ fragte ich nach einem Blick auf die Uhr.

„Ja, sieben, auf die Minute sogar. Frühstück fällt heute aus. Wir haben heute einen dringenden Termin!“ Holmes war bestimmt und unerbittlich.

Tage ohne Frühstück, ohne *Times*, Tee und Toast fangen nie gut an. Nur eine Rechtfertigung dafür gab's, die ich zu akzeptieren bereit war: einen spannenden Kriminalfall. So war es denn auch! Sir Egidus Eustace aus

Marsham in Kent hatte die Nacht nicht überlebt. Unsere Aufgabe war es, wie mir Holmes auf der Fahrt darlegte, zur Aufklärung seines Todes beizutragen – solange der Fall noch unbearbeitet und die Leiche verfügbar sei. Einem alten Bekannten meines Freundes, Inspektor Hopkins, hatten wir den Fall zu verdanken. Etwa um halb sieben war Holmes durch einen Telegrammboten geweckt worden, der die eher dürftige Nachricht überbrachte, daß man unsere Hilfe erhoffte!

Das Wetter war ein Spiegelbild unserer Stimmung: Trüb und düster präsentierte sich die Landschaft, durch die wir stundenlang fuhren. Am späten Vormittag waren wir endlich da. Und fühlten uns nach der langen Fahrt müde und erschöpft. In seltsamem Kontrast jedoch zu dem Geschehen, das sich in unserem Innern abgespielt hatte, lag das Ziel unserer Fahrt vor uns und ließ uns unsere Unpäßlichkeit schnell vergessen: Abbey Grange – ein fast heiter zu nennender Landsitz im südländischen Stil der Zeit Palladios, der inmitten eines Gartens im italienischen Stil lag. Mit einem von den Ereignissen gezeichneten Gesicht, gleichwohl froh über unser Erscheinen, empfing uns Inspektor Hopkins.

„Gut, daß Sie gekommen sind! Ich hoffe, daß Sie mir mein überfallartiges Hilfeersuchen verzeihen, aber als ich das Telegramm absandte, konnte ich mir nicht vorstellen, daß wir allein in der Lage wären, diesen tragischen Vorfall aufzuklären. Das freilich hat sich als Irrtum herausgestellt. Mittlerweile wissen wir, wer's war! Die Randalls ..."

„Das Verbrecher-Trio aus Nottingham?" unterbrach ihn Holmes. „Ein Vater und seine beiden hoffnungsvollen Sprößlinge ..."

„Ja, Lady Brackenstall, die erst seit einer Stunde wieder ansprechbar ist, hat sie eindeutig identifiziert! Die Bande hat Sir Eustace auf dem Gewissen! Stellen Sie sich vor, er ist erschlagen worden – mit einem Kaminhaken!"

„Eine merkwürdige Methode ..." warf Holmes ein,

der einfach klingenden Erklärungen gegenüber immer skeptisch blieb. „Mord, selbst im Affekt, das paßt nicht so recht zum Erscheinungsbild dieser Bande von Dieben!“

„Ich habe keinen Grund, an den Aussagen der Lady zu zweifeln, Mr. Holmes!“ Hopkins, ein drahtiger, agiler und, wie es schien, hochintelligenter Bursche, führte uns ins Frühstückszimmer, wo uns Sir Eustaces Witwe empfing. Trotz der traurigen Ereignisse und trotz einer häßlichen, verfärbten Beule über einem Auge, trafen wir auf eine Frau, deren Schönheit uns ein wenig sprachlos machte: mit goldblonden Haaren, die bis in den Ausschnitt fielen, hellblauen Augen und einem pfirsichfarbenen Teint, offensichtlich etwas blasser als sonst, begrüßte sie uns. Gekleidet war sie in einen seidenen Morgenmantel. Neben ihr auf dem Sofa saß eine ältere Hausdame, die gerade damit beschäftigt war, den Kopfverband von Lady Brackenstall zu erneuern.

„Nehmen Sie Platz, meine Herren! Ich nehme an, daß Hopkins Sie bereits über die wesentlichen Aspekte informiert hat! Aber sicher erwarten Sie von mir noch detailliertere Erläuterungen?!“

„Das können wir Ihnen leider nicht ersparen, gnädige Frau“, bemerkte Holmes knapp.

„Zur Vorgeschichte sollten Sie wissen, daß ich etwa ein Jahr verheiratet war und es fast von Anfang an in unserer Ehe gekriselt hat. Zum einen lag das sicher an unserer unterschiedlichen Herkunft, denn ich stamme aus Australien! Da ist alles etwas anders als hier! Ganz entscheidend war aber, daß Sir Eustace eigentlich fast nie nüchtern war. Von einem gelegentlichen Partydrink abgesehen, verabscheue ich Alkohol und Trinker. Und ausgerechnet an einen solchen Mann bin ich geraten! Die Situation war ebenso unerträglich wie hoffnungslos für mich. Gestern abend war ich daher auch froh, als mich mein Mann gegen halb elf verließ. Ich las noch ein wenig. Außer Theresa, die direkt über uns unter dem Dach wohnt und genauso lange aufzubleiben pflegt wie ich, war ich völlig allein. Die anderen Angestellten wohnen in einem Seitenflügel. Ich bin noch einmal durch alle Zimmer gegangen, um zu überprüfen, ob alle Fenster und Außentüren geschlossen waren, als ich im Speisezimmer kühle Zugluft feststellte. Die Verandatür befindet sich dort hinter langen Vorhängen, die fast zugezogen waren. Als ich die Tür nun schließen wollte, entdeckte ich hinter einem der Vorhänge einen Eindringling, der mich – ehe ich noch einen Ton herausbringen konnte – angriff und mir einen Schlag versetzte. Ich muß dann wohl einige Minuten bewußtlos gewesen sein, erinnere mich aber noch an zwei weitere Männer, die sich hinter ihm befanden. Man hat mich gefesselt und geknebelt und an einen der schweren Sessel gebunden. Unmittelbar nachdem ich wieder das Bewußtsein zurückerlangt hatte, war mein Mann ins Speisezimmer gekommen. Er hatte wohl verdächtige Geräusche gehört! Ohne lange zu überlegen, schwang er seinen Spazierstock, den er wegen einer leichten Gehbehinderung immer bei sich hatte, und stürzte sich auf einen der Einbrecher. Aber ehe er noch gezielt zuschlagen konnte, hatte einer der Eindringlinge den Schürhaken ergriffen und ihm diesen von hinten mit voller Kraft über den Kopf geschlagen. Mit einem kurzen Aufstöhnen sank mein Mann zu Boden, und ich wurde erneut bewußtlos. Es müssen wohl einige Minuten vergangen sein, bis ich wieder die Augen öffnete. Sofort fiel mir auf, daß das Silbergeschirr vom Wandbrett – Erbstücke von unbezahlbarem Wert – verschwunden war. Die Einbrecher schienen es merkwürdigerweise nicht eilig zu haben. Sie standen nicht weit von mir, jeder von ihnen mit einem Glas Wein in der Hand. Erst als sie ausgetrunken hatten, verschwanden sie durch die Verandatür! Ungefähr zehn Minuten habe ich gebraucht, um meinen Mund wieder von dem Knebel freizubekommen. Dann habe ich Theresa gerufen, die meine Fesseln löste. Einer der Diener hat das örtliche Polizeirevier angerufen. Mehr kann ich Ihnen im Augenblick nicht berichten!“

Die Lady hatte – offenbar noch immer von Kopfschmerzen geplagt – ihren Kopf seitlich auf den Arm gestützt. Auf dem Unterarm, der dadurch sichtbar wurde, entdeckte Holmes zwei große rote Flecke!

„Geht dies da auch auf das Konto der Einbrecher?“ fragte er besorgt.

„Nein, nein, die kleine Prellung habe ich mir schon vor Tagen am Kamin geholt!“

„Das reicht im Augenblick! Keine weiteren Fragen“, befand Holmes, als habe er gerade eine Zeugenvernehmung vor Gericht beendet.

„Der Meinung bin ich allerdings auch!“ meldete sich plötzlich Theresa zu Wort, deren resoluter Ton so gar nicht zu ihrer Position paßte. „Lady Brackenstall wird sich nun zurückziehen. Sie braucht jetzt unbedingt Ruhe!“

„Ein mütterlicher Typ“, kommentierte Hopkins, nachdem die beiden Frauen das Zimmer verlassen hatten. „In Australien war sie schon ihr Kindermädchen. Von der Rolle kann sie sich wohl immer noch nicht ganz freimachen!“

„Dann werfen wir mal einen Blick ins Speisezimmer“, meinte Holmes mit ungewohnt desinteressiertem Ton. In gewisser Weise konnte ich ihm das nachfühlen, denn der Fall barg keine erkennbaren Überraschungen mehr. Die Täter waren identifiziert, der Rest war Angelegenheit der Polizei. Routine also, und damit mochte sich Holmes wirklich nicht befassen!

Trotzdem ging ein Ruck durch ihn, nachdem wir zusammen mit Hopkins das Speisezimmer betreten hatten. Alles war noch so wie am Abend davor. Die Sessel standen wahllos im Raum herum, der Tisch verrückt – die Kampfspuren waren nicht zu übersehen. Erst recht, als wir den Toten sahen, der, grauenhaft zugerichtet, noch immer am Boden lag! Der Schlag hatte seinen Hinterkopf völlig zertrümmert. Blut am Boden, am Kopf, am seidenen Bademantel – ein entsetzlicher Anblick! Der Mörder mußte ihn mit enormer Wucht getroffen haben …

„Eine derartige Kraft hätte ich keinem der Randalls zugetraut!“ murmelte Holmes. „Es verblüfft mich auch, daß sich ein Einbrecher zu einem solchen Verbrechen hinreißen läßt, das ihn an den Galgen bringen kann. Gleichzeitg hat er dafür noch die denkbar besten Voraussetzungen geschaffen, indem er die einzige Zeugin am Leben ließ! Es fällt mit schwer, mir darauf einen Reim zu machen!“

„Solange sie bewußtlos war, stellte sie ja keine Gefahr dar“, warf ich ein.

„Schon, Watson, aber danach? Aus Randalls Sicht ist die lebende Lady Brackenstall eine tödliche Gefahr!“

Noch während dieses Dialogs war Holmes in die Hocke gegangen und hatte mit der für ihn typischen Detailbesessenheit die Knoten der Klingelschnur untersucht, mit der Lady Brackenstall gefesselt worden war. Mit Hilfe seiner großen Lupe überprüfte er dann das fransige Ende der Kordel, die von den Einbrechern abgerissen worden war.

„Seltsam, in der Küche muß das Hantieren am Klingelzug doch ein Signal ausgelöst haben?“

„Das aber keiner mehr hören konnte“, antwortete Hopkins. „Die Küche war zur Tatzeit nicht mehr besetzt, was Randall freilich nicht wissen konnte.“

„Kommt von den Hausangestellten jemand als Komplize in Betracht?“ knurrte Holmes.

„Nein, völlig ausgeschlossen!“ ereiferte sich Hopkins. „Die sind alle über jeden Zweifel erhaben! Bereicherung, Rache – ich wüßte auch kein Motiv. Für Randall wäre es viel zu riskant gewesen, vorher entsprechende Kontakte anzuknüpfen. Sicher, Theresa hatte allen Grund, Sir Eustace zu verabscheuen, nachdem er ihr einmal einen Bierkrug hinterhergeworfen hatte. Aber ihre Loyalität gegenüber der Hausherrin verbietet jeden Gedanken an Rache!“

Eingehend untersuchte Holmes den Boden in der Nähe der Verandatür, konnte aber nicht die geringste Spur feststellen.

„Und außer dem Silberservice fehlt nichts, Hopkins?"
„Nein, wir haben das genauestens überprüft! Der nicht eingeplante Mord hat den drei Randalls die Lust auf weitere Beute wohl gründlich verdorben!"
„Na ja, immerhin haben sie sich von einer Weinprobe nicht abhalten lassen", merkte Holmes sarkastisch an.
„Apropos Wein: Die Gläser ..."
Sein Blick fiel auf die drei Weingläser und die noch halbvolle Flasche eines erlesenen Jahrgangs, die noch immer unverändert – wie Hopkins erklärte – auf einem kleinen Ecktisch standen. Ich konnte daran nichts Ungewöhnliches feststellen. In allen Gläsern befand sich noch ein Rest Wein, aber nur in einem von ihnen auch etwas Bodensatz. Bei Holmes, der bei den bisherigen Untersuchungen ziemlich lustlos gewirkt hatte, wurde plötzlich Interesse wach.
Irgendein mir nicht erklärbarer Umstand elektrisierte ihn! Eingehend untersuchte er schließlich auch noch den Korken, der neben der Flasche lag.
„Seltsam, höchst seltsam!" murmelte er, ohne uns in seine Schlußfolgerungen einzuweihen.
Kurz darauf verabschiedeten wir uns bereits, um nach London zurückzufahren. Zu den Ermittlungen konnten wir, so meinte ich, nichts mehr beitragen.
„Verständigen Sie mich bitte, Hopkins, wenn man Randall oder einen seiner Söhne schnappt, und auch, wenn sich sonstige Neuigkeiten ergeben!"
Erst auf der Rückfahrt wurde mir langsam klar, daß der Fall für Holmes noch längst nicht abgeschlossen war! Das war unschwer an seinem Tabakverbrauch und seiner – wie man fälschlicherweise sagt – geistesabwesenden Miene abzulesen.
„Alles falsch, Watson!" zischte er plötzlich nach gut einer Stunde Zugfahrt, als wir in einem kleinen Ort hielten, „Komm, wir müssen zurück!"
Ehe ich mich versah, hatte er mich am Arm gegriffen und hinter sich auf einen Bahnsteig gezerrt. Während wir auf einen Zug in die Gegenrichtung warteten, erläu-

terte mein Freund mir seinen aktuellen Erkenntnisstand:

„Die Weingläser! Sie haben mich darauf gebracht, daß die ganze Geschichte nicht stimmen kann! Für den Bodensatz, den sogenannten Weinstein, der sich nur im dritten Glas befand, gibt es eine gute und eine schlechte Erklärung. Die weniger glaubhafte Möglichkeit wäre dadurch zustande gekommen, daß man zuerst die ersten beiden Gläser sehr vorsichtig eingeschenkt hätte, danach die Flasche kräftig geschüttelt und dann das dritte Glase gefüllt hätte. Das wäre im höchsten Maße absurd! Ich denke, daß es ganz anders war. Zwei Personen nur haben getrunken und beide hatten Bodensatz in ihren Gläsern! Zumeist ist der ohnehin sehr fein in der ganzen Flasche verteilt. Nur um den Eindruck zu erwecken, es habe sich um ein Trio gehandelt, wurde irgendwann der restliche Inhalt beider Gläser in das dritte, zuvor leere Glas geschüttet. Nur so konnte der Weinstein aus den beiden ersten Gläsern heraus und in das dritte Glas kommen! Man hat uns eine erfundene Geschichte aufgetischt. Eigentlich hätte ich schon früher darauf kommen müssen, denn das mit den Randalls – das alles stimmt nicht! Erstens hat das saubere Trio vor zwei Wochen in Nottingham große Beute gemacht, und zweitens ist es üblich, ‚heiße Ware' erst einmal bei Hehlern unterzubringen und sich mit dem Entgelt ein schönes Leben zu machen – bevor man wieder neue Risiken eingeht. Zudem war die Beschreibung der Täter in allen Zeitungen. Für Lady Brackenstall war es daher naheliegend, den Randalls gleich noch eine Tat anzuhängen und damit den Mörder ihres Mannes – aus welchen Gründen auch immer – zu decken! Viertens ist die Tatzeit für Einbrecher mehr als ungewöhnlich, zu früh nämlich. Fünftens, wieso sollte man einen Mord begehen, wenn man das Opfer – drei gegen einen! – auf viel harmlosere Weise unschädlich machen kann? Sechstens befinden sich Gegenstände von unschätzbarem Wert in diesem Haus. Und da begnügen sich drei hochkarätige Ganoven mit ein paar Silbertellern? Siebtens entspricht es auch nicht gerade den Gewohnheiten dieser Kreise, eine Flasche Wein nur zur Hälfte zu leeren. Du siehst, Watson, unter Einbeziehung der dubiosen Weingläser gibt es mindestens acht Gründe, die dafür sprechen, daß wir ausgiebig verkohlt wurden. Da muß etwas völlig anderes passiert sein!“

Unsere Rückkehr sorgte in Abbey Grange für erhebliche Verwirrung, Hopkins ausgenommen, der nicht mehr im Haus weilte. Holmes, der alle Fragen mit der ihm eigenen Sturheit abwehrte, schloß sich sofort im Speisezimmer ein, um es noch einmal nach allen Regeln der Kunst auf den Kopf zu stellen. Das dachte ich zumindest! In Wahrheit galt sein ausschließliches Interesse der Klingelschnur beziehungsweise dem, was davon übriggeblieben war. Dazu stieg er zunächst auf den Kamin, dann – um noch näher an den herunterhängenden Schnurrest heranzukommen – mit den Knien auf die darunterliegende Wandkonsole. Lange musterte er das Stückchen Schnur, an dessen Ende sich der Klingeldraht fortsetzte. Nachdem er auch die Konsole selbst noch eingehend inspiziert hatte, sprang er mit einem freudigen Ausruf wieder auf den Boden.

„Jetzt ist mir klar, wie alles war! Der Täter ist etwa einen Meter neunzig groß und, wenn man an den Schürhaken denkt, ein bärenstarker Mann – und klug. Die Geschichte hat nämlich er sich ausgedacht. Wo reißt eine Klingelschnur am ehesten ab?“

„Natürlich am Draht!“ antwortete ich – wegen der kindischen Frage fast beleidigt.

„Normalerweise – oder an einer schwachen Stelle. Die Schnur aber tat ihm merkwürdigerweise weder den einen noch den anderen Gefallen! Wahrscheinlich, weil er's nicht darauf ankommen lassen wollte, einen Alarm in der Küche auszulösen! Also mußte er anders nachhelfen! Er nahm den gleichen Weg wie ich. Da er ein paar Zentimeter größer ist als ich, komme ich nicht ganz ran. Aber sehen kann man's deutlich: Die Schnur wurde mit einem Messer abgeschnitten. Die Spuren seiner Knie kannst du übrigens auf der Konsole bewundern. Nur bei dem einen Ende der Schnur, das er zum Fesseln benützte, machte er sich die Mühe, die Schnittkante zu zerfasern. Es sollte wie abgerissen ausschauen! Wir wissen jetzt, was wie passiert ist. Warum diese tragischen Ereignisse stattgefunden haben, lassen wir uns lieber erläutern." In dieser Hoffnung hatten wir uns allerdings gründlich getäuscht!

Immerhin gelang es Holmes mit seinem spröden Charme, Theresa etwas aufzutauen und zum Sprechen zu bringen. Dabei aber kam eine seltsame Mischung aus Liebe und Haß zutage. Haß auf Sir Eustace, der seine Frau seit Anbeginn der Ehe brutal und schäbig behandelt hatte – daher rührten auch die roten Flecken am Arm –, eine rührende, mütterliche Liebe dagegen zu Lady Brackenstall, die sie bereits als Baby in den Armen gehalten hatte! Mit dem Schiff waren sie im Juni des vergangenen Jahres angekommen. Im Juli fand dann die erste Begegnung mit Sir Eustace, im Januar bereits die Hochzeit statt. Von da an ging's bergab!

Bei dem Versuch, von der Hausherrin mehr zu erfahren, biß Holmes auf Granit. Mit eisigen, kurzen Antworten konterte die Lady jeden Versuch meines Freundes, worauf dieser zunächst aufgab.

Wieder in London, suchten wir das Büro der Känguruh-Corporation auf, der einzigen Reederei mit einem Passagierdienst zwischen Australien und England. Schon bald erfuhren wir, daß im vergangenen Juni nur ein Schiff eingetroffen war, die *Ayers Rock*. Auf der Passagierliste fanden wir auch sofort die beiden Namen, nach denen wir suchten. Von einem Offizier abgesehen, sei das Schiff samt Besatzung seit Monaten schon wieder auf großer Fahrt. Der Offizier, Jack Crocker, sei mittlerweile zum Kapitän befördert worden und warte nur noch auf die Fertigstellung seines Schiffes, die sich verzögert habe. Er halte sich gerade in London auf.

Nachdem Holmes einige Auskünfte über Crocker –

ausnamslos positive – eingeholt hatte, machten wir noch einen kurzen Abstecher in ein Postamt, wo Holmes ein Telegramm absandte, und kehrten dann in die Baker Street zurück.

Da ging's alsbald zu wie im Taubenschlag! Als erster besuchte uns Hopkins, der sich bei Holmes mit überschwenglichen Worten bedankte.

„Wir haben das Silber gefunden, auf dem Grund des Teichs, genau wie Sie vermutet hatten. Ihren siebten Sinn hätte ich gelegentlich auch ganz gern! In bezug auf die Randalls sind wir dagegen einer falschen Spur nachgelaufen. Heute morgen hat man sie in New York festgenommen. Die Suche nach den Tätern beginnt also wieder von vorn. Aber was sind das auch für Diebe, die erst klauen und ihre Beute dann wegwerfen ..."

„Merkwürdig in der Tat, Hopkins! Möglich wäre, daß man das Silber nur mitnahm, um die Polizei über das eigentliche Anliegen zu täuschen. So ähnlich wie in der Tierwelt, wo das Muttertier Angreifer oder Verfolger möglichst weit vom Nest fortlockt. Denkbar ist freilich auch, daß die Diebe nur ein Versteck suchten, um mit der Beute nicht aufzufallen. Später hätten sie sich das Silber noch unauffällig holen können ..."

„Phantastisch – brillant Ihre Gedankenführung! Wir werden unsere Fahndung sofort in diese Richtung lenken"

Es blieb das Geheimnis des Inspektors, der kurz darauf verschwand, was an den eher verworrenen Spekulationen meines Freundes so ‚brillant' war.

Unser gemeinsames Abendessen hatten wir gerade beendet, als uns ein neuer Gast angekündigt wurde.

„Paß auf, Watson, jetzt wird's spannend!" leitete Holmes die Szene ein.

Zunächst aber verblüffte uns das Äußere des Mannes, der eintrat: ein Hüne fast, mit blonden Haaren, blauen Augen und einem kecken Schnurrbart.

„Nehmen Sie Platz, Käpt'n Crocker!" forderte Holmes den Athleten auf, der zunächst unsicher im Zimmer gestanden hatte.

„Ihr Telegramm habe ich erhalten, Mr. Holmes", begann Crocker, immer noch zaghaft, ja ängstlich. „Was es zu bedeuten hat, weiß ich nicht! Was für ein Spiel treiben Sie eigentlich mit mir? Wollen Sie mich hinter schwedische Gardinen bringen?"

„Beruhigen Sie sich, Mann! Die Konsequenzen hängen von Ihnen ab. Belügen Sie mich, verschweigen Sie etwas, garantiere ich für nichts! Wenn Sie sich an die Wahrheit halten, kann und werde ich Ihnen helfen! Ich verlange einen Bericht über alles, was sich gestern in Abbey Grange abgespielt hat – ungeschminkt, vollständig und exakt!"

„Ich muß etwas ausholen, Mr. Holmes", begann Crocker stockend, „um die Zusammenhänge zu verdeutlichen. Alles begann auf der *Ayers Rock*, auf der ich erster Offizier war. Mary – ihren jetzigen Namen bringe ich nicht über meine Lippen! – und ihre Hausdame Theresa waren unter den Fahrgästen. Von mir aus war es Liebe auf den ersten Blick. Unsterblich hatte ich mich in diese Frau verliebt. Von ihrer Seite aus war es wohl weniger. Auf freundliche, aber durchaus liebevolle Art hielt sie mich auf Distanz. Im Hafen trennten sich unsere Wege. Nach meiner nächsten Reise hörte ich, daß sie zwischenzeitlich einen Adeligen geheiratet hatte. Es hat mich getroffen, verletzt, aber ich bin zu sehr Realist, um zu vergessen, daß sie aus ihrer Sicht die bessere Wahl getroffen hatte. Ihr Glück lag mir mehr am Herzen als mein eigenes. Durch die verzögerte Fertigstellung meines neuen Schiffs verbrachte ich die letzten Monate an Land und traf – die Welt ist klein – eines Tages Theresa. Sie erzählte mir von der traurigen, durch Suff und Brutalitäten überschatteten Ehe Marys. Daraufhin verabredete ich mich erstmals mit ihr, in der Folge noch mehrmals. Kürzlich kam das Telegramm, das mir ankündigte, daß meine erste Fahrt als Kapitän unmittelbar bevorsteht! Um Mary noch ein letztes Mal zu sehen, beschloß ich, sie ohne Voranmeldung aufzusuchen. Theresa hatte mich über Abbey Grange bestens aufgekärt.

Ich wußte auch, daß Mary abends im Speisezimmer noch zu lesen pflegte. Als ich ans Fenster klopfte, wollte sie mich zunächst nicht hereinlassen, änderte dann aber ihre Meinung. In erschütternden Worten schilderte sie mir danach, was sie in der letzten Zeit alles durchgemacht hatte – Demütigungen, Schläge, ihre Ehe mit dem blaublütigen Säufer mußte die Hölle auf Erden sein. Plötzlich wurde die Tür aufgerissen, und ihr Mann stürzte herein. Dann prasselten die wüstesten Beleidigungen, gepaart mit brutalsten Schlägen auf *sie* nieder. Ohne zu überlegen – ich würde es sofort wieder tun – nahm ich den Schürhaken vom Kamin und schlug meinerseits auf ihn ein. Von Angesicht zu Angesicht fochten wir miteinander. Auch ich habe dabei einiges abgekriegt! Es war ein fairer und völlig unvermeidlicher Kampf. Das Ergebnis kennen Sie! Wie hätte ich zulassen können, daß der Wahnsinnige weiter auf die Frau einschlug? Durch den Lärm angelockt, war Theresa ins Zimmer gekommen. Um Mary über den Schock hinwegzuhelfen, habe ich ihr etwas Wein eingeflößt und selbst ein paar Tropfen getrunken!

Gemeinsam haben wir dann beratschlagt, was zu tun sei. So sind wir auf die Geschichte mit den Einbrechern gekommen. Da uns in der Eile nichts anderes zur Verfügung stand, habe ich die Klingelschnur abgeschnitten und Mary an einen Stuhl gefesselt. Die Kordel habe ich noch ausgefranst, damit es wie abgerissen aussah. Ein Einbrecher wäre nie auf den Kaminsims geklettert! Um den Einbruch glaubwürdiger zu machen, nahm ich ein paar Silberteller mit, die ich draußen im Teich versenkte, bevor ich das Grundsstück verließ. Kurz darauf erst wurde die Dienerschaft alarmiert. Das war's, Mr. Holmes, die reine Wahrheit!"

„Und nichts als die reine ..." murmelte Holmes, nachdem er Crocker eine Weile mit ernsten Blicken bedacht hatte. „Ja, so war's wohl! Alles deckt sich mit meinen Ermittlungen. Nur ein Riese konnte die Klingelschnur dicht unter der Zimmerdecke abschneiden! Nur ein Seemann konnte die Knoten knüpfen, die ich am Stuhlbein fand! Nur auf der Überfahrt hatte Lady Mary die Möglichkeit, einen Seemann kennenzulernen! Um einen einfachen Matrosen zu schützen, hätte sie wohl kaum solche Anstrengungen unternommen, wie wir sie erlebt haben. So romantisch, um sich in einen kleinen Matrosen zu verlieben, schätze ich sie auch nicht ein. Ich habe natürlich keine andere Wahl, als meine Erkenntnisse an die Polizei weiterzugeben. Wenn Sie jedoch in den nächsten 24 Stunden das Land verlassen würden, könnte ich damit noch etwas warten!"

„Was würde Ihre Großzügigkeit, so sehr ich sie zu würdigen weiß, schon bringen! Mein Leben wäre keinen Penny mehr wert! Vor allem aber: Was würde aus Mary? Man würde sie als Komplizin verhaften und einsperren! Damit könnte ich nie leben! Finden Sie bitte einen Weg, um ihr dieses Schicksal zu ersparen! Dafür würde ich alles geben!"

„Test bestanden, mein Lieber! Es hat mir gefallen, wie Sie reagiert haben. In diesem Fall werde ich meine Geheimnisse für mich behalten! Eine Gerichtsverhandlung brächte in diesem Fall ohnehin keinen Gewinn an Gerechtigkeit. Übernehmen Sie guten Gewissens Ihr Schiff und kommen Sie nach einem Jahr wieder. Zu lange sollte man auch Seemannsbräute nicht warten lassen …"

Einbrecher im Frack

Wenn mein Freund Holmes – was sehr selten der Fall war – einmal aus der Haut fuhr, mußte der Anlaß erstens ungewöhnlich, zweitens aber auch unangenehm sein.

„Blutsauger!" zischte er, nachdem sein Blick eine Visitenkarte gestreift hatte, die während unserer Abwesenheit in den Briefkasten geworfen worden war: Charles Augustus Milverton und eine Adresse in Hampstead waren auf der Karte zu lesen, die Holmes' Zorn erregt hatte.

„Dann bekommen wir gleich noch unangenehmen Besuch!" bemerkte ich, nachdem ich die Karte umgedreht und festgestellt hatte, daß sich Milverton für 18.30 Uhr angekündigt hatte.

„Er kommt auf meine Veranlassung", erklärte Holmes. „Obwohl es kaum jemanden in ganz England gibt, den ich mehr verachte. Das ist der skrupelloseste und zugleich raffinierteste Erpresser, der mir je über den Weg gelaufen ist!"

„Und deshalb", warf ich leicht verwirrt und nicht ohne Ironie ein, „hast du ihn eingeladen?"

„Natürlich nicht, Watson! Ich vertrete – eher als Anwalt denn als Detektiv – eine Frau aus höchsten Kreisen, die von Milverton erpreßt wird. Es geht um Lady Eva – verarmter Adel, wie du weißt, die mit einem Erben der Guinness-Dynastie verlobt ist."

„Und warum lieferst du ihn nicht der Polizei aus?"

Holmes schüttelte den Kopf. „Dem Mann ist nicht so leicht beizukommen! Der besorgt sich systematisch und mit großem Geldeinsatz private, oft sehr intime Informationen über Personen, denen die Weitergabe dieses Wissens großen gesellschaftlichen Schaden bereiten würde. Was die Zeitungen dabei ja allzuoft vergessen, ist die Tatsache, daß sich ihre Vorstellungen von den Persönlichkeiten des öffentlichen Lebens nicht immer mit der Realität deckt. In Wahrheit sind auch sie keine Übermenschen, sondern auch Menschen im Widerspruch und mit vielen Fehlern! Ihr untadeliges Bild aber wollen und müssen sie natürlich nach außen wahren. Und dafür sind sie oft auch bereit, viel Geld auszugeben. Ein Teufelskreis! Und genau das ist Milvertons Chance. Mit der Drohung, seine Informationen weiterzugeben, macht er ein Vermögen.

Seinen Erpressungsopfern ist ihre weiße Weste in der Regel ja einiges wert. Rufmord ist in der oberen Gesellschaftsschicht schlimmer als der wirkliche Tod. Daher zahlen seine Opfer jeden Preis. Weil er das weiß, kann er kassieren. Und seine Opfer sucht er sich mit größter Sorgfalt aus, wiegt sie oft jahrelang in Sicherheit – und schlägt dann zu.

Gelegentlich verzichtet er sogar bei dem einen oder anderen auf seine Erpressungseinnahmen und macht seine Drohung wahr und das Opfer zum öffentlichen Gespött. Das ist Teil seiner Strategie. Drohungen zahlen sich nur aus, wenn sie nicht nur graue Theorie bleiben. Erinnerst du dich an die Affäre vor einigen Jahren, als der Neffe des Königs in flagranti mit einer Tänzerin überrascht wurde? Milverton persönlich hatte die Journalisten auf seine Spur gebracht. Risiken geht er dabei kaum ein. Im schlimmsten Fall würde er für ein paar Monate hinter schwedischen Gardinen verschwinden, während sein Opfer für den Rest des Lebens gesellschaftlicher Ächtung anheimfällt. Denn etwas bleibt bei solchen Geschichten immer hängen, selbst wenn der Erpresser im Kittchen landet! Du siehst, wer da am längeren Hebel sitzt!"

„Und demnächst bei uns im Wohnzimmersessel..." ergänzte ich Holmes. Am Fenster stehend, hatte ich bemerkt, daß Milverton vorgefahren war!

Der Mann, der kurz danach eintrat, war von bulliger Gestalt, wobei dieser Eindruck noch durch einen sündteuren Pelzmantel verstärkt wurde. Seine kleinen, tiefliegenden, blitzschnell hin- und herschwenkenden Augen, ein rötlicher Schimmer auf seinen feisten Backen, eine spiegelblank glänzende Dreiviertelglatze und ein harter, zynischer Zug um seine Lippen erinnerten mich lebhaft an ein Borstentier.

Holmes hatte sichtlich Mühe, seine gewohnten Umgangsformen zu wahren. Ohne die üblichen Begrüßungsformeln forderte er unseren Gast auf, Platz zu nehmen.

„Ich gehe davon aus, Mr. Holmes", begann Milverton ohne Umschweife, „daß Sie über uneingeschränkte Verhandlungsvollmacht verfügen. Meine Konditionen sind bekannt – und auch angemessen. Zu Abstrichen bin ich nicht bereit! Zahlungseingang erwarte ich am Vierzehnten des Monats. Andernfalls wird die Hochzeit am Achtzehnten nicht stattfinden."

Über Milvertons Zügen lag ein Hauch jener selbstsicheren Gewißheit von Peinigern, die ihr Opfer in der Falle wähnen.

Holmes antwortete mit schneidendem Unterton: „Wo nichts ist, hat selbst der Teufel sein Recht verloren! Die siebentausend Pfund, die Sie verlangen, sind nicht aufzubringen. Lady Evas Familie ist finanziell ruiniert.

Und der Versuch, die Familie des Bräutigams ins Vertrauen zu ziehen, würde die Hochzeit von vornherein unmöglich machen!"

„Es ist mir reichlich gleichgültig, wo das Geld herkommt, Mr. Holmes! Ihre Argumente überzeugen nicht. Keine Bank könnte sich eine bessere Sicherheit wünschen als ein künftiges Mitglied dieser Brauerei-Dynastie! Notfalls muß das Geld von dritter Seite geborgt werden!"

„Nicht zu machen", konterte Holmes.

„Wie Sie wollen, verehrter Herr Detektiv. Dann sind Sie allerdings dafür verantwortlich, daß der Guinness-Erbe einige Briefe erhält, die er so schnell nicht wieder vergessen wird. Die Korrespondenz zwischen Lady Eva und ihrem Tennislehrer Boris Graf wird ihn sicher faszinieren ..."

„Es ist nicht meine Art, Milverton, andere Menschen um etwas zu bitten! Wenn ich es in diesem Fall dennoch tue, dann in der absoluten Gewißheit, daß Lady Eva den geforderten Geldbetrag einfach nicht aufbringen kann! Die Summe, die sie zu bieten in der Lage ist, müßte Ihnen aber auch reichen. Auf jeden Fall schaut doch ein Gewinn für Sie heraus und ..."

„Nein, nein, Holmes!" fiel Milverton ihm ins Wort, und sein siegessicheres Grinsen war kaum mehr auszuhalten. „Entweder die stolze Summe, die ich fordere, oder eine saftige Blamage, die sich lohnt! Keine Kompromisse. Sie bringen mir nichts ein! Schauen Sie ..." dabei fingerte er einen Briefumschlag mit einem reichverzierten Wappen aus seiner Brusttasche, „die vornehme Dame konnte auch angeblich den kleinen Betrag von zwölfhundert Pfund nicht lockermachen. Wie leichtsinnig! Morgen bereits wird's ihr leid tun! Und wenn ich mein Notizbuch so anschaue ..."

Sein kleines Büchlein mit den brisanten Eintragungen hatte er gerade aus der Jackentasche gezogen, als Holmes sich – zu meiner allergrößten Überraschung – auf ihn zu stürzen versuchte.

„Keine weiteren Scherze mehr!“ fauchte Milverton, der sich blitzschnell zur Seite gedreht und gleichzeitig einen Revolver unter der Achsel hervorgezaubert hatte. „So nicht, Mr. Holmes!“

Bleich und nach Luft japsend verharrten beide in respektvollem Abstand. Seitwärts – Holmes immer im Auge – schob sich Milverton zur Tür.

„Eine falsche Bewegung, Holmes, und Sie bekommen zum Abschied eine Ladung Blei. Notwehr – Sie kennen das!“

„Ratten werden nur in Not aggressiv!“ zischte ihm mein Freund hinterher. Aber da war der Erpresser schon aus dem Haus und über alle Berge …

So niedergeschlagen hatte ich Holmes schon lange nicht mehr gesehen. Zwei Stunden lang war er überhaupt nicht mehr ansprechbar und tief in Gedanken versunken. Dann verschwand er in seinem Zimmer. Wer beschreibt nun meine Überraschung, als er nach etwa einer halben Stunde – in einen blauen Overall gekleidet – wieder erschien.

„Ich bin jetzt Klempner, Watson!“ erläuterte er schmunzelnd. Ich lachte laut und war wieder einmal erstaunt über den Ideenreichtum von Holmes, der bald darauf mit einer Werkzeugtasche in der Hand verschwand. Wem die Verkleidung galt, war klar! Auf eine mir im Detail noch nicht bekannte Weise wollte sich Holmes offenbar bei Milverton Zutritt verschaffen. Ein paar Tage lang sah ich ihn nur gelegentlich – immer im gleichen Aufzug. Daß er in Hampstead zu tun habe, sagte er mir, mehr nicht.

„So ganz wohl ist mir dabei ja nicht, Watson“, begann er mich schließlich nach einigen Tagen aufzuklären. „Ich wandle auf Freiersfüßen und habe mich verlobt!“ Ich war völlig sprachlos und sah Holmes nur bestürzt an.

„Milvertons Haushälterin ist die Glückliche. An den letzten Abenden habe ich ihr erfolgreich verdeutlicht, daß mein Handwerk goldenen Boden hat und daß mein Beruf eine gute Ehegrundlage darstellt. Und nebenbei habe ich noch Milvertons Haus bis in den letzten Winkel kennengelernt!“

„Ist der Preis dafür nicht etwas zu hoch?“ wagte ich einzuwenden. Holmes als Ehemann einer Haushälterin – das konnte ich nicht glauben.

„Nein, mein Freund! Eine andere Möglichkeit gab es nicht. Ich werd’s ihr schonend beibringen – hinterher! Heut nacht bekommt Milverton jedenfalls den Besuch eines Safeknackers ...“

„Ist dir eigentlich klar, welches Risiko du dabei eingehst? Wenn du erwischt wirst, sind Beruf und Ruf beim Teufel!“ wandte ich energisch ein.

„Ich verstehe deine Besorgnis, mein lieber Watson, aber ich habe keine andere Wahl. Auch durch Nichtstun würde ich mich schuldig machen! Das Notizbuch und die Briefe, auf die ich es abgesehen habe, dienen schließlich rein rechtswidrigen Zwecken! Auch zeitlich habe ich keinen Spielraum mehr. Ein Tag noch, und Lady Evas Schicksal ist besiegelt. Ihre Zukunft liegt in meinen Händen!“

Äußerst widerwillig mußte ich zugeben, daß er wohl recht hatte. Und mit einer kleinen Erpressung – der nämlich, ihn andernfalls zu ‚verpfeifen‘ – gelang es mir, ihn dazu zu bewegen, mich mitzunehmen.

„Nun gut, Watson, um elf Uhr abends brechen wir auf. Um diese Zeit etwa begibt sich Milverton zu Bett. Nicht einmal ein Gewitter weckt ihn dann noch auf. Gegen Mitternacht sind wir da. Kümmere du dich um zwei Stoffmasken und leichte Schuhe. Wir tragen zur Tarnung beide Klempneranzüge. Meine Instrumente liegen schon bereit!“

Mit der Bahn waren wir nach Hampstead gefahren. Den restlichen Weg legten wir bei schneidender Kälte zu Fuß zurück. Milvertons Anwesen war von einer mannshohen Mauer umgeben. Mit einem großen Dietrich verschafften wir uns Einlaß durch eines der beiden Tore. In tiefer Dunkelheit lag nun irgendwo das Haus vor uns, für Holmes allerdings, der nachts über die schlafwandlerische Sicherheit einer Katze verfügte, war die Situation ein Kinderspiel. Nach ein paar Minuten und etlichen Wegbiegungen standen wir vor einem Gewächshaus. Daß mein Freund, der sich so grimmig dem Kampf gegen das Verbrechen gewidmet hatte, alle Voraussetzungen für einen erfolgreichen Einbrecher besaß, war unverkennbar, und ich fragte mich einmal mehr, ob ich je schlau aus ihm werden würde. Einige entschlossene Bewegungen mit dem Glasschneider – und wir konnten uns ins Gewächshaus schleichen. Der Anbau war direkt ans Haus angeschlossen. Nachdem wir mehrere Räume vorsichtig durchquert hatten, landeten wir schließlich in Milvertons Arbeitszimmer. Wohlige Wärme umfing uns, die vom Kamin stammte, der noch brannte und den Raum in flackerndem Licht behaglich erleuchtete. Aber im Zimmer selbst war keine Menschenseele. Irritiert und verunsichert, weil uns nicht klar war, wie wir die Situation deuten sollten, hielten wir uns in der Dunkelheit, bis wir erleichtert feststellten, daß wir allein waren. Daß auch aus dem anschließenden Schlafzimmer keine Gefahr drohte, stellte Holmes durch Lauschen an der Tür schließlich fest.

Aufs äußerste beunruhigt wurde ich jedoch durch die Tatsache, daß die Verandatür nicht verschlossen, nur angelehnt war.

„Weiß der Teufel, was das alles zu bedeuten hat!“ flüsterte mir Holmes zu, der von einer ungewohnten Nervosität ergriffen schien. „Vielleicht erwartet unser Freund Besuch?! Wenn von draußen jemand kommt, flüchten wir durchs Gewächshaus, Watson – sonst durch die Tür! Notfalls können wir uns auch hinter den langen Vorhängen dort verstecken!“

Nun machte sich Holmes an sein höchst illegales Vorhaben, und mit seinem untrüglichen Spürsinn hatte mein Freund bereits nach kurzer Zeit den Safe entdeckt, der sich hinter einem Gemälde mit Jagdszenen aus dem 19. Jahrhundert verbarg. Nur routinierten Panzerschrankprofis hätte man die Professionalität zugetraut, mit der er sich unverzüglich ans Werk machte. Ich jedenfalls wurde aus dem verwirrenden Einsatz seiner zahlreichen Werkzeuge kaum schlau und schwankte zwischen Erschrecken und Bewunderung. Nach etwa zwanzig Minuten hochkonzentrierter Tätigkeit hatte er es endlich geschafft: Der Safe war offen. Als wir nun einen Blick auf die darin befindlichen Papiere werfen wollten, ließ uns ein Geräusch irgendwo im Flur aufschrecken. Das Verschließen des Safes, das Zusammenklauben aller Werkzeuge – für Holmes war es eine Angelegenheit von Sekunden! In höchster Eile versteckten wir uns hinter den langen Vorhängen der Loggia. Unmittelbar darauf wurde die Tür geöffnet, und nach den schweren Schritten und dem süßlichen Geruch der Zigarre schlossen wir, daß Milverton das Zimmer betreten hatte. Aufgeregt, wie mir schien, wanderte er im Zimmer hin und her, bis ich auf einmal einen Schüsselbund klackern hörte. Eine Schublade wurde aufgeschlossen. Dann war nur noch das Rascheln von Papieren zu hören. Offenbar hatte es sich Milverton bequem gemacht und war dabei, sich in seine Lieblingslektüre zu vertiefen: erpresserische Dokumente!

Ein fast schüchtern zu nennendes Klopfgeräusch an der Verandatür in unserer Nähe ließ ihn aufhorchen.

„Nur herein! Die Tür ist offen!“ brummte Milverton.

„Reichlich spät“, fügte er hinzu. „Ich warte nicht gern!“

Die Frau, die den Raum betreten hatte, war schlank, fast grazil, und – dem Mantel nach zu urteilen – aus besseren Kreisen. Tief in ihr von einem Seidenschal fast völlig verdecktes Gesicht hatte sie einen eleganten Hut gezogen.

„Warum so nervös, werte Dame?“ fragte Milverton leicht belustigt. „Kein Anlaß! Ich zahle gut – und Ihre Herrin wird auch nicht arm dadurch. Wenn ich Sie richtig verstanden habe, geht es um fünf Briefe, die die Herzogin von Windsor kompromittieren. Über den Preis

werden wir uns schon einig. Vorher muß ich natürlich einen Blick darauf werfen!" Hier stockte sein selbstgefälliger Redefluß, und er fuhr hörbar gereizt fort: „Was ist los? Was wollen Sie denn hier?"

„Ja, ich", antwortete die Frau, die den Schal vom Gesicht genommen hatte, in bestem Oxford-Englisch. „Den Besuch eines Opfers, das Sie auf erbärmliche Weise ruiniert haben, hatten Sie wohl nicht erwartet?! Meine verlorene Ehre macht es mir leicht, hier einzudringen ..."

„Das, das hätten Sie doch vermeiden können", stammelte nun Milverton, der sichtlich um Fassung rang. „Ich habe zivile Preise. Wer die nicht zahlt, ist doch selber schuld!"

„Schuld?! Ja, schuld sind Sie. Mein Mann hat sich das Leben genommen, nachdem er die Briefe von Ihnen erhalten hat! Sie haben ihn auf dem Gewissen! Mein Leben ist nun auch keinen Penny mehr wert! Von Ihrem ganz zu schweigen ..."

Keuchend und am ganzen Körper zitternd, hatte sie die letzten Worte herausgestoßen, gleichzeitig in ihren Mantel gegriffen – und plötzlich blitzte eine mattschimmernde Pistole in ihrer Hand.

„Ihr letzter Lohn ..." flüsterte sie noch, als sie abdrückte.

Zwei Schüsse peitschten durch den Raum. Mit einem gurgelnden Geräusch fiel Milverton zu Boden.

Leichenblaß und nur einen kurzen Moment erschrokken über die Wirkung ihrer Handlung, steckte die Frau den Revolver ein, drehte sich entschlossen um und verschwand durch die Verandatür ...

„Schnell, Watson!" zischte mir Holmes zu, der sich sofort wieder gefangen hatte. „Los, wir haben keine Zeit zu verlieren!"

In Windeseile hatte Holmes erneut den Tresor geöffnet und hastig hineingegriffen. Stapelweise warf er Miltons Papiere in den Kamin. Kurz darauf wurden die knisternden Geräusche des Feuers bereits durch heftiges Türenschlagen übertönt. Milvertons Angestellte waren durch die Schüsse alarmiert worden.

„Schnell! Raus!" rief mir Holmes noch zu und griff nach seiner Werkzeugtasche. Sekunden später schon flohen wir durch den Garten.

Obwohl wir wie von Furien gehetzt dahinrannten, bemerkten wir doch, daß an eine Flucht durch das Tor nicht mehr zu denken war. Der Weg war hell erleuchtet!

Zwei von Milvertons Angestellten liefen fieberhaft auf der Suche nach uns durch den Park.

„Halt! Stehenbleiben!" brüllte uns einer zu, der uns entdeckt hatte und nun die Verfolgung aufnahm.

Holmes hatte mittlerweile die Gartenmauer erreicht und sich mit einer athletischen Geschicklichkeit, die ich ihm nie zugetraut hätte, über den Kamm geschwungen. Gerade wollte ich es ihm gleichtun, als mich der Verfolger am Fuß erwischte! Mit letzter Kraft konnte ich mich freistrampeln, dann war auch ich über die Mauer und auf der Straße. Was folgte, war ein Dauerlauf durch Hampsteads Straßen, der uns die letzten Kräfte kostete. Dabei rissen wir uns die Klempner-Kluft herunter, unter der jeder von uns zur Tarnung seinen Frack trug! Keuchend und ausgepumpt erreichten wir endlich eine Droschke ...

Der Täter tot, das Erpressungsmaterial vernichtet – unsere Bilanz war nicht die schlechteste. In ein tiefes Gespräch versunken und von heiterer Stimmung beflügelt, befanden wir uns noch mitten im ausgedehnten Frühstück, als ein Besucher gemeldet wurde.

„Was führt Sie denn zu so früher Stunde zu uns, Lestrade?" fragte Holmes ohne die geringsten Anzeichen der Überraschung.

„Ein Todesfall, Holmes! Man könnte es auch Mord nennen, aber damit würde man dem Täter vielleicht nicht gerecht werden. Das trifft eher auf das Opfer zu – ein Rufmörder der übelsten Sorte!"

„Sie reden von Charles August Milverton, wenn ich mich nicht irre?!“

„Ganz recht! Wissen Sie unter Umständen Näheres über die Zusammenhänge seines tragischen Ablebens?“ Aus Lestrades hintergründigen Fragen wurde man nicht immer schlau.

„Nein, wieso?“

„Nur so eine Vermutung! Zwei waren's. Die Beschreibung, die wir haben, reicht für eine Fahndung aus. Ich hatte so den leisen Verdacht, die beiden beim Frühstück zu erwischen ...“

„Sie meinen ...?“ Holmes schmunzelte. „Vergessen Sie den Verdacht, lieber Lestrade! Mein Name ist Holmes, mein Herz ist rein! Und wem meine Sympathien in diesem Fall gehören, muß ich wohl nicht näher erläutern ...“

„Daß ich noch nicht früher darauf gekommen bin!“ platzte Holmes plötzlich heraus, nachdem Lestrade längst – kommentarlos – gegangen war. „Ganz klar! Ich denke, ich weiß, wer's war. Machen wir einen Test!“

Schon nach kurzem Stöbern in seinem privaten Bildarchiv hellten sich Holmes' Züge auf.

„Kommt dir die Dame bekannt vor, Watson?“

„Lady T.! Das darf doch nicht wahr sein!“

Es war wahr.

Die Dame, die uns da auf dem offensichtlich im Bukkingshire Palast aufgenommenen Porträt so hoheitsvoll entgegenlächelte, war die gleiche, die am Abend zuvor Milverton in tiefster Verzweiflung erschossen hatte!

„Schade, daß ich nicht über Milvertons Skrupellosigkeit verfüge“, bemerkte Holmes mit einem – wohl gespielten – Anflug von Bedauern. „Sonst hätte ich finanziell keine Probleme mehr ... Andererseits tut's aber auch verdammt gut zu wissen, daß Gauner von Milvertons Sorte ihrer Strafe im Sinne einer höheren Gerechtigkeit nicht entgehen! Ich glaube, wir sollten in diesem

Fall ausnahmsweise mal unsere Erkenntnisse nicht den Behörden zur Kenntnis bringen!“

Dieser Überlegung konnte ich nur dankbar beipflichten …

Sherlock Holmes auf dem Sterbebett

Mrs. Hudson, die Vermieterin unserer Wohnung, war eine duldsame Seele. Die merkwürdigen Gestalten, die fast zu jeder Tages- und Nachtzeit zu Besuch kamen, ja selbst den Gestank und das Geknalle, die Holmes oft mit seinen chemischen Experimenten veranstaltete, ertrug sie mit Fassung und Verständnis. Darüber hinaus war sie auch in die Rolle des Kindermädchens geschlüpft und hatte immer ein mütterlich-wachsames Auge auf seine Gesundheit. Eines Tages erschien sie aufgeregt in meiner Praxis, die ich wegen dringender Fälle seit fast sechsunddreißig Stunden nicht mehr verlassen hatte.

„Dr. Watson“, begann sie mit hochrotem Kopf, „Sie waren in den letzten Tagen so beschäftigt, daß Sie es wahrscheinlich gar nicht bemerkt haben! Holmes stirbt! Seit gestern wird es ständig schlimmer mit ihm. Ich habe Angst, daß er den heutigen Tag nicht mehr überlebt. Er ist fast nur noch Haut und Knochen. Sein Gesicht besteht nur noch aus Augen! Sein Körper gleicht einem Gerippe! Er hat mir verboten, einen Arzt zu holen. Aber heute habe ich es nicht mehr ausgehalten und bin einfach zu Ihnen gegangen.“

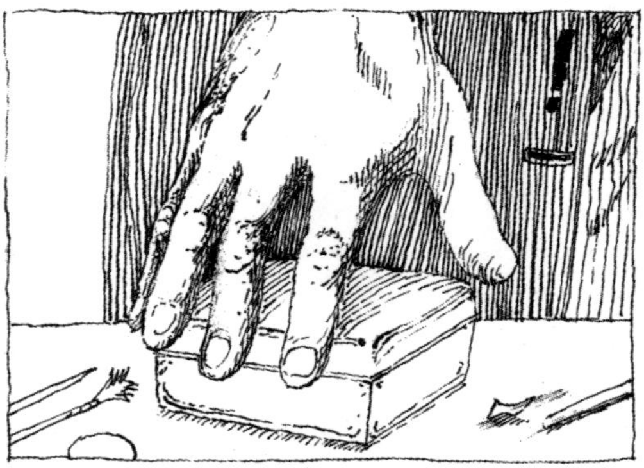

Völlig entsetzt sagte ich sofort alle weiteren Termine ab und war wenige Minuten später mit ihr auf dem Nachhauseweg. Unterwegs wollte ich mehr über die näheren Umstände erfahren.

„Leider kann ich Ihnen kaum etwas erzählen. Ich weiß lediglich, daß er in den letzten Tagen mit Ermittlungen bei chinesischen Seeleuten unten an der Themse befaßt war. Dort hat ihn wohl diese Krankheit erwischt! Vor drei Tagen kam er mittags nach Hause, verschwand im Bett und ist seither nicht mehr aufgestanden. Er ißt und trinkt nichts und ist für niemanden zu sprechen!"

Als ich schließlich vor ihm stand, hatte ich tatsächlich das Gefühl, dem Tod ins Auge zu sehen. Vor lauter Mitleid schossen mir die Tränen in die Augen. Stark abgemagert, lag Holmes in seinem Bett, seine Augen flackerten wie zwei verglimmende Fackeln, seine Backen zeigten scharlachrote Fieberflecken, und seine abgezehrten Hände verwühlten sich wie in beständigem Krampf in seiner Bettdecke. Da er geistig weggetreten war, brauchte er eine Weile, bis er mich erkannte.

„Der Teufel hat mich in seinen Klauen", stöhnte er mit einem bewundernswerten Anflug von Humor.

„In drei Teufels Namen, was ist denn nur mit dir los?" griff ich sein Wortspiel auf und kam noch näher.

„Halt! Bleib bloß stehen, sonst laß ich dich aus dem Zimmer entfernen!" bremste er mich mit schneidender Stimme. Da er mich noch nie so angefahren hatte, nahm ich an, daß er wußte, wie schlimm es um ihn stand, und daß er aus Angst so schroff reagierte.

Geduldig erwiderte ich deshalb, daß ich ihm nur helfen wolle.

„Im Moment geht es mir nur um deine Gesundheit, Watson", gab er denn auch tatsächlich zu. „Ich bin mir darüber im klaren, was mir fehlt, und möchte dich vor dem gleichen Schicksal bewahren. Ich habe einen tödlich wirkenden Bazillus aufgeschnappt, der noch dazu in höchstem Grade ansteckend ist. Es ist eine Krankheit aus Sumatra!"

„Meinst du denn, ich würde mich aus Angst von meiner ärztlichen Pflicht, vor allem einem Freund gegenüber, abhalten lassen?“ widersprach ich ihm erbost.

„Wenn ich mich schon von einem Arzt behandeln lassen muß, dann muß es jemand sein, der mir sicher helfen kann!“

Damit traf er mich in meiner Berufsehre, und da verstand ich keinen Spaß. Trotz seines Zustands schien er meinen Ärger zu spüren.

„Watson, versteh mich richtig! Ich bezweifle deine ärztlichen Qualitäten ja gar nicht. Aber du hast in deiner bisherigen Praxis keine Erfahrungen mit dem Tapanuli-Fieber oder mit der schwarzen Formosa-Fäulnis sammeln können“, versuchte er mich zu besänftigen.

„Das muß ich zugeben! Aber gestern habe ich zufällig gelesen, daß Dr. Ainstree, der beste Kenner auf dem Gebiet der Tropenkrankheiten, ein paar Tage in London ist. Ich mache mich sofort auf den Weg, um ihn herzubringen!“

Entschlossen näherte ich mich der Tür. Doch in diesem Moment schnellte der sterbenskranke Holmes aus seinen Federn, sauste zur Tür, drehte den Schlüssel um und nahm ihn an sich. Dann torkelte er wieder kraftlos und nach Luft japsend ins Bett zurück.

„Nur über meine Leiche gehst du ihn holen. Ich werde die Entscheidung über mein Leben nicht aus der Hand geben, aber ich bin zu einem Kompromiß bereit! Du gibst mir zwei Stunden Zeit, damit ich mich etwas erholen kann, und um sechs Uhr kannst du gehen! Eine Bedingung mußt du aber noch erfüllen: Du gehst dann zu *dem* Mann, den *ich* aussuche!“

Notgedrungen erklärte ich mich damit einverstanden.

Holmes war erschöpft in seine Kissen gesunken und schlief allem Anschein nach sofort ein. Unruhig wanderte ich im Zimmer auf und ab und betrachtete seine Bildersammlung an den Wänden: Die bekanntesten Kriminellen der Zeit waren hier friedlich vereint. Schließlich stand ich vor dem Kamin, auf dessen Sims al-

les mögliche herumlag – angefangen von afrikanischen Pfeilen bis hin zu verschiedenen Messern und Spritzen. Mittendrin stach mir eine zierliche Elfenbeindose ins Auge. Gerade wollte ich nach ihr greifen, als ein hysterischer Aufschrei mich erschreckte. Vor Entsetzen standen mir die Haare zu Berge! Als ich nun Holmes ansah – denn er war es, der so geschrien hatte – sah ich daß in seinem Gesicht jeder Muskel in Bewegung geraten war und seine Augen wie im Wahnsinn auf mich stierten.

„Leg sie sofort wieder hin, Watson! Sofort! Du weißt genau, daß ich es hasse, wenn jemand in meinen Sachen kramt!" War es im Delirium, oder veränderte die Krankheit sein Wesen? Ich wußte nicht mehr, was ich denken sollte, hielt mich aber an unsere Abmachung. Immer wieder wachte er auf, faselte unverständliche Laute und schlief wieder ein. Kurz vor sechs Uhr aber schien er wieder halbwegs bei Verstand zu sein!

„Mach bitte die Lampe an, Watson, aber achte darauf, daß sie mich nicht blendet. Gut so! Und noch etwas, nimm die Zuckerzange und stell damit die kleine Elfenbeindose hierher auf das Tischchen neben mir! Danke! Und jetzt wird es Zeit, daß du zu Mr. Culverton Smith gehst. Er wohnt in der Lower Burke Street 13."

„Der Name ist mir völlig unbekannt!"

„Du brauchst dich nicht zu wundern. Er ist kein Kollege von dir, sondern ein Farmer aus Sumatra, der sich zur Zeit in London aufhält. Vor einigen Jahren ist diese Erkrankung bei seinen Arbeitern aufgetreten. Da keine ärztliche Hilfe zu erreichen war, befaßte er sich selbst mit ihren Auswirkungen. Ich bin sicher, daß er der einzige Mensch ist, der mir überhaupt noch helfen kann!"

Holmes hatte die wenigen Sätze mit viel Mühe und häufigen Unterbrechungen herausgequetscht. Sein Gesicht war in den letzten Minuten noch mehr zusammengefallen. Kalter Schweiß stand ihm auf der Stirn!

„Du mußt ihn ganz genau informieren, wie mein Krankheitsverlauf ist!" keuchte er mühsam. „Sag ihm ruhig, daß ich nach deiner ärztlichen Beurteilung ein sterbender Mann in den letzten Zügen bin. Tu bitte alles, was in deiner Macht steht, damit er kommt! Streng dich an! Er ist nicht gut auf mich zu sprechen, weil ich ihn im Verdacht hatte, seinen Neffen, der vor wenigen Wochen auf grausame Weise starb, umgebracht zu haben! Du mußt versuchen, ihn zu mir zu bringen. Denk immer dran, daß er meine einzige Chance ist. Nur er kann mein Leben retten. Du darfst nicht mit ihm zusammen wieder herkommen!“

In den nächsten Minuten verdunkelte sich sein Geist wieder. Mit keifender Stimme sang er selbstgedichtete Lieder, wie sie mir noch nie zu Ohren gekommen waren! Ich ging. Und vor der Haustür traf ich Inspektor Morton, einen Beamten von Scotland Yard, der wohl auf dem Heimweg war.

„Was macht denn unser Freund?“ wollte er wissen.

„Er ist sterbenskrank!“ erwiderte ich.

Wenn mir der Inspektor nicht als solider und anständiger Mensch bekannt gewesen wäre, hätte ich jede Wette angenommen, daß sein Gesicht vor Freude strahlte. Da kam aber schon mein Wagen, und ich hatte keine Zeit mehr, über die mögliche Wut eines erfolglosen Kriminalbeamten auf einen erfolgreichen Privatdetektiv nachzudenken.

Mr. Smith wohnte in einer sehr gepflegten Villengegend. Dem äußeren Rahmen entsprechend, wurde ich von einem Butler empfangen. Er legte seinem Herrn meine Karte vor. Smith warf nur einen kurzen Blick darauf, fegte die Karte vom Tisch und fuhr seinen Butler an: „Kenne ich nicht! Unverschämtheit, ohne Einladung einfach hier aufzukreuzen! Wenn ich einen Arzt brauche, bestimme ich das selbst! Und wenn ich mitten in der Arbeit bin, will ich nicht gestört werden. Schicken Sie ihn weg! Bin nicht da!“

Mit einer Mischung aus Wut und Verzweiflung – Smith war der letzte Strohhalm, die letzte schwache Überlebenschance für Holmes – schob ich den Butler beiseite und drang durch die offene Tür in das Arbeitszimmer von Mr. Smith vor. Die Reaktion von Smith war bühnenreif! Wutschnaubend sprang er aus seinem Sessel auf und rief: „Was erlauben Sie sich?! Verschwinden Sie, sonst hole ich die Polizei!"

Wild entschlossen, im Interesse meines Freundes wirklich alles über mich ergehen zu lassen, stand ich eine Weile ruhig im Raum, bis Smith sich wieder zu beruhigen schien. Mit dem kurzen Hinweis, Holmes schicke mich, gelang es mir sofort, seine ganze Konzentration auf mich zu lenken.

„Was, Holmes?! Was will er?"

„Er ist schwerkrank und braucht Ihre Hilfe!"

„Warum helfen Sie ihm denn nicht selbst? Sie sind doch Arzt, ich nicht!"

Mit einer Handbewegung hinter sich auf Dutzende von Reagenzgläsern und Bunsenbrennern deutend: „Da, mit den tückischen Tropenbazillen beschäftige ich mich zwar, aber nur, weil sich bei uns auf Sumatra keiner damit auskennt und ich auf die Gesundheit meiner Farmarbeiter angewiesen bin!"

„Das ist es ja", warf ich ein. „Holmes leidet an einer tropischen Krankheit, die er sich bei Ermittlungen im Dockmilieu, wahrscheinlich durch Chinesen, zugezogen hat!"

„Ach so, und jetzt meint er, ich kann ihm helfen ..."

Aus Smith wurde ich nicht schlau! Mal hatte ich den Eindruck echten Mitleids mit Holmes, dann – als ich die Symptome genau schilderte – kam es mir wieder vor, als freue er sich. Dennoch sagte er, als ich geendet hatte:

„Ist wohl am besten, wenn ich gleich mitkomme!"

Nachdem ich meine Begleitung bedauernd unter Hinweis auf einen anderen Termin für unmöglich erklärt hatte, versprach er mir, sich später allein auf den Weg zu machen und in einer Stunde bei Holmes zu sein.

Äußerst beunruhigt, weil mir der kritische Zustand von Holmes nicht aus den Kopf ging, trat ich den Heimweg an. Um so erleichterter war ich, als ich meinen Freund in – wie es schien – fieberfreiem Zustand und aufgeräumter Stimmung vorfand.

„Na, was ist? Kommt er?"

„Ja, er muß jeden Augenblick hier sein!"

„Hervorragend, Watson! Ich erklär' dir das später, aber du mußt dich jetzt unsichtbar machen! Ich brauche dich in meiner Nähe, aber Smith darf davon nichts ahnen! Da, zwischen Bett und Wand, versteckst du dich! Und zwar sofort! Ich höre Schritte!"

Holmes hatte mal wieder recht. Ich drückte mich in die enge Nische, und kurz darauf öffnete sich die Tür: Smith trat ein. Von ein paar Schritten abgesehen, hörte ich zwei Minuten lang zunächst gar nichts. Was diese unheimliche Stille am Anfang zu bedeuten hatte, erfuhr ich erst später! Plötzlich trat er an das Bett.

„Holmes! Was ist mit Ihnen? Ich bin es, Calverton Smith!"

„Schön, daß Sie da sind!" flüsterte Holmes. „Wenn mir noch ein einziger Mensch auf der Welt helfen kann, dann Sie!"

„Da täuschen Sie sich mal ausnahmsweise! Sie sind nicht mehr zu retten! Aber selbst, wenn ich es könnte, würde ich für Sie nichts tun!"

Die Stimme von Smith hatte plötzlich einen harten, fast triumphierenden Klang bekommen: „Ich habe es nicht vergessen, daß Sie überall in London die wildesten Gerüchte über mich in Umlauf brachten, als mein Neffe plötzlich starb! Ich kann es nicht leiden, wenn ein Schnüffler seine Nase in meine Angelegenheiten steckt, und habe daher ein paar Bazillen auf die Reise geschickt. Wie ich sehe, sind sie auch angekommen! Und nun bin ich hier, um mir anzusehen, wie *Sie* leiden."

„Ist mir egal", keuchte Holmes, „wenn Sie mir nur ein Glas Wasser geben! Diese unerträglichen Schmerzen! Daß Sie Ihren Neffen umgebracht haben, weiß ich! Interessiert mich nicht mehr! Meine Krankheit aber geht auf das Konto von Chinesen! Und ich weiß ..."

„Sie sind ja noch dümmer, als ich erwartet hatte, Holmes!“ fuhr ihm Smith ins Wort. „Ja, es stimmt! Mein Neffe hat es mir zu verdanken, daß er sich jetzt nicht mehr auf meine Kosten ein schönes Leben machen kann! Aber Ihnen habe ich Ihre Einmischung auf gleiche Weise heimgezahlt. Erinnern Sie sich nicht mehr an ein kleines Päckchen, eine kleine Elfenbeindose, die in der letzten Woche mit der Post kam?“

„Ja, da war was!“ Holmes war kaum mehr zu hören. „Irgend so ein Unsinn, an dem ich mich auch noch leicht verletzt habe wegen der spitzen Feder, die da drin war! Irgendein Witzbold hat sich mit einem Spaßartikel wohl einen dummen Scherz erlaubt! Beim Öffnen sprang eine Sprungfeder …“

„Irrtum, Schnüffler! Das kam von mir! Hätten Sie mich in Ruhe gelassen, hätte ich mir Porto und Ihnen ein paar Probleme erspart! Vorsichtshalber werde ich diese Dose wieder mitnehmen, wenn Sie abgekratzt sind. Beweismittel mit vergifteten Sprungfedern sollte man auch in diesem Fall nicht zurücklassen! Noch einen Wunsch?“

„Ja, eine Zigarette, wenn es geht, und drehen Sie bitte die Lampe etwas heller!“ Holmes hatte sich plötzlich im Bett aufgerichtet und sprach auf einmal mit klarer, schneidender Stimme! Mir war, als hätte ein Blitz ihn wieder ins Leben zurückgeholt!

„Was … was hat das zu bedeuten?!“ fragte Smith mit einer gehörigen Portion Angst in der Stimme.

„Wissen Sie das nicht: Ein Schauspieler stellt eine Rolle am besten dar, wenn er sie auch in seinem Leben verwirklicht. Auf Ihre Sprungfeder bin ich natürlich nicht hereingefallen, aber Sie sollten an den Erfolg Ihres Mordversuchs glauben! Ihretwegen habe ich acht Tage gefastet und schweißtreibende Medikamente geschluckt, damit ich auch glaubhaft den Kranken mimen konnte. Am schwersten ist mir dabei der Verzicht auf das Nikotin gefallen. Entzugserscheinungen waren die Folge, die Sie hinters Licht führten! Sie haben vorhin wirklich gedacht, ich sei sterbenskrank!“

Bevor Smith irgendwie reagieren konnte, wurde die Tür aufgerissen, und Inspektor Morton stürmte herein. Er wandte sich an unseren Besucher und verhaftete ihn auf Grund des Mordes an seinem Neffen Victor Savage!

Schmunzelnd ergänzte Holmes:

„... und dem versuchten Mord an Sherlock Holmes! Im übrigen, Mr. Smith, haben Sie sich mit eigener Hand den Strick gedreht, als Sie das Licht heller drehten und damit dem Inspektor das vereinbarte Zeichen gaben! Inspektor, Mr. Smith hat eine kleine Dose in seiner Tasche, die Sie zu Ihren Beweisstücken nehmen sollten. Aber Vorsicht: Sie beinhaltet tödliche Bazillen!"

„Holmes, mit dieser Masche werden Sie wohl kaum Glück haben! Ihre Aussage allein dürfte bei Gericht kaum ausreichen für eine Verurteilung", meldete sich Smith, schon in Handschellen, höhnisch zu Wort.

„Watson, mein lieber Freund!" rief Holmes erschreckt. „Dich habe ich ja ganz vergessen! Verzeih mir bitte meine Vergeßlichkeit!"

Mühsam kletterte ich aus meiner Ecke. Und bei einem Glas Wein am späten Abend entschuldigte er sich nochmals für seine Vorstellung.

„Ich wußte, daß du nur überzeugst, wenn du auch selbst von einer Sache überzeugt bist. Ich hoffe, daß du in diesem Fall mit mir einer Meinung bist, daß der Zweck die Mittel heiligte. Nur deine unauffällige Teilnahme als Zeuge wird die Verurteilung dieses Verbrechers garantieren!"

Von den vorangegangenen Ereignissen noch völlig verwirrt, überlegte ich eine Weile, mit wem ich es da zu tun hatte: Mit dem berühmtesten Detektiv Englands, gerade von den Toten wieder auferstanden, oder mit einem großen Schauspieler? Klären konnte ich die Frage zunächst nicht, zumal mich Holmes später noch mit einer weiteren ungewöhnlichen Eigenschaft konfrontierte – einem schier unvorstellbaren Heißhunger. Kein Wunder, nachdem er tagelang gehungert hatte! Vom Erfolg seiner Aktion beflügelt, erläuterte er mir die Tricks, mit denen er sein sterbenskrankes Aussehen herbeigeführt und sogar mich als Arzt getäuscht hatte. Aber da habe ich nur noch mit einem Ohr zugehört, denn das Lokal, in dem wir saßen, war hinreißend schön – und ein gelungener Ausgleich der Eindrücke, die ich zuvor erlebt hatte …

Das Haus bei den Blutbuchen

Mit einem großen Jammern und Lamentieren über den Verlust der Elite begann alles. Nein, Holmes meinte nicht etwa die kleine Schar fähiger Köpfe aus allen Bereichen des geistigen Lebens, ihm ging es allein um das schwindende Format von Gaunern und Gangstern!

„Der Zeitgeist, Watson, ist an allem schuld!"

„Den macht man ja für alles mögliche verantwortlich", konterte ich angesichts der ziemlich albernen Schuldzuweisung. „Sicher ist er auch für die Griesgrämigkeit von Sherlock Holmes verantwortlich!"

„Ironie habe ich zwar bisher als *meine* ureigenste Domäne betrachtet, aber unverkennbar ist, daß du da aufholst. Im Ernst, die große Zeit des Gaunertums geht zu Ende! Woran das liegt, ist mir noch nicht völlig klar. Fehlende Verdienstchancen? Hinwendung der kriminellen Intelligenz in Bereiche mit mehr Profit – denk etwa an die Wirtschaftskriminalität! Vielleicht ist's auch nur die Polizei, die der Unterwelt mit ihren verbesserten Methoden gewissermaßen das Grundwasser abgräbt. Oder liegt's gar an der Qualität meines Berufsstandes,

der unsere Gegner letztlich in mehr oder minder gefahrlose bürgerliche Berufe zurücktreibt?“

Selbstbescheiden wie selten zuvor hatte Holmes nicht von sich als Star unter den Detektiven gesprochen, sondern gleich die Schwierigkeiten seines Berufsstandes dramatisiert. Ein – für mich – bemerkenswerter Vorgang!

„Ach, Holmes“, erwiderte ich, „was hältst du von der Vermutung, daß all das nur eine Auswirkung des miesen Wetters ist?“

„Watson, du gehst zu weit!“

Wahrscheinlich hatte er sogar recht, mein Freund, der da seine selbstquälerischen Zweifel austobte. Indes, ich hatte ihn von seinen trüben Grübeleien abgelenkt – leider bemerkte er es sofort.

„Diskussionen auf diesem Niveau sind ja durchaus in der Lage, meine Verbitterung etwas zu mildern, Watson! Aber bleiben wir mal bei den Tatsachen: Die Zeit der großen Verbrechen ist vorbei! Ein Blick in die *Times*, und du weißt Bescheid! Nur Bagatellen! Einbrüche, kleine Betrügereien, gelegentlich mal ein – meist auch noch gescheiterter – Banküberfall, und sonst nichts! Und der absolute Tiefpunkt meiner detektivisch-kriminalistischen Karriere ist mit diesem Brief erreicht! Stell dir vor, da mutet mir eine Erzieherin doch tatsächlich zu, ihr Ratschläge zu erteilen, ob sie einen angebotenen Job nun annehmen soll oder nicht! Wie tief bin ich gesunken! Übrigens, sie kommt gleich!“

Zumindest was sein Zeitgefühl betraf, war Holmes nach wie vor unschlagbar. Kurz darauf klingelte es, und eine junge Dame trat ein. War der Anlaß ihres Erscheinens auch banal, ihre Erscheinung war es nicht. Da stand eine Frau vor uns, die ich, wäre ich jünger gewesen, vom Fleck weg geheiratet hätte! Schwer war es, sich ihrem sanften Charme zu entziehen. Gekleidet in ein eher unscheinbares Flanell-Kostüm, stand sie da vor uns und machte sogleich einen unauslöschlichen Eindruck: Violet Hunter kam gleich zur Sache!

„Mag der Anlaß auch zunächst unwichtig erscheinen, Mr. Holmes", begann sie, „aber ich brauche Ihre Hilfe! Ich habe ein Problem, und allein kann ich es nicht lösen!"

„Probleme haben wir alle, Miss Hunter!" lächelte Holmes. „Ich will Sie aber nicht damit langweilen, daß ich Ihnen etwa meine Sorgen erläutere ... Was, bitte, sind die Ihren?"

„Danke, Mr. Holmes, für Ihr Entgegenkommen! Ich will versuchen, mich auf das Wichtigste zu konzentrieren! Begonnen hat alles damit, daß mein bisheriger Arbeitgeber einen Auslandsaufenthalt antreten mußte und ich arbeitslos wurde. Das ist deshalb ein schwerer Schlag, weil Erzieherinnen nicht mehr sehr gefragt sind. Auf jede freie Stelle kommen fünf Bewerberinnen! In meiner wachsenden Verzweiflung wandte ich mich an die Agentur von Mrs. Stoper, die sich auf die Vermittlung von Erzieherinnen für Privathaushalte spezialisiert hat. Aber ich blieb wochenlang ohne Nachricht. Letzte Woche nun schien sich das Blatt schlagartig zu wenden. Als ich in Mrs. Stopers Büro kam, saß da ein freundlicher, korpulenter Mann, der bei meinem Anblick erfreut lächelte und – ohne mich näher zu befragen – Mrs. Stoper deutlich machte, ich sei seine Wunschkandidatin. Natürlich kam es mir etwas komisch vor, daß ich da eine Stelle nur auf Grund meines Aussehens bekommen sollte. Ihnen muß ich es ja nicht sagen, daß es auch Arbeitgeber gibt, die Erzieherinnen für ziemlich berufsfremde Zwecke zu engagieren versuchen. Aber meine Bedenken verflogen schnell, als er von seiner Frau erzählte! Und außerdem bot er mir mehr als das Doppelte meines bisherigen Gehalts! Irgendwie war das alles zu schön, um wahr zu sein. Sogar einen Vorschuß wollte er mir in die Hand drücken. Deshalb habe ich noch nicht gleich zugesagt – denn irgendein Haken mußte an der Sache dran sein –, sondern habe mir zuerst meinen Arbeitsplatz angesehen. Hampshire – in der Nähe von Winchester. Hübsche Gegend, ich war schon mal im Urlaub dort. Auch gegen das Anwesen gab's nichts einzuwenden: ein großer, alter Bau, eingebettet in ein Wäldchen von Blutbuchen und ein großes Grundstück. Erst meine Frage nach den Arbeitsbedingungen brachte Absonderliches zutage! Mich störte nicht so sehr das Kind, dem ich mich widmen sollte – ein sechsjähriger, offensichtlich ziemlich verzogener Lümmel mit tierquälerischen Neigungen! Aber auf so was muß man in meinem Beruf gefaßt sein. Doch dann wollte Mr. Rucastle, so heißt mein Arbeitgeber, zunächst nicht so recht weiterreden. Schließlich gab er sich einen Ruck und sagte, daß seine Frau einige Spezialwünsche an mich habe: Daß ich mich gelegentlich bequem in einen Sessel setzen solle, daß ich meine Haare schneiden lassen solle und ähnliches. Zunächst war ich der Meinung, mich verhört zu haben! Noch nie ist so etwas von mir als Erzieherin verlangt worden! Und meine Haare abzuschneiden, sehen Sie selbst, erscheint mir als eine Zumutung. Das Geld hätte ich gut brauchen können, aber unter solchen Umständen wollte ich nicht arbeiten. Leider wollte mich Mr. Rucastle nur unter den genannten Bedingungen einstellen, und so haben wir die Verhandlungen abgebrochen. Mrs. Stoper war ziemlich verletzend und warf mir vor, aus unerfindlichen Gründen eine besonders gute Stelle abgelehnt zu haben. Sie machte mir auch deutlich, daß ich – von ihr aus – kaum mehr mit einem Angebot zu rechnen hätte. Ziemlich deprimiert bin ich wieder nach Hause gegangen. Als ich dann zu Hause die offenen Rechnungen auf dem Tisch liegen sah und mein letztes Geld zählte, kamen mir die Tränen, kein Wunder! Es tat mir schließlich leid, ein solches Angebot ausgeschlagen zu haben, das man nicht alle Tage bekommt. Die Eigenheiten mancher Vorgesetzter muß man doch gerade als Erzieherin auffangen können, und meine Haare erschienen mir auf einmal auch nicht mehr so wichtig. Ich war also ziemlich niedergeschlagen, als zwei Tage später dann die Riesenüberraschung kam. Ein Brief von Mr. Rucastle. Er schrieb mir, daß er mich unbedingt engagieren wolle und daß seine Frau geradezu begeistert sei von mir. Meinen Lohn hatte er noch einmal erhöht. Bezüglich der Haare aber blieb er hart, auch wollte er, daß ich morgens ein türkisblaues Kleid tragen soll. Angeblich gehört das seiner Tochter, die sich zur Zeit in Philadelphia aufhält. Seiner Sache schien er ziemlich sicher zu sein. Am Schluß schrieb er mir, daß er mich von der Bahn abholen werde, wenn ich ihm den Ankunftstermin nennen würde. Soviel zum Brief. Und um's kurz zu machen – ich werde das Angebot annehmen! Dennoch hätte ich von Ihnen gern einige Ratschläge, wie ich mich der Rucastles gegenüber verhalten soll."

„Die will ich Ihnen auch gerne liefern!" antwortete Holmes schlagfertig.

Bei der Erzählung von Miss Hunter war er in seinem Sessel versunken und hatte keinerlei Reaktionen gezeigt. Wer ihn kannte, wußte jedoch, daß das nicht allzuviel zu bedeuten hatte und eher ein Anzeichen für höchst angespannte Konzentration war!

„Über eins sollten Sie sich im klaren sein, Miss Hunter", fuhr er fort. „Einfache Zeiten werden das nicht im schönen Hampshire! Was Rucastle an Absonderheiten von Ihnen verlangt, kann ein Zugeständnis seiner Frau gegenüber sein, muß aber nicht! In der Tat scheint mir Mrs. Rucastle etwas sonderbar zu sein. Der beunruhigendste Aspekt jedoch ist für mich die Höhe des Gehalts. Wer sein Geld so, verzeihen Sie, bedenkenlos ausgibt, hat in der Regel einen besonderen Anlaß dafür – oder gar keinen. Beides ist gleichermaßen mit Vorsicht zu genießen! Aber nachdem Sie einen Rat von mir wollten: Fahren Sie ruhig! Beim Auftreten von Gefahren schicken Sie mir ein Telegramm. Bei Bedarf bin ich da!"

Trotz der eingestreuten Bedenken meines Freundes war es wohl die Antwort, die Miss Hunter erwartet hatte, und die sie entsprechend freudig und dankbar quittierte. Noch lange, nachdem sie gegangen war, diskutierten wir diesen Fall.

„Eine ernste Angelegenheit, Watson!" resümierte Holmes schließlich. „Tragik und Kriminalität kommen meistens im Tarnkleid der Alltäglichkeit einher! Du tust gut daran, diesen Fall zu protokollieren! Da kommt was nach! Jedoch: Wenn Miss Hunter in akuter Gefahr wäre, hätte ich sie nicht fahren lassen!"

Mit seinem siebten Sinn, eine bagatellisierende Beschreibung für sein hochentwickeltes kriminalistisches Können, sollte Holmes auch diesmal recht behalten. Nach zwei Wochen bekamen wir ein Telegramm von Miss Hunter, in dem sie uns eindringlich um ein mittägliches Treffen am nächsten Tag im *Schwarzen Schwan* in Winchester bat. Daß wir uns diesem Wunsch nicht verschließen würden, war klar, und so fuhren wir anderntags mit der Bahn nach Winchester – mit durchaus gemischten Gefühlen! Nicht nur, weil dieses Städtchen eine große geschichtliche Vergangenheit hat und gleichzeitig auch ein bekanntes Schießeisen daher stammt ...

Der Grund für unsere Reise, die bezaubernde Miss Hunter, erwartete uns bereits. „Für Ihr Kommen danke ich Ihnen herzlich, meine Herren! Ohne Ihre Hilfe wüßte ich nicht mehr weiter!"

„Allzeit bereit und verfügbar, wie Sie sehen, Miss Hunter!" wagte Holmes einen kleinen Scherz. „Wo drückt denn der Schuh?"

„Das ist gar nicht so leicht zu erklären! Am besten beginne ich mit den Hintergründen. Also, zuerst zu Mrs. Rucastle. Sie ist nicht verrückt, wie ich zunächst annahm, nur schweigsam und verschlossen. Sie ist seine zweite Frau und viel jünger als ihr Mann. Der sechsjährige Junge ist ihr gemeinsames Kind. Aus der ersten Ehe des Hausherrn stammt die Tochter, Alice, die sich jetzt in Philadelphia aufhält. In der Ehe der Rucastles scheint alles zu stimmen. Nur mit dem Sohn nicht. Er ist ein unbeherrschter kleiner Teufel! Ein hinterhältiger Tierquäler! Aber das tut wohl nichts zur Sache. Seine Mutter dagegen quält sich selbst. Wenn sie sich unbeobachtet fühlt, weint sie manchmal. Ich vermute Schwermut oder daß sie irgendeine Last bedrückt, mit der sie nicht fertig wird. Zur eher unangenehmen Sorte von Zeitgenossen gehört das Dienerehepaar, Mr. und Mrs. Toller! Er ist selten nüchtern und ein ungepflegter Mann; sie ist ein Hausdrachen und meistens schlecht gelaunt. Viel habe ich allerdings mit denen nicht zu tun. Sieht man mal von einigen pädagogischen Problemen mit dem Jungen ab, gab's in den ersten beiden Tagen nichts Bemerkenswertes. Am dritten Tag aber, nach dem Frühstück, forderte mich Mrs. Rucastle plötzlich auf, das türkisfarbene Kleid anzuziehen. Verwundert war ich schon, andererseits aber auch vorbereitet! So habe ich mich in meinem Zimmer umgezogen – das Kleid paßte perfekt –, und ich bin wieder hinuntergegangen. Unten im Salon erwartete mich das Ehepaar, das seine Begeisterung kaum verhehlen konnte! Der Salon übrigens ist ein langgestreckter, sehr heller und völlig verglaster Raum auf der Vorderseite des Hauses. Beide baten mich nun, mich auf einen Stuhl zu setzen, der schon bereitstand mit der Lehne zur Fensterfront. Danach ging's recht lustig zu. Mr. Rucastle amüsierte uns mit Anekdoten. Das kann er! Ich hab' Tränen gelacht ... Etwa eine Stunde dauerte das.

Und nach zwei Tagen wieder die gleiche Vorstellung, türkisfarbenes Kleid, Salon, Stuhl, Anekdotenstunde! Nur saß ich diesmal mit dem Profil zum Fenster und mußte meinem Chef auch etwas vorlesen!

Wahrscheinlich bin ich nicht ganz auf den Kopf gefallen, sonst hätte ich auch meinen Beruf verfehlt, und so fiel mir auf, daß man peinlich darauf achtete, daß ich keinen Blick nach draußen werfen konnte, was mich natürlich neugierig machte. Beim nächsten Mal habe ich daher meinen Spiegel im Taschentuch versteckt und bei passender Gelegenheit hinter mich gespäht. Nur, da war nichts, jedenfalls nichts Besonderes! Außer einem Mann vielleicht, der auf der Landstraße, etwa hundert Meter entfernt, wie angewachsen stand und in meine Richtung starrte.

Mrs. Rucastle mußte wohl Verdacht geschöpft haben,

jedenfalls schickte sie mich kurz danach wieder auf mein Zimmer, nicht ohne den einsamen Beobachter mit einigen verächlichen Bemerkungen zu bedenken. Danach fand keine der seltsamen Vorstellungen mehr statt. Auch den Mann, der sich so für mich interessiert hatte, habe ich nicht mehr wiedergesehen! Dafür aber habe ich eine ganze Reihe anderer Sachen gesehen! Zum Beispiel Carlo, die Dogge, die in einem Schuppen hinter der Küche untergebracht ist. Beißen bräuchte der Hund gar nicht, weil jeder, den er ins Visier nimmt, schon vor Angst in Ohnmacht fällt. Betreut wird Carlo, der nachts frei auf dem Gelände herumläuft, von Toller. Und noch etwas Mysteriöses habe ich entdeckt, nämlich eine perfekte Kopie meines Zopfes! Meinen habe ich ja Mrs. Rucastle zuliebe abgeschnitten, aber aufgehoben. Im Fach einer Kommode fand ich nun einen zweiten – in genau der gleichen Haarfarbe. Und die ist selten! Was das zu bedeuten hat, weiß ich nicht, so angestrengt ich auch darüber nachdenke! Was mich aber am meisten sorgt, ist eine schreckenerregende Angelegenheit. Im Haus wird eine mir unbekannte Person festgehalten – wie im Gefängnis!

Doch der Reihe nach: Vor ein paar Tagen fiel mir auf, daß ein Flügel des Hauses völlig unbewohnt und die Tür, die dahin führt, immer verschlossen ist. Fast immer! Denn eines Tages sah ich, wie Rucastle gerade herauskam. Seinen Blicken nach zu urteilen, gefiel es ihm überhaupt nicht, daß ich ihn dabei beobachtet hatte!

Von draußen habe ich mir die Sache dann mal näher angesehen. Drei Räume sind wohl unbewohnt, beim vierten sind Fensterläden davor. Als ich Mr. Rucastle darauf ansprach, erklärte er den Raum zur Dunkelkammer. Er sei leidenschaftlicher Fotograf und entwickle selbst, fügte er hinzu. Komisch nur, daß ich ihn noch nie mit einem Fotoapparat gesehen habe! Es läßt sich schwer erklären, warum ich ihm nicht glaubte – Instinkt vielleicht! Jedenfalls wollte ich herausbekommen, wer oder was in dem besagten Raum ist.

Und gestern abend kam meine Chance! Toller, der ebenso Zugang zu diesem Flügel hat, hatte – er war wohl betrunken – vergessen, den Schlüssel abzuziehen. So bin ich hineingeschlichen und habe das Zimmer auch gleich gefunden. Es war auch gar nicht zu übersehen, denn es war der einzige, gleich mit zwei Schlössern versehene Raum. Ein schwacher Lichtschimmer am Boden zeigte mir, daß das mit Sicherheit keine Dunkelkammer ist! Und dann hörte ich Schritte im Zimmer, jemand ging – sehr nervös, wie mir schien – immer auf und ab! Urplötzlich wurde mir bewußt, auf was ich mich da eingelassen hatte, und ich bekam es mit der Angst! Ich lief weg!

Rucastle, der plötzlich vor mir stand, hätte ich dabei fast umgerannt. Mit einer ziemlich dummen Ausrede habe ich ihm meine Anwesenheit in diesem Flügel zu erklären versucht. Aber ich sah, daß er mir nicht glaubte. Bleich vor Wut war er! Wenn ich es noch einmal wagen sollte, in diesen Flügel einzudringen, würde ich nähere Bekanntschaft mit Carlo machen, zischte er mich an.

Wie mir zumute war, können Sie sich vorstellen! Zitternd wie Espenlaub bin ich auf mein Zimmer gegangen und habe gewartet, bis ich wieder ruhig atmen konnte. Später bin ich dann zur Post gegangen, um Ihnen zu telegrafieren.Heute morgen habe ich mir für ein paar Stunden freigenommen, aber um fünfzehn Uhr muß ich wieder zurück sein und den kleinen Rucastle betreuen. Seine Eltern sind bis neunzehn Uhr außer Haus!

Zweierlei, lieber Mr. Holmes, hätte ich nun gern von Ihnen. Einmal eine Erklärung dieser Vorfälle, zum anderen einen Ratschlag, was ich denn nun tun soll!“

„Da verlangen Sie eine ganze Menge, Miss Hunter!“ antwortete Holmes, der ihrer Erzählung mit äußerster Konzentration und unverkennbarer Sympathie gefolgt war. „Nun, Sie sind wohl gewissermaßen ungewollt als Doppelgängerin aufgetreten, ohne es zu wissen! Deshalb spielte bei Ihrem Engagement auch nur Ihr Aussehen eine Rolle! Kein Zweifel, daß das ‚Original‘ in dem besagten Zimmer gefangengehalten wird! Und ebenso eindeutig scheint mir zu sein, um wen es sich da handelt: Miss Alice Rucastle, die Tochter aus erster Ehe, die angeblich in Philadelphia weilt! Den einsamen Beobachter halte ich für ihren Freund oder Verlobten. Er sollte wohl den Eindruck gewinnen, daß seine Alice zwar daheim ist, aber nichts mehr von ihm wissen will. Daher die Komödie im Salon! Und zur weiteren Abschreckung dient Carlo. Warum man das Mädchen gefangenhält und vor ihrem Freund versteckt, ist mir noch nicht klar. Aber ich weiß, daß sie in größter Gefahr ist, denn ich denke, daß dem Ehepaar alles zuzutrauen ist! Denken Sie an den Sohn und seine Freude an Tierquälereien. Das hat er bestimmt geerbt. Wir müssen ins Haus hinein. Die Abwesenheit der Rucastles erleichtert einiges, Tollers Trunksucht wird ein übriges tun. Sorgen macht mir nur seine Frau! Sagen Sie: Gibt es einen Keller, der sich verschließen läßt?"

„Ja, der Weinkeller – eine Vorsichtsmaßnahme gegen Toller!"

„Sehr schön! Ich möchte Sie um folgendes bitten. Beauftragen Sie Mrs. Toller gegen achtzehn Uhr, irgendwas aus dem Weinkeller zu holen, schleichen Sie ihr hinterher und sperren Sie sie ein. Wir kommen dann gegen neunzehn Uhr zum Haus bei den Blutbuchen!"

„Sie verlangen ja tolle Sachen von mir, Mr. Holmes, aber das bring' ich schon hin!" meinte die junge Dame zuversichtlich und lächelte ihn an.

Es war Punkt neunzehn Uhr, als wir vor dem Haus eintrafen. Daß wir an der richtigen Adresse waren, wurde uns durch die Blutbuchen bestätigt, denen die Abendsonne eine fast überirdische Färbung verlieh. Wir waren kaum eingetreten, als wir es auch schon rumpeln und scheppern hörten – wütend und ausdauernd.

„Tollers Frau!" Miss Hunter schmunzelte. „Ich hab' sie ausgetrickst! Ihr Mann schläft in der Küche seinen allabendlichen Rausch aus! Seinen Schlüsselbund habe ich mir...ausgeliehen!"

Damit kamen wir ohne weitere Vorkommnisse in den Seitenflügel – zu den beiden Schlössern an der Tür zu dem geheimnisvollen Zimmer paßte jedoch keiner der Schlüssel. Also warfen wir uns gemeinsam dagegen – kein Problem bei dem morschen Holz –, und schon standen wir mitten im Zimmer, das leer war, bis auf eine Pritsche und einen Tisch, die den Raum möblierten. Wie die Gefangene entkommen war, wurde uns beim Blick auf das Oberlicht klar, das offenstand.

„Zu spät!“ tobte Holmes, ganz grau im Gesicht. „Rucastle ist uns zuvorgekommen!“

Mit einer Geschicklichkeit, die man ihm kaum zutraute, kletterte er durch das Oberlicht und aufs Dach hinauf. „Dachte ich mir's doch! Da steht auch die Leiter.“

„Die kann noch nicht lange da stehen!“ warf Miss Hunter ein.

Und dann ging alles blitzschnell. Auf dem Flur kam jemand, und das konnte nur Rucastle sein! Ich schaffte es gerade noch, meine Pistole zu ziehen, als er auch schon in der Tür stand, einen dicken Prügel in der Hand. Holmes hatte ihn kommen gehört und sprang behende in den Raum zurück. „Wo befindet sich Ihre Tochter?“ fuhr Holmes Rucastle an. Eine Antwort bekam er nicht. Rucastle drehte sich blitzschnell um und verschwand.

„Der Hund!“ Miss Hunter stöhnte entsetzt auf, und wir rannten, so schnell es ging, hinter Rucastle her. Wir liefen noch durch den Gang, als von draußen Hundegebell aufklang und dann ein gellender Schrei …

Überraschend erschien nun auch Toller: „Helfen Sie!“ brüllte er. „Carlo bringt ihn um! Der hat zwei Tage nichts mehr gefressen!“

Als er diese Worte ausstieß, hatte ich ihn schon zur Seite gestoßen und jagte nach draußen. Den Anblick, der sich mir bot, werde ich wohl nicht so schnell vergessen können. Rucastle am Boden, hilflos mit seinen Armen rudernd, die Dogge über ihm, in seinen Hals verbissen. Ein leichtes war es, sie mit einem Schuß zu erledigen, schwieriger, den Hals Rucastles freizubringen. Rucastle – es grenzte an ein Wunder – hatte den Angriff lebend überstanden, aber bis ich ihn notdürftig verbunden hatte, ungeheuer viel Blut verloren. Seinen zerfleischten Hals konnte man kaum mehr erkennen! In der Zwischenzeit hatte Toller seine Frau befreit, die uns nun zitternd entgegenkam.

„Wenn Sie mich gefragt hätten, Miss Hunter", sprudelte sie gehetzt heraus, „hätte ich Ihnen gesagt, daß Sie zu spät kommen!"

„Ich höre wohl nicht richtig?!" fuhr Holmes dazwischen. „Ihre Rolle in dieser Angelegenheit wird ja immer interessanter! Lassen Sie uns doch mal teilhaben an Ihren Kenntnissen!"

„Ihr Verdacht gegen mich ist unbegründet, mein Herr. Ich stand immer auf der Seite von Miss Alice! Seit dem Tod ihrer Mutter hat das Mädchen viel gelitten, weil sie ihrer Stiefmutter im Weg stand. Dabei werden Sie einen lieberen Menschen als Alice selten finden. Ihre Mutter hatte sie mit einer beträchtlichen Erbschaft bedacht, und ihr Vater und seine Frau wollten in Saus und Braus davon leben. Als sie noch nicht volljährig war, konnten sie ohnehin – wenn auch nur treuhänderisch – mit dem Geld schalten und walten, wie sie wollten! Dann wurde Alice erwachsen – und lernte Mr. Fowler kennen. Der wollte sie heiraten – recht hat er! – und ein Erbschleicher ist er auch nicht! Mr. Fowler dachte nur an Alice, Mr. Rucastle immer nur ans Geld. Deshalb hat er Alice, seine eigene Tochter, eingesperrt! Er quälte sie dabei fast zu Tode, und sie verlor alle Haare. So war's wohl: Die Verfügungsgewalt über das Geld wollte er um jeden Preis behalten! Deshalb auch diese ganze Komödie mit Miss Hunter, ihren Haaren, dem Kleid und so weiter! Aber Mr. Fowler – ein hartnäckiger junger Mann – hat sich dann mal beim Einkaufen an mich herangemacht. Und so sind wir in Kontakt gekommen. Beim Ausbruch habe ich den beiden geholfen!"

„Wahrscheinlich haben Sie die beste Rolle in diesem

Drama gespielt!“ antwortete Holmes, zurückhaltend und ganz ohne seine übliche Arroganz. „Auch wir Detektive müssen wohl noch lernen, daß der gesunde Menschenverstand meistens zu sehr vernünftigen Lösungen neigt! Auf jeden Fall danke ich Ihnen für Ihre Hilfe.“

Nicht wiederzuerkennen war mein Freund, der da gerade der armen Frau ein aus seinem Mund so seltenes Kompliment gemacht hatte!

Miss Alice und Mr. Fowler heirateten kurz danach – im kleinen Kreis und nur mit Trauzeugen! Jetzt zu dem Zeitpunkt, an dem ich dies protokolliere, muß ich auch sagen, daß sie mit ihrem weiblichen Instinkt richtiglag. Einen besseren Ehemann konnte sie kaum finden. Zwei Kinder haben sie bereits! Von irgendwelchen Problemen ist mir nichts bekannt. Zehn Meilen von Winchester entfernt haben sie sich von der Erbschaft einen kleinen Aussiedlerhof gekauft und sind, wie's scheint, sehr glücklich. Ganz anders Rucastle: Seit Carlos' Attacke ist er nur noch ein Schatten seiner selbst, permanent pflegebedürftig und seelisch gebrochen! Rucastle bekam seine Quittung, und die hat er auch verdient! Violet Hunter haben wir aus den Augen verloren.

Irgendwo in Schottland soll sie jetzt eine Privatschule leiten! Wenn sie mir, statt dessen, jeden Abend meinen Tee bringen würde, wär's mir, ehrlich gesagt, lieber!

London im Nebel

Fast drei Wochen lang konnte man kaum die Front des gegenüberliegenden Hauses erkennen. Eingehüllt in graue, feuchte Nebelschwaden, hatten wir das Gefühl, auf einer einsamen Insel zu leben. Holmes hatte die Zeit genutzt, Aufzeichnungen gesichtet und sortiert. Nun aber, als auch diese Arbeit getan war, war er zum Müßiggang verurteilt, und das gefiel ihm gar nicht. Ständig lief er im Haus auf und ab und war mit sich und der Welt unzufrieden. „Immer noch keine Verbrechensmeldungen, Watson?" Ich hatte gerade eingehend die Morgenzeitung studiert, aber nichts gefunden, was sein kriminalistisches Interesse hätte wecken können. Deshalb schüttelte ich nur stumm den Kopf.

„Es scheint in der Londoner Verbrecherwelt nur noch Einfaltspinsel zu geben. Schau dir doch mal diesen Nebel da draußen an, *die* Chance für ein erfolgreiches Gaunerstück – und nichts passiert. Es ist zum Verzweifeln!" ereiferte sich Holmes.

„Es sind doch eine ganze Reihe von Einbrüchen geschehen in den letzten Tagen", hielt ich ihm entgegen, erntete damit aber nur einen verächtlichen Blick.

Natürlich waren das keine Verbrechen, die eines Sherlock Holmes würdig waren. Das, was er vermißte, waren große Verbrechen wie heimtückische Morde, Bankraube oder komplizierte Betrügereien, an denen die Polizei scheiterte und an denen er seinen Scharfsinn beweisen konnte. Das Klingeln an der Haustür riß ihn aus seinen trüben Gedanken. Gespannt wie ein Flitzebogen starrte Holmes auf die Tür, und als Mrs. Hudson ein Telegramm brachte, riß er ihr das Papier mit leuchtenden Augen förmlich aus der Hand. „Endlich! Jetzt tut sich was." Gespannt wartete ich auf das, was nun kommen würde. „Mein Bruder Mycroft besucht uns", informierte er mich, nachdem er den Text gelesen hatte.

„Und was ist das Aufregende dabei?" wollte ich wissen.

„Allein schon deine Frage beweist, daß du keine Ahnung von ihm hast. Wenn der seine Behausung verläßt, muß schon was Besonderes passiert sein. Wie ich mich freue!" Holmes sprühte vor Übermut und fuchtelte mir mit dem Telegramm vor der Nase herum. Schließlich konnte ich es schnappen und las folgende Nachricht: *Bin unterwegs zu Dir, muß Dich unbedingt wegen Cadogan West sprechen, Mycroft.*

„Der Name kommt mir bekannt vor", wandte ich mich zögernd an Holmes.

„Mir sagt er nichts", erwiderte er.

„Hat dein Bruder nicht einen untergeordneten Posten bei der Regierung?" wollte ich wissen.

„Du unterschätzt den Mann gewaltig. Wenn du von seinem Gehalt ausgehst, liegt deine Vermutung richtig.

Aber es gibt Krisensituationen, da ist er der wichtigste Mann im Staat, und von seiner Entscheidung hängt das Wohlergehen des gesamten Landes ab. Er ist einfach ein Genie!"

„Das ist mir zu hoch, das mußt du mir näher erklären", bat ich, neugierig geworden.

„Seine Einzigartigkeit besteht in der Kombination seines phänomenalen Gedächtnisses mit dem logischsten Verstand, der mir jemals untergekommen ist. Er hebt sich von allen Spezialisten durch seine umfassende Allgemeinbildung ab. Denk mal an das Beispiel, daß ein Minister eine Information über das Schiffahrtssystem zwischen Indien und Kanada sowie das aktuelle, die beiden Länder betreffende Währungssystem braucht. Er kann natürlich beim Schiffahrtsamt, bei der Finanzbehörde, an der Börse und so weiter nachfragen. Alleine aber Mycroft wird fähig sein, alle einzelnen Punkte so zu kombinieren, daß er sagen kann, welchen Einfluß jedes Detail auf das andere hat, und damit eine Gesamteinschätzung der Situation liefern. England hat ihm unendlich viel zu verdanken. Er hat sein ganzes Leben in den Dienst dieser Aufgabe gestellt. Ab und zu besuche ich ihn, und er diskutiert mit mir meine unbedeutenden kriminalistischen Probleme. Daß er heute hierher kommt, grenzt fast an ein Wunder! Möchte nur wissen, um was es ihm geht."

„Jetzt weiß ich's!" unterbrach ich meinen Freund. „Erinnerst du dich nicht? Letzte Woche wurde ein Toter in der U-Bahn gefunden. Er hieß Cadogan West!"

„Da muß aber noch mehr dahinterstecken, wenn Mycroft dadurch veranlaßt wurde, aus seinem Schneckenhaus zu kriechen. Wenn ich es richtig im Kopf habe, galt die Sache doch als abgeschlossen. Auch die Untersuchung der Polizei kam zu dem Ergebnis, daß es sich um ein Unglück gehandelt hat. Der junge Mann schien aus dem Zug gefallen zu sein und war auf der Stelle tot. Kein Diebstahl, keine äußeren Anzeichen von Gewalttätigkeiten – oder?"

„Meines Erachtens hat die Untersuchung eine Menge Ungereimtheiten aufgedeckt“, erwiderte ich.

„Dann erzähl mal der Reihe nach!“

Ich suchte in unserem Stapel von Zeitungen nach dem richtigen Exemplar und las vor:

Name des Mannes: Cadogan West; Alter siebenundzwanzig; ledig; beschäftigt in einer staatlichen Waffenfabrik bei Liverpool

„Aha, also Beamter, die erste Verbindung zu meinem Bruder Mycroft!“ konnte Holmes sich nicht zurückhalten zu sagen.

Überstürzt reiste er am vergangenen Montag abend nach London ab“, fuhr ich fort, *„war zuletzt mit seiner Braut, Miss Violet Westbury, zusammen und verließ sie allem Anschein nach ohne Anlaß und vollkommen unerwartet um halb acht Uhr abends mitten im Nebel auf dem Weg ins Theater. Kein Streit mit ihr, nichts, was seinen plötzlichen Entschluß verständlich gemacht hätte. Am nächsten Morgen tauchte seine Leiche in der Nähe der Aldgate-Station auf. Sie wurde von einem Schienenleger, einem Mann namens Mason, entdeckt.*

„Um wieviel Uhr war das?“ Holmes mußte es genau wissen. „Dienstag früh um sechs Uhr. Der Tote lag links neben den Schienen, aus der Fahrtrichtung betrachtet. Sein Gesicht war nahezu unkenntlich, seine Schädeldecke zertrümmert, was auf den Sturz zurückgeführt wurde. Keinerlei Blutspuren! Die polizeilichen und gerichtsmedizinischen Untersuchungen schlossen aus, daß er anders als aus dem Zug dorthin gekommen sein kann!“

„Damit können wir also von der Tatsache ausgehen, daß der Mann lebendig oder tot durch ein Unglück oder absichtlich von jemandem aus dem Waggon gestoßen wurde. Lies bitte weiter, Watson!“

Die Polizei nimmt auch als sicher an, daß der Mann aus der Stadt kam. Wo genau er aber eingestiegen ist, ist bisher noch offen, eine Fahrkarte konnte nicht gefunden werden

„Ohne Fahrkarte, das ist bemerkenswert! Entweder hat jemand sie an sich genommen, um zu verhindern, daß wir seinen genauen Weg rekonstruieren können, oder er hat sie verloren. Eine wichtige Frage! Weshalb wird denn Raubüberfall ausgeschlossen?“

„Offenbar trug er alle persönlichen Dinge noch bei sich. Man fand seinen Geldbeutel mit knapp drei Pfund und sein Scheckheft, was auch seine Identifizierung erleichterte. Außerdem hatte er zwei Theaterkarten im Sakko, auf den vorhergehenden Abend datiert, und einige Blätter mit technischen Aufzeichnungen.“

„Das ist das zweite Bindeglied zur Regierung! Waffenlager und Staat ... da kombiniere ich Spionage!“ rief Holmes aufgeregt wie selten. Kaum hatte er das gesagt, als auch schon Mycroft gemeldet wurde. Er war ein Hüne von einem Mann und schien tapsig wie ein Bär. Bei näherer Betrachtung fielen jedoch seine Augen auf, die alles zu durchdringen und blitzschnell eine Situation erfassen zu können schienen. Man wurde so von ihrem Blick gefangengenommen, daß sein träger Körper plötzlich keine Rolle mehr spielte. In Begleitung Mycrofts war unser langjähriger Freund, Inspektor Lestrade, der neben der riesigen Gestalt von Mycroft noch unscheinbarer wirkte als sonst. Beide Männer hatten eine Trauermiene aufgesetzt. Seufzend ließen sie sich in unsere Sessel fallen.

„So eine Geschichte ist mir überhaupt noch nicht untergekommen, Sherlock“, begann Mycroft. „Daß ich mich heute aus meiner Wohnung locken lassen würde, hätte ich mir niemals träumen lassen, aber die Angelegenheit ist von solcher Wichtigkeit, daß die Regierung keine Entschuldigung akzeptiert hätte. Das miese Wetter schon gar nicht! Der Premierminister ist aufs höchste alarmiert, und im Marineministerium ist der Teufel los. Mein lieber Bruder, hast du dich bereits über den Fall informiert?"

„Wir haben gerade nochmals die Zeitungsartikel studiert, Mycroft. Welchen Inhalt hatten denn die Papiere, die bei West gefunden wurden?"

„Du hast mal wieder blitzschnell den wunden Punkt erkannt, Bruderherz. Gott sei Dank ist bisher noch nichts veröffentlicht worden, die Bevölkerung würde sonst schwer beunruhigt sein. Die Unterlagen waren Pläne für ein neues U-Boot. Vielleicht hast du unter der Bezeichnung ‚Bruce-Partington-Projekt' schon davon gehört." Mycroft hatte mit solchem Ernst gesprochen, daß mir Kälteschauer den Rücken runterliefen.

„Für mich ist das Ganze nur ein Name, Mycroft, du mußt mir nähere Erklärungen geben, damit ich das volle Ausmaß des Unglücks begreife."

„Hier geht es um das strengst gehütete Geheimnis der Regierung – Top Secret! Im Umfeld dieses U-Bootes kann keine Seeschlacht ausgetragen werden, so zerstörend ist seine Schlagkraft. Durch raffinierte Methoden wurde vor zwei Jahren eine Riesensumme im Haushaltsplan der Regierung verschleiert, damit das Patent gekauft werden konnte.

Die Konstruktion ist äußerst schwierig. Sie ist aufgebaut auf dreißig zusätzlichen Patenten. Daran merkst du, welcher technische Aufwand dahintersteckt. Um die Aufbewahrung der Konstruktionspläne zu sichern, wurde eigens ein neuer Safe entwickelt, der jeden unberechtigten Zugriff unmöglich macht. Dieser Panzerschrank steht zudem in einem Raum, dessen Fenster und Wände ebenfalls unzerstörbar sind. Niemals durften die Unterlagen aus diesem Zimmer entfernt werden. Selbst wenn der Minister persönlich hätte Einsicht nehmen wollen, hätte er sich nach Liverpool begeben müssen. Und dennoch sind die Dokumente in London in den Taschen von diesem West gefunden worden. Das ist eine absolute Katastrophe für unser Land!"

„Habt ihr die Unterlagen jetzt wieder in der Hand?“ erkundigte sich Holmes.

„Nein, und das ist der Grund meines Besuches! Verschwunden waren zehn Papiere, sieben davon waren bei der Leiche von West, die restlichen drei, die die wesentlichsten Informationen enthalten, haben wir bislang nicht wieder zu Gesicht bekommen. Sherlock, du mußt jetzt sofort handeln – und keine kriminalistischen Spielereien bitte! Die Sicherheit unseres Landes ist hochgradig gefährdet. Finde heraus, wie dieser Cadogan West in den Besitz der Papiere kam, wo die drei fehlenden Pläne geblieben sind, wie dieser Mensch starb und wie seine Leiche in der Aldgate-Station landete. Der Dank des Vaterlandes wird dir sicher sein.“

Holmes zeigte sich äußerlich immer noch nicht von der Notwendigkeit überzeugt, daß ausgerechnet er die Angelegenheit in die Hand nehmen sollte. Ich aber kannte meinen Freund. Ich wußte genau, daß er bereits höchst konzentriert nachdachte. Er wollte von seinem Bruder nur noch ein wenig überredet werden, und Mycroft tat ihm den Gefallen, wie es schien, gerne.

„Du bist doch der einzige Mensch, der hier die Lösung finden kann“, schmeichelte er Holmes.

„Einverstanden! Wenn ich weitere Einzelheiten erfahre, werde ich mich der Herausforderung stellen“, lenkte Holmes schließlich ein.

„Alles, was dir dienlich sein könnte, habe ich schriftlich mitgebracht. Ich nehme an, daß du zunächst einmal mit dem Chef der Abteilung reden willst, aus dem die Dokumente verschwanden. Es ist Sir James Walter, mehrfacher Ordensträger, ein Mensch, dessen Loyalität über jeden Zweifel erhaben ist. Er besitzt einen der beiden Schlüssel, die Zugang zum Safe verschaffen. Bevor er an jenem Montag nach Hause ging, hat er sich davon überzeugt, daß die Unterlagen ordnungsgemäß eingeschlossen waren! Die Zeit, in der sich der Diebstahl abgespielt haben muß, verbrachte er bei Admiral Sinclair am Barclay Square.“

„Wurde sein Alibi bestätigt?" fragte Holmes.

„Alles hieb- und stichfest. Sowohl seine Abfahrt wie auch seine Ankunft wurde genau registriert."

„Wer hat den zweiten Schlüssel?" fragte ihn Holmes weiter aus.

„Ein langjähriger Angestellter, Mr. Sidney Johnson. Unter den Beamten hat er den besten Ruf. Nicht gerade der freundlichste Mensch, aber ein emsiger Arbeiter. Am Montag ging er nach Dienstschluß direkt nach Hause und verbrachte den Abend, nach Aussage seiner Frau, bei seiner Familie."

„Mycroft, was weißt du über den Toten, Cadogan West?"

„Er ist seit zehn Jahren Beamter und die ganze Zeit im Waffenamt tätig. Muß ein bißchen ein Choleriker gewesen sein, galt aber als offener, zuverläsiger Mensch. Seine Position ist direkt Mr. Johnson unterstellt. Für seine Arbeit brauchte er die Pläne täglich. Sonst durfte niemand an sie heran."

„Wer brachte an diesem Abend die Unterlagen in den Safe?"

„Mr. Johnson."

„Dann kann offensichtlich kein anderer als West die Pläne gestohlen haben. Siehst du das anders, Mycroft?"

„Für mich sind hier noch zu viele offene Fragen. Ich sehe bei West kein Motiv, wenn man davon absieht, daß er sie vielleicht verkaufen wollte."

„Nur zu diesem Zweck hat er sie ja wohl mit nach London genommen", konterte Holmes. „Ich werde bei meinen Nachforschungen von dieser Hypothese ausgehen. Mit einem Nachschlüssel hätte er leicht an das Material herankommen können ..."

„Einer hätte aber nicht gereicht", unterbrach ihn Mycroft. „Und du darfst die Haus- und Bürotür nicht vergessen."

„Laß uns den Faden mal weiterspinnen. Er besorgt sich also die notwendigen Schlüssel, holt die Dokumente aus dem Safe, weil er sie kopieren und die Kopien verkaufen will, und beabsichtigt, sie bis zum nächsten Morgen wieder zurückzubringen, ist aber tot, bevor er seinen Plan vollenden kann. Ich denke, daß er unterwegs im Zug ermordet und dann hinausgestoßen wurde."

„Irgendwie streikt deine Logik heute", mahnte Mycroft sanft. „Wenn er sich auf dem Rückweg nach Liverpool befand, hätte er längst vorher umsteigen müssen, um sein Ziel zu erreichen."

„Dafür, daß er das nicht getan hat, gibt es auch jede Menge Erklärungen. Er könnte etwa so in ein Gespräch vertieft gewesen sein, daß er die Umsteigestation verpaßte, vielleicht hatte er auch Streit mit jemandem und hat sich geprügelt, wer weiß?"

„Sherlock, ich kann dir nur sagen, daß deine Spekulationen im Moment gar nichts bringen. Betrachte bitte nochmals die Einzelheiten. Wenn West tatsächlich vorhatte, dieses Verbrechen zu begehen, warum besorgte er dann für sich und seine Verlobte Theaterkarten, machte sich rechtzeitig mit ihr zur Vorstellung auf den Weg – und löste sich urplötzlich in Luft auf?! Da steckt noch mehr dahinter, das kannst du mir glauben."

„Alles nur Ablenkungsmanöver", warf Lestrade ein.

„Wenn man davon ausgeht, daß West die Papiere zurücklegen wollte, nachdem sie jemand kopiert hatte, weshalb hatte er nicht alle bei sich?" setzte Mycroft seine Rede unbeirrt fort. „Wenn er der Verräter gewesen wäre, hätte er außerdem auch seinen Judaslohn in der Tasche haben müssen!"

Unruhig war Lestrade während der letzten Sätze auf seinem Sessel hin und her gerutscht. Jetzt konnte er sich nicht mehr bremsen. „Ihre vielen ‚wenn' und ‚aber' verstehe ich überhaupt nicht. Für mich ist der Fall glasklar. West stahl die Pläne und traf sich mit seinem Verbindungsmann, um sie ihm auszuhändigen. Beide wurden aber wegen des Preises nicht handelseinig. West trat deshalb umgehend die Rückreise an. Der Interessent heftete sich jedoch an seine Fersen, ermordete ihn im

Zug und warf die Leiche durch die Zugtür, nachdem er sich die wichtigsten Dokumente angeeignet hatte. Bei diesem Ablauf ist jeder Fakt berücksichtigt – oder?“

Erwartungsvoll blickte er in die Runde. „Bis auf die fehlende Fahrkarte enthält diese Theorie alle Details“, lobte ihn Holmes. „Ich meine, wir sollten schnellstens aktiv werden, sonst verzweifelt mein armer Bruder!“

„Ganz recht, Sherlock! Ich bitte dich, endlich die Fährte aufzunehmen. Ich möchte heute abend Ergebnisse hören!“

„Das kann ich dir nicht versprechen“, brummte Holmes, bereits im Mantel.

Eine halbe Stunde später trafen Holmes, Lestrade und ich an der Aldgate-Station einen netten älteren Herrn von der Bahn. Er führte uns sofort zum Fundort der Leiche. Direkt hinter einer Tunnelausfahrt, nicht weit von den Gleisen entfernt, war ein Bahnarbeiter auf sie gestoßen. Nach Schätzung der Bahnbehörde war er gegen Mitternacht dort aufgeschlagen. Bei der Polizei hatte sich in der Zwischenzeit ein Herr gemeldet, der zehn Minuten vor vierundzwanzig Uhr einen dumpfen Aufprall gehört haben wollte. Holmes hatte sich von unserer Gruppe abgesondert und schaute fasziniert auf die Tunnelausfahrt. Sein Gesicht zeigte höchste Konzentration. Er hatte eine Spur aufgenommen!

„Weichen, also Weichen“, brummte er, „und dann die Kurve, äußerst ungewöhnlich, aber nicht unmöglich. Gebrochene Knochen, aber keine sichtbaren Verletzungen, nirgendwo Blutspuren. Damit habe ich gerechnet!“

Einige Minuten lang schien er geistig total abwesend. Schließlich besann er sich wieder und kommandierte mich mit nach Liverpool. Bei der nächstliegenden Post schickte er seinem Bruder ein Telegramm, das er mir zum Lesen gab:

Ein kleiner Lichtblick! Hoffe, daß er was bringt. Brauche umgehend Namen und Adressen aller internationalen Agenten, die derzeit im Lande tätig sind. Sherlock.

Holmes blühte von Minute zu Minute mehr auf, er erschien mir als Bündel geballter Energie, nicht zu vergleichen mit dem unzufriedenen Mann, der er noch in der Früh gewesen war. Nun war er in seinem Metier. Die Aufgabe hatte ihn gepackt!

„Jetzt weiß ich, in welche Richtung ich nachdenken muß. Wir haben jetzt Hinweise und können sie miteinander kombinieren."

Er muß meinem Gesicht angemerkt haben, daß ich nichts begriffen hatte. Deshalb erläuterte er mir seine Gedanken: „Die Leiche ist auf dem Dach des U-Bahnwagens nach Aldgate-Station transportiert worden, gestorben ist er woanders. Daß sie ausgerechnet dort herunterpurzelte, ist natürlich auch kein Zufall. Das hängt von der Vibration und den Schwingungen ab, denen der Zug nach der Kurve und beim Überfahren der Weichen ausgesetzt war. Wenn aber West nicht dort getötet wurde, können von ihm auch keine Blutspuren zu finden sein."

Gedankenverloren setzte er nach einer Weile hinzu: „Trotzdem wird es ein weiter Weg sein, das Rätsel seines Todes ganz zu klären."

Am Bahnhof von Liverpool mieteten wir uns einen Wagen, und Holmes gab dem Chauffeur die Adresse von Sir James Walter an. Die Villa lag in einem gepflegten Park, der sich bis zum Flußufer ausdehnte. Der Butler, der uns die Tür öffnete, überraschte uns mit der Mitteilung, daß sein Herr an diesem Morgen plötzlich verstorben sei.

„Wenn Sie aber mit seinem Bruder, Colonel Valentine, reden wollen, führe ich Sie gerne zu ihm!"

„Diesen Vorschlag nehmen wir an", antwortete Holmes düster.

Ein gepflegter, gutaussehender Mann von etwa fünfzig Jahren kam uns entgegen. Nur seine nicht ganz tadellos sitzenden Haare deuteten seinen Gemütszustand an.

„Mein Bruder ist aus Scham gestorben. Daß ausgerechnet ihm mit seinem ausgeprägten Verantwortungsgefühl dies passieren mußte! Er war vollkommen zerstört wegen dieses Skandals", klagte er. „Meine Herren, Sie erwarten sicherlich irgendwelche Hinweise von mir. Bedauerlicherweise kann ich Ihnen überhaupt nicht helfen. Ich bin auch nur durch die Zeitungen unterrichtet worden, und Ihr Informationsstand ist sicher beträchtlich höher. Wenn Sie mich bitte entschuldigen würden: Die Beerdigung verlangt noch viele Vorbereitungen!" Er ließ uns hinausbegleiten, und damit standen wir schon vor der Tür, bevor wir überhaupt zu Wort gekommen waren.

„Das war eine seltsame Neuigkeit! Ich möchte zu gerne wissen, ob er sich selbst getötet hat, was eventuell auf eine Schuld hindeuten könnte", murmelte Holmes. „Komm, Watson, laß uns jetzt einmal die Verwandten von Cadogan West besuchen!"

Wests Mutter wohnte in einem kleinen, bescheidenen Haus. Sie war untröstlich über den Verlust ihres Sohnes und konnte kaum sprechen. Wir erfuhren daher nichts Nennenswertes von ihr. Zufällig war auch seine Verlobte, eine unscheinbare, schmächtige Person, anwesend.

„Tag und Nacht zermartere ich mir den Kopf, die Angelegenheit ist mir einfach unerklärlich. Cadogan war ein anständiger junger Mann. Er hätte sich für sein Amt umbringen lassen, wenn es darauf angekommen wäre. Mit seinem Einkommen kam er gut zurecht, er hatte sogar einige hundert Pfund gespart. Unsere Hochzeit sollte im nächsten Januar sein."

„War er denn in der letzten Zeit irgendwie anders?" wollte Holmes wissen. „Bitte, haben Sie Vertrauen zu uns, wir wollen nur Klarheit in die Sache bringen!" Unsicher blickte sie von einem zum anderen.

„Ja, ich glaube, er machte sich seit einigen Tagen Sorgen über eine berufliche Angelegenheit. Er hat sich bei mir aber nie ausgesprochen", stammelte sie schließlich und schluchtzte leise.

„Sind Sie wirklich ganz ehrlich?" bohrte mein Freund

nach, „oder wissen Sie noch ein paar Details, die uns weiterhelfen könnten?"

„Er machte einmal eine Bemerkung, daß die Sicherheitsvorkehrungen nicht ernst genug genommen würden. Jemand, der es darauf anlege, könne jederzeit an das Material!"

„Was geschah an dem bewußten Abend? Versuchen Sie sich genau zu erinnern."

„Auf dem Weg ins Theater kamen wir in der Nähe seines Büros vorbei. Der Nebel war so dicht, daß man kaum die andere Straßenseite sah. Ohne die geringste Erklärung stürzte er plötzlich davon. Er hat nur kurz aufgeschrien, als ob er erschreckt worden sei. Ich blieb eine Weile stehen – in der Hoffnung, daß er bald zurückkehren würde, und ging schließlich nach Hause. Dort erfuhr ich von seinem Tod. Oh, Mr. Holmes, wenn Sie ihn nur von diesem Verdacht befreien könnten. Anstand und Ehre waren die Grundpfeiler seines Lebens!"

Unser nächster Interviewpartner war Mr. Sidney Johnson, ein nervöser, muffiger Mann, den der Ruf von Holmes bereits eingeschüchtert hatte. Seine Gesichtsmuskeln zuckten ständig vor lauter Aufregung, und seine Hände fuchtelten unablässig umher und waren schweißnaß.

„Ein heilloses Durcheinander finden Sie bei uns vor, Mr. Holmes. Am Montag bei Dienstschluß war alles noch so wie immer. Wie schnell sich doch alles ändern kann! Und diese Geschichte mit West. Ich hatte an ihn geglaubt wie an mich selbst."

„Wieviel Uhr war es, als Sie das Gebäude verließen?" fragte Holmes unbeeindruckt.

„Ich gehe immer pünktlich um fünf Uhr. Ich habe auch den Panzerschrank gut abgeschlossen. Die Dokumente hatte ich selbst zum Safe gebracht."

„Wird das Büro nach Betriebsschluß von außen bewacht?"

„Ja, wir haben einen Wachmann, der allerdings mehrere Abteilungen im Auge haben muß. Ihm ist nichts

Ungewöhnliches aufgefallen, was bei dem Nebel aber auch kein Wunder ist."

„Gehen wir mal von der Hypothese aus, daß Cadogan West an den Safe wollte. Dazu hätte er drei Schlüssel gebraucht – für die Eingangstür, für das Büro und für den Safe. Aber Sie besitzen nur den einen zum Safe, wie ich erfahren habe. Sir Walter hatte alle drei?"

„Das ist richtig, Mr. Holmes, aber ich kann Ihnen versichern, daß er ein ausgesprochen penibler Mensch war. Weder er noch ich hätten unseren Schlüsselbund jemandem überlassen oder wären unachtsam damit umgegangen."

„Und dennoch muß der Einbrecher Nachschlüssel gehabt haben", ließ Holmes seine Gedanken verlauten. „Wäre es für West denn nicht einfacher gewesen, die Unterlagen an Ort und Stelle zu kopieren?"

„Bei diesem Umfang und dieser komplizierten Materie ist dies zeitlich kaum möglich", erwiderte Mr. Sidney. Holmes durchforschte genauestens in gewohnter Manier alle Winkel und Ecken des Amtes, die Spuren waren aber in den letzten Tagen verwischt worden. Er fand keinen weiteren Anhaltspunkt mehr. Erst draußen auf dem Rasen fiel sein Blick auf Fußspuren, die in Richtung des Saferaumes wiesen. Einen Angestellten bat er deshalb, die eisernen Fensterläden zu schließen, um sich von deren Sicherheit zu überzeugen. Dabei stellte sich heraus, daß sie nicht ganz dicht abschlossen – ein breiter Spalt klaffte in der Mitte. Ohne Probleme konnten wir auf den Safe schauen.

„Watson, behalte das bitte genau im Auge, das ist ein wichtiger Hinweis für uns!"

Auf dem Rückweg nach London befragten wir den Schalterbeamten, der am Montag abend Dienst hatte. Er erklärte, daß West alleine um zwanzig Uhr zehn mit dem Zug in Richtung London gefahren sei. Aufgefallen wäre ihm dieser Fahrgast durch seine Nervosität. Welche Konsequenzen Holmes aus der neuen Entdeckung zog, teilte er mir im Zugabteil mit.

„Die Spuren am Fenster erlauben eine neue Hypothese, bei der West wesentlich besser wegkommt. Nehmen wir einmal an, daß sich ein ausländischer Spion an den jungen Mann herangemacht hat. Er lehnt das Geschäft zwar ab, beschäftigt sich aber in Gedanken sehr häufig mit der Sicherheit der Dokumente. Deshalb seine Unruhe und die Äußerung seiner Braut gegenüber. Am Montag auf dem Weg ins Theater sieht er nun diesen Mann zum Büro gehen. Da er ein Mann schneller Entschlüsse ist, folgt er ihm ohne weitere Überlegung. Er sieht durch den Fensterladen, wie dieser Agent die Dokumente entwendet, und verfolgt ihn, um ihn zu stellen. Eine fremde Person hatte weder die Möglichkeit noch die Kenntnisse, die Originale zu kopieren. Damit wäre auch dieser Aspekt erklärbar. Warum West aber nicht sofort Alarm geschlagen hat, können wir mit unserem derzeitigen Wissensstand nicht erkennen. Ich spüre es in den Knochen, daß es nun gilt, die Sache vom anderen Ende aufzurollen!"

In unserer Wohnung erwartete uns schon ein Bote mit einem Brief von Mycroft:

Hier die Liste der Agenten, die eine Gefahr bedeuten:
Adolf Meyer, Great George Street Nr. 13, Westminster; Louis La Rothier, Campden Mansions, Notting Hill; Hugo Oberstein, Caulfield Nr. 15, Kensington (war übrigens Montag abend in der Stadt, derzeit verreist).
Die Regierung erwartet Deinen Abschlußbericht! Bei mir wurde schon mehrfach nachgefragt. Beeile Dich, so gut Du kannst. Bei Bedarf steht Dir der gesamte Polizeiapparat zur Verfügung! Mycroft.

Holmes war plötzlich erstaunlich guter Laune. Leise vor sich hin pfeifend, studierte er den Londoner Stadtplan, als wolle er ihn auswendig lernen – und ging dann weg. Ich schüttelte nur noch den Kopf.

Per Boten bestellte er mich einige Stunden später in

ein italienisches Restaurant. Ich sollte folgende Utensilien mitbringen: eine Brechstange, eine Lampe und einen Revolver. Mit der größten Selbstverständlichkeit nahm er an, daß ich das alles in der kurzen Zeit zusammensuchen könnte. Nach der Begrüßung nahm er die Gegenstände an sich, und dann sah er mich mit pfiffigem Gesicht an und verlangte eine weitere Ungeheuerlichkeit von mir: Ich sollte ihm bei einem Einbruch „Schmiere stehen"! Natürlich winkte ich energisch ab.

„Wenn du natürlich an dem Fortgang der Ermittlungen nicht mehr interessiert bist und vor deinem Gewissen eine Katastrophe für England verantworten willst, brauchen wir unsere Diskussion nicht fortzusetzen."

Nach kurzer Überlegung gab ich klein bei. Ob ausschließlich meine Neugierde oder auch mein Verantwortungsbewußtsein für unser Land den Ausschlag gaben, wollte ich mir selbst nicht beantworten.

„Gut, dann will ich dir den neuesten Ermittlungsstand berichten. Ausgangspunkt war für mich, daß West auf dem Dach des Zuges nach der Aldgate-Station transportiert wurde. Ich mußte herausfinden, wie er auf dieses Dach gelangt ist. Wie du weißt, fährt die U-Bahn im Westen einige Kilometer oberirdisch. Von früheren Ausflügen her erinnerte ich mich, daß dort die Häuser zum Teil so gebaut sind, daß die Fenster direkt über den Schienen liegen. Es gibt sogar eine Stelle, wo die Züge wegen der Signalschaltung unmittelbar darunter anhalten müssen. Dies schien mir der ideale Ort, um die Leiche von West auf ihren makaberen Weg zu schicken. Diese Überlegung führte zu meinem Interesse an Mr. Hugo Oberstein, dessen Wohnung sich rein zufällig an diesem günstigen Platz befindet. Das habe ich in der Zwischenzeit überprüft. Mit eigenen Augen habe ich mich ebenfalls davon überzeugt, daß Oberstein nicht in der Wohnung ist. Die beste Gelegenheit für eine schnelle, diskrete Hausdurchsuchung. Wir werden sofort starten!"

Durch ein fast menschenleeres Wohnviertel wanderten wir zu unserem Ziel. Der Nebel verdichtete sich von

Stunde zu Stunde. Ich hielt mich nahe bei meinem Freund, um ihn nicht zu verlieren, ehrlich gesagt aber auch, weil mir recht bang zumute war. Kaum hatten wir, an Ort und Stelle angekommen, die Hofmauern überwunden, als wir in der Ferne die rhythmischen Schritte eines Polizisten hörten. Obwohl er uns nicht sehen konnte, begann mein Herz laut zu pochen. Ich mußte mir selbst wieder Mut zusprechen, damit das Zittern in meinen Beinen aufhörte. Vorsichtig pirschten wir uns in die Wohnung unseres Opfers. Holmes' erster Blick galt dem Fenster und der rußigen Fensterbank. Die Oberflächen des Rahmens waren vom Zahn der Zeit erheblich angenagt, aber eins war deutlich zu erkennen: ein riesiger Blutfleck! Von diesem Sims aus war West auf dem wenige Meter entfernten Zugdach gelandet.

„Das ist ein Knüller, Holmes, deine Kombinationsgabe ist unübertrefflich", erkannte ich neidlos an.

Trotz aller Mühe versuchte Holmes eine Stunde vergebens, in dem oberen Stockwerk etwas Aussagekräftiges zutage zu fördern. Gerade wollte er die Arbeit beenden, da entdeckte er weit hinten in Obersteins Schreibtisch einen verschlossenen Kasten aus Eisen. Ohne Skrupel öffnete Holmes ihn mit unserer Brechstange. Obenauf lagen mathematisch-technische Berechnungen: Benennungen wie Wasservolumen, Druck pro Quadrat und so weiter wiesen auf den Zusammenhang zur U-Boot-Technik hin! Mein Freund aber interessierte sich dafür gar nicht. Erwartungsvoll stöberte er weiter. Schließlich hielt er ein Kuvert mit zahlreichen Zeitungsausschnitten in der Hand. Triumphierend sah er mich an.

„Watson, das ist für mich eine Goldmine. Das sind Inserate aus der *London News*, hinten aus den Privatanzeigen, du kennst die doch. Das sind die Verhandlungen über unsere Staatspapiere zwischen Oberstein, der sich hier ‚Pierrot' nennt, und jemandem, dem er Material abkaufen will! Auch der Termin vom letzten Montag ist auf diese Weise vereinbart worden. Der Lieferant sollte um neun Uhr gegen Barzahlung die Ware bringen. Wenn wir jetzt noch ganz sicher wüßten, wer der Lieferant war, dann ... Unsere Arbeit hier ist erledigt, laß uns sofort in die Redaktion der *London News* fahren, damit der Abend den richtigen Abschluß findet!"

Beim Frühstück am nächsten Morgen berichtete mein Freund dann Mycroft und Lestrade die Ergebnisse des Vortages und heimste entsprechende Lobeshymnen ein. Seinen Trumpf aber hatte er sich bis zum Schluß aufbewahrt.

„Ist euch in der heutigen Ausgabe der News die kleine Privatanzeige aufgefallen, die mit dem gleichen Decknamen ‚Pierrot' unterzeichnet ist wie die Annoncen, die ich bei unserem Freund Oberstein aufstöberte!"

„Das begreife wer will, warum denn jetzt noch?" Lestrade schien allmählich an seinen eigenen geistigen Fähigkeiten zu zweifeln.

„Beim Aufgeben der Annonce habe ich gehofft, daß dieser Termin für uns alle günstig wäre zu einem Stelldichein mit dem Lieferanten der Geheimpapiere", fügte Holmes bescheiden hinzu.

Gleiche Zeit, gleicher Ort hatte es geheißen. Holmes, Mycroft, Lestrade und ich, saßen pünktlich um neun Uhr am Abend in Obersteins Wohnzimmer und harrten der Dinge, die da kommen sollten. Unendlich langsam verging die Zeit. Gegen dreiundzwanzig Uhr, ich hatte die Hoffnung schon fast aufgegeben, hörten wir verstohlene Schritte. Wie verlangt, klopfte der Besucher zweimal scharf an die Tür. Holmes erhob sich und machte uns ein Zeichen, daß wir uns nicht rühren sollten. Der Hausflur lag im Halbschatten. Holmes entriegelte die Haustür und schloß sie sofort wieder hinter dem Besucher. Von unserer Warte aus erkannten wir nur die Umrisse eines Mannes. Er folgte Holmes in unsere Richtung. An der Türschwelle drehte mein Freund das Licht voll auf. Ein Schrei wie von einem gebrannten Tier gellte durch den Raum. Mit aller Gewalt versuchte unser Gegner an Holmes vorbei und zur Haustür zu entkommen. Im Gerangel schleuderte sein Kopf gegen den Türrahmen, bewußtlos fiel er auf den Boden, sein Hut segelte einen Meter neben ihn. Jetzt erkannte ich das unschuldige Gesicht von ...

„Darf ich bekannt machen“, wandte sich Holmes an seinen Bruder, „Colonel Valentine Walter, der jüngste Bruder von Sir James Walter!“

Wir legten den leblosen Körper unseres in die Falle gegangenen Gefangenen in einen bequemen Sessel. Seine Verletzung konnte nicht allzu schlimm sein, und er war tatsächlich ziemlich schnell wieder bei Sinnen und richtete sich stöhnend auf.

„Sie brauchen sich gar kein taktisches Manöver zu überlegen, Colonel. Wir sind über die Grundzüge Ihres Vorgehens bestens im Bilde. Ich empfehle Ihnen, ein wenig Anstand und Reue zu zeigen und uns die Einzelheiten Ihres Vorgehens zu erläutern“, riß Holmes die weitere Gesprächsführung sofort an sich.

Von Schmerzen geplagt, verzog der Colonel das Gesicht, blieb aber stumm.

„Vielleicht wollen Sie lieber mich erzählen lassen. Bitte sehr. Ihr Hobby sind Spielbanken! Ihre finanziellen Probleme wollten Sie dadurch lösen, daß Sie Oberstein das Staatsgeheimnis anboten. Zuvor hatten Sie sich Nachschlüssel vom Schlüsselbund Ihres Buders besorgt. Der Kontakt zu diesem Spion wurde über die *London News* gehalten. Wir kennen auch Ihre Rolle beim Tod von Cadogan West. Er erkannte Sie trotz des dichten Nebels, als sie am Montag abend die Unterlagen aus dem Büro holen wollten. Durch die undichten Fensterläden sah er Sie den Safe öffnen und heftete sich an Ihre Fersen. Hier im Haus wollte er Sie stellen und veranlaßte Sie zu dem Mord, den Sie an ihm begingen.“

„Bei allem, was mir noch heilig ist, ich habe ihn nicht umgebracht“, stöhnte der Gefangene. „Das müssen Sie mir glauben!“

„Dann berichten Sie, wie es wirklich war.“

„Alles, was Sie sonst gesagt haben, stimmt. Ich hatte Schulden. Oberstein bot mir fünftausend Pfund. Ich brauchte sie, um einen Skandal zu verhindern, und so wurde ich schwach. Aber ich bin kein Mörder! West schnüffelte mir schon eine Weile nach. Am Montag bemerkte ich ihn gar nicht. Ich ging hierher. Auf das verabredete Zeichen hin öffnete Oberstein die Tür. Da stürzte plötzlich West auf mich zu! Oberstein fackelte nicht lange. Er trug einen Totschläger und schlug ihn mit aller Gewalt auf den Kopf. Er muß auf der Stelle tot gewesen sein. Sofort verlangte Oberstein, meine Papiere zu sehen. Er hatte auch die Idee, West die unwichtigeren Unterlagen in die Tasche zu stecken, um so den Verdacht auf West zu lenken. Dann schleppten wir die Leiche zum Fenster und stießen sie auf den Zug, der gerade unterhalb des Fensters hielt. Das ist die ganze Wahrheit!"

„Und was geschah mit Sir Walter?"

„Nichts, er sah mich oft so verzweifelt an, daß ich das Gefühl hatte, er verdächtige mich, und das verkraftete sein Herz offenbar nicht."

„Wo ist Oberstein jetzt? Ich gebe Ihnen eine Chance auf mildernde Umstände!"

„Er gab mir eine Postadresse an, es ist das Hotel de Lyon, Paris."

„Gut, das reicht uns. Sie werden jetzt nach Diktat einen Brief an ihn schreiben und ihn an diese Adresse richten. Ich diktiere:

Sehr geehrter Herr Oberstein,

wie Sie sicherlich in der Zwischenzeit festgestellt haben, fehlen für die Rekonstruktion der Pläne einige wesentliche Details, die ich in der Zwischenzeit in Händen habe. Wenn Sie mir wegen der zusätzlichen Schwierigkeiten finanziell entgegenkommen, ich benötige fünfhundert Pfund (bar), erwarte ich Sie am kommenden Samstag in der Halle des Viktoria-Hotels um vierzehn Uhr!"

Daß der Köder schmackhaft genug war, konnten wir später in den Gerichtsakten nachlesen.

Obersteins Aufenthaltsort für die nächsten fünfzehn Jahre war das Gefängnis in Dartmoor. Naiverweise hatte er die unschätzbar wertvollen Bruce-Partington-Pläne wieder nach London zurückgebracht. Zu dem interessantesten Geschäft seines Lebens, wie er sich erhofft hatte, kam er allerdings nicht mehr.

Der Lebensweg des Colonels fand ein Jahr nach seiner Verurteilung ein Ende. Er starb im Gefängnis an einer Lungenentzündung.

Der Tiger von San Pedro

An dem Morgen, an dem alles begann, spannte sich ein strahlend blauer Himmel über London, die Sonne schien, und es versprach einer der wenigen warmen Tage zu werden, die England in seiner Wetterstatistik zu verzeichnen hat. Holmes und ich saßen beim Frühstück und unterhielten uns darüber, daß wir uns beide schon seit langem auf einen richtig faulen Tag gefreut hatten. Holmes beabsichtigte, nichts zu lesen, keine Diskussionen zu führen und sich nicht den Kopf zu zerbrechen. Ich wandte gerade ein, daß ich da meine Bedenken hätte – Holmes ohne Arbeit –, das schien mir undenkbar. In diesem Augenblick – noch ehe Holmes zu einer Erwiderung ansetzen konnte – wurde uns von Mrs. Hudson ein Telegramm überbracht. Mitten in der Lektüre des kurzen Textes blickte mein Freund auf.

„Du kennst dich doch mit Fremdwörtern aus, Watson … Wie würdest du das Wort ‚grotesk' verstehen?"

„Als ‚verzerrt' vielleicht", entgegnete ich nach kurzer Denkpause.

„Ganz gut", meinte Holmes, „aber in dem Fall trifft's

wohl nicht ins Schwarze. Das hier riecht geradezu nach einer Gaunerei, auch ein Kapitalverbrechen kommt in Frage."

„Ein Stichwort, und du fängst an zu spekulieren – und vergißt deine Sehnsucht nach einem ‚faulen Tag'."

„Na ja", meinte Holmes, „es ist auch wichtiger, und meistens führt es auch zu etwas, lieber Freund. Der Absender des Telegramms, ein gewisser Scott-Eccles, hatte ein ‚groteskes Erlebnis', wie er schreibt – und befindet sich auf dem Weg zu uns."

So war es in der Tat. Wenige Minuten später betrat ein Mann unser Zimmer, bei dessen Anblick mir nur ein Wort einfiel: Er wirkte grotesk! Einerseits bot der schwergewichtige, etwa 50jährige Mann ein Bild bürgerlicher Wohlanständigkeit. Vom Anzug bis zur Brille war seine Kleidung gediegen und gepflegt. Er sah so aus, als sei er Kirchenvorstand und zahle seine Steuern pünktlich. Andererseits mußte ihn momentan irgend etwas aus der Bahn geworfen haben, wie man aus seinen gänzlich aus der Fasson gebrachten Haaren und der hektischen Röte im Gesicht folgern konnte. So paßte sein Äußeres nicht zusammen, was ihm die eben beschriebene Wirkung gab.

„So was habe ich noch nicht erlebt, Mr. Holmes", begann er ganz aufgeregt. „Eine Unverfrorenheit, was man da mit mir getrieben hat!" Nachdem sich unser Gast in diesem Stil, wirr und völlig außer sich, eine Weile lang ereifert hatte, forderte ihn Holmes auf, über den Vorgang sorgfältig und systematisch zu berichten.

„Ich werde mir Mühe geben, Mr. Holmes", fuhr Scott-Eccles, der sich inzwischen etwas beruhigt hatte, fort. „Also, alles begann ..."

Bevor er seine Absicht in die Tat umsetzen konnte, wurden wir durch lautstarke Schritte auf dem Flur gestört. Zu unserer nicht geringen Überraschung traten zwei Herren von Scotland Yard ein. Den einen davon, Inspektor Gregson, kannten wir bereits. Seinen Begleiter stellte er uns als Inspektor Baynes aus Surrey vor.

„Gemeinsam sind wir an Ihrem Gast interessiert, Holmes", legte Gregson los. Dann, in Richtung auf unseren Besucher: „Mr. John Scott-Eccles aus Lee, stimmt's?"

„Ja, Sir."

„Schon den ganzen Vormittag suchen wir Sie!"

„Und durch das Telegramm haben Sie ihn endlich gefunden", kommentierte Holmes.

„War ja auch nicht allzu schwer, die Spur im Postamt Charing Cross aufzunehmen", sagte Gregson selbstgefällig. „Mr. Scott-Eccles, von Ihnen möchten wir alles erfahren, was Sie über den Tod des Mr. Garcia wissen."

„Tot! sagen Sie?" keuchte unser Besucher, der nun erneut die Fassung zu verlieren drohte.

„Ja, tot – offensichtlich ermordet! Einen Brief an ihn von Ihnen haben wir bei ihm gefunden. Garcia hat Sie gestern abend erwartet."

„Nicht nur erwartet, ich war bei ihm. Nur – mit seinem Tod habe ich nichts zu tun!"

„Moment mal", fuhr Holmes dazwischen. „Am besten ist wohl, wenn Mr. Scott-Eccles seine Version in der zeitlichen Abfolge erzählt. So war's auch geplant, bevor wir ungeplanten Besuch bekamen ..."

Gregson, zunächst verdutzt über die Vorgehensweise meines Freundes, willigte schließlich ein.

„Alles begann", hub unser Besucher erneut an, „in Albemarle, dem Gutshof meines Freundes Melville. Bei einem Essen lernte ich dort vor einigen Wochen Mr. Garcia kennen, einen Mann, wie ich ihn mir als Sohn wünschen würde: Er ist, nein war, intelligent, von blendendem Aussehen, tadellosen Umgangsformen. Er war alleinstehend, wie ich. Der liebe Gott hatte es gut gemeint mit ihm. Ganz offensichtlich war er spanischer Abstammung, und beruflich hatte er irgendwie mit dem spanischen Konsulat zu tun. Vom ersten Augenblick an haben wir uns prächtig verstanden – gegenseitige Sympathie. Schon nach zwei Tagen besuchte er mich in Lee. Daß er mich danach auch zu sich nach Wisteria Lodge einlud, war nur natürlich. Schon vorher wußte ich, daß in seinem Haus nur noch zwei Angestellte wohnten, ein Diener aus seiner Heimat und sein Koch. Ich hatte einen herrschaftlichen, zu Garcias gesellschaftlicher Stellung passenden Bau erwartet und war um so überraschter, als ich so ziemlich das genaue Gegenteil dessen vorfand. Wisteria Lodge ist ein altes, verfallenes und ziemlich renovierungsbedürftiges Gebäude. Von der herzlichen Begrüßung durch Garcia abgesehen, waren auch die Eindrücke im Innern von ähnlich bedrückender Art. Der Diener ist ein schweigsamer, unsympathischer alter Mann und der Koch ein Dickwanst mit ungewaschenen Haaren – das Essen war entsprechend. Mein Zimmer hatte etwa die Qualität einer drittklassigen Pension. Und Garcia war als Gastgeber eine herbe Enttäuschung. Den ganzen Abend über haben wir kaum mehr als ein paar Worte gewechselt. Er schien nicht ansprechbar und mit den Gedanken irgendwo weit weg zu sein. Kurz vor dem Ende des Abendessens wurde alles noch schlimmer, als der Diener seinem Herrn einen Brief brachte. Unser ohnehin dünner Gesprächsfaden riß nun völlig ab. Gegen Mitternacht habe ich mich dann – unter einem Vorwand – auf mein Zimmer zurückgezogen.

Kurz bevor ich einschlief, kam Garcia und erkundigte sich danach, ob ich geläutet hätte. Nachdem ich verneinte, entschuldigte er sich unter dem Hinweis darauf, es sei schon ein Uhr. Ich erwachte gegen neun Uhr und war ungehalten, weil ich darum gebeten hatte, um acht Uhr geweckt zu werden. Ich klingelte mehrfach – keine Reaktion! Ohne mich zu waschen, habe ich mich nun angezogen und bin nach unten gegangen. Und da wurde mir nun doch unheimlich, denn das Haus war leer, menschenleer! Ich suchte nach dem Diener und dem Koch – niemand war da. Und ein Blick in Garcias Schlafzimmer zeigte mir, daß sein Bett unbenützt war. Beunruhigt bis in die Knochen verließ ich das Haus. Zunächst war ich der Meinung, daß man sich mit mir irgendeinen makabren Scherz erlaubt hatte. Dann versuchte ich Gründe zu finden. Vielleicht hatte Garcia die Miete prellen wollen? Eine Nachfrage bei Mr. Smith, dem einzigen Makler in Esher, ergab jedoch, daß die Miete im voraus bezahlt worden war. Um das Ganze noch etwas mysteriöser zu machen, muß ich erzählen, was eine Nachfrage im spanischen Konsulat ergab – dort kannte man Garcia überhaupt nicht! Mein Freund Melville konnte mir ebensowenig weiterhelfen. Um Licht in diese Angelegenheit zu bringen, habe ich mich per Telegramm an Mr. Holmes gewandt, ohne zu wissen, daß es sich um eine Mordaffäre handelt. Und mehr kann ich dazu nicht berichten!"

„Danke, Mr. Scott-Eccles", schaltete sich Gregson ein. „Ihr Bericht deckt sich mit unserem gegenwärtigen Erkenntnisstand. Eine Frage noch: Was tat Garcia mit dem Brief, der ihm beim Abendessen überreicht wurde?"

„Er warf ihn in den Kamin."

„Wo er, nur leicht angesengt, von mir gefunden wurde", warf Baynes eilfertig ein.

Der Landpolizist zog ein Blatt Papier aus der Tasche.

„Ein seltsames Dokument! Das Papier ohne Wasserzeichen. Mit einer Nagelschere aus einem normalen Bogen herausgeschnipselt, zusammengefaltet und mit Siegellack verschlossen, der wiederum mit einem kleinen ovalen Gegenstand angedrückt wurde. Und nun der Text:

Unsere Farben sind Grün und Weiß. Grün offen, Weiß nicht. Hauptaufgang nehmen, 7. Tür rechts. Viel Glück! D.

Die Schrift stammt wohl von einer Frau, die Adresse möglicherweise von einem Mann."

„Und das Siegel", bemerkte Holmes, „von einem Manschettenknopf. Mehr fällt mir als Ergänzung dazu nicht ein."

„Was den Empfänger dieses Schreibens betrifft", meldete sich Gregson zu Wort, „so ist nachzutragen, daß wir ihn heute morgen mit eingeschlagenem Schädel, etwa eine Meile von Wisteria Logde entfernt, in der Nähe von Oxshott gefunden habe. Einsame Gegend da, kein Haus weit und breit, übrigens auch keine Fußspuren. Die einzige Fährte, die wir hatten, ein Schreiben, in dem Sie Ihren Besuch ankündigten, führte uns zu Ihnen, Mr. Scott. Baynes hat Sie natürlich zuerst gesucht, dann mich in London eingeschaltet. In meinem Büro müssen wir Ihre Aussage nun noch schriftlich fixieren. Das kann ich Ihnen leider nicht ersparen!"

„Stehe zu Ihrer Verfügung, Inspektor", nickte Scott, der sich nun anscheinend wieder ganz unter Kontrolle hatte. „Ich hoffe, Mr. Holmes, daß ich weiter auf Sie zählen kann. Dabei brauchen Sie auf Kosten keine Rücksicht zu nehmen!"

„Wenn Mr. Baynes keine Einwände hat, werde ich mich gerne an der Aufklärung beteiligen."

„Nichts wäre mir lieber, als von Ihrer Erfahrung zu profitieren, Mr. Holmes", lächelte der Inspektor geschmeichelt.

„Was schätzen Sie", hakte Holmes nach, „war die Todeszeit?"

„Gegen ein Uhr, vielleicht sogar etwas früher. Um diese Zeit begann es leicht zu regnen. Doch der Boden unter der Leiche war knochentrocken!"

„Aber das ist völlig unmöglich!" protestierte Mr. Scott. „Punkt eins hat Garcia seinen Kopf durch meine Tür gesteckt."

„Unter Berücksichtigung der Relativitätstheorie ist fast nichts unmöglich", korrigierte Holmes ihn, ohne dieser dunklen Andeutung jedoch Erläuterungen folgen zu lassen. „Wurde bei der Hausdurchsuchung noch etwas Bemerkenswertes gefunden, Mr. Baynes?"

„Ja, so kann man es auch nennen. Aber das schauen Sie sich am besten selbst an! Ohnehin lege ich Wert auf Ihr Urteil – vor allem bei einigen Aspekten, an denen ich mir die Zähne ausgebissen habe. Wäre am besten, wenn wir gemeinsam nach Esher fahren. Doch zuvor müssen wir erst noch die Aussage von Mr. Scott protokollieren!"

Holmes machte keinerlei Anstalten, die drei Herren aufzuhalten, die sich dann auch kurz darauf verabschiedeten. Und wenig später sorgte er noch dafür, daß ein Telegramm auf die Reise ging, Rückporto eingeschlossen.

„Na, Watson", meinte er schließlich, als endlich Ruhe eingekehrt war, „hast du des Rätsels Lösung schon gefunden?"

„Da muß man wohl einiges auseinanderhalten", begann ich vorsichtig mit meiner Analyse. „Das Erlebnis von Scott und den Mord an Garcia. Zum ersten Aspekt fällt mir rein gar nichts ein, zum zweiten nur die Vermutung, daß die beiden Angestellten in die Sache verwikkelt sind. Warum sind sie sonst verschwunden?"

„Man soll theoretisch denkbare Lösungen ja nie ausschließen. Aber warum sollten sie Garcia an einem Abend ermorden, an dem ein Zeuge anwesend war? Garcia stand ihnen doch die ganze Zeit als mögliches Opfer zur Verfügung ... Irgendeinen Grund gibt's sicherlich dafür, daß die beiden verschwunden sind. Aber solche Überlegungen passen wahrscheinlich viel besser in einen anderen Zusammenhang, der dann auch alle anderen Aspekte aufklärt. Gehen wir die Punkte also mal der Reihe nach durch. Mißtrauisch macht mich die merkwürdige Freundschaft zwischen dem jungen, aufgeweckten Spanier und dem reichlich biederen und angegrauten Durchschnittsbürger Eccles. Bei der Beziehung paßt so gut wie nichts zusammen! So liegt die Vermutung nahe, daß Garcia die Gutgläubigkeit und wohl auch Eitelkeit unseres Bekannten ausnutzen wollte. Doch zu welchem Zweck? Wahrscheinlich ist, daß er wohl Zeuge spielen sollte und ein Alibi liefern. Allerdings haben sich die Dinge dann anders als geplant entwickelt. Ich gehe davon aus, daß die beiden Angestellten Verbündete ihres Arbeitgebers waren. Dann denke ich mir, daß die Uhren um etwa eine Stunde vorgestellt wurden, und in dieser einen, künstlich gewonnenen

Stunde sollte das ablaufen, was geplant war. Wenn meine Annahmen stimmen, dann hätte Eccles mit voller Überzeugung und einer durch nichts beeinträchtigten Glaubwürdigkeit vor Gericht bezeugen können, daß Garcia bis ein Uhr zu Hause war. Ein besseres Alibi hätte sich Garcia kaum wünschen können!"

„Und das Verschwinden der beiden Bediensteten?"

„Das halte ich zwar nicht für eine Widerlegung meiner Folgerungen. Erklären kann ich es freilich noch lange nicht. Mir ist auch noch nicht klar, was aus der verschlüsselten Botschaft zu schließen ist. Die Farben ... Signale? Vielleicht war alles nur eine kleine Liebesaffäre, in der man versucht hat, den auf der Lauer liegenden Ehemann, vor dem die Beteiligten eine Höllenangst hatten, auszuschalten."

Von weiteren Spekulationen meines Freundes wurden wir durch den Telegrammboten abgelenkt.

Die von Holmes erbetene und im voraus bezahlte Antwort war bereits eingetroffen. Ihr Inhalt: eine Liste mit sieben Namen und Adressen aus dem Umkreis von Oxshott.

„Was du da siehst", erklärte Holmes, „ist das Ergebnis einer kleinen, aber genau ausgeklügelten Fahndung. Aus der mysteriösen Botschaft kennen wir ja den Ort des Rendezvous, ‚siebte Tür rechts'! Daraus ist unschwer zu schließen, daß es sich um ein Haus der größeren Sorte handelt. In welchem Bereich es sich befindet, läßt sich aus Garcias geplantem Alibi schließen, das ihm für eine Stunde Zeit geben sollte. Damit kommt nur der Umkreis von Oxshott in Frage, und zwar ein Radius von höchstens einer Meile. Eine längere Strecke hätte er in der zur Verfügung stehenden Zeit gar nicht geschafft! Ich nahm also die beiden Kriterien ‚großes Haus' und ‚nähere Umgebung von Oxshott', verknüpfte sie, und schon schrumpfte die Zahl der in Frage kommenden Anwesen auf eine Handvoll. Mit dieser kleinen Aufgabe hatte ich Mr. Smith, den gleichen Makler in Esher beauftragt, der auch Eccles bereits zu Diensten stand. Aus diesen sieben das fragliche Anwesen herauszufinden dürfte kaum mehr schwierig sein. Doch Wisteria Lodge werden wir uns zuallererst anschauen!"

Gemeinsam mit Baynes, der uns bereits auf der Fahrt nach Esher begleitet hatte, hatten wir nach einem längeren Fußmarsch endlich Wisteria Lodge erreicht. Noch düsterer, als von Eccles geschildert, lag das Anwesen vor uns, leer, leblos – wie der architektonische Ausdruck einer gespenstischen Drohung. Dazu paßte auch das flackernde Kerzenlicht, das aus einem kleinen Zimmer im Erdgeschoß fiel und drinnen die verrücktesten Schatteneffekte produzierte.

„Einer von uns!" flüsterte Baynes. „Reine Vorsichtsmaßnahme – wegen der beiden flüchtigen Hausangestellten."

Als Baynes gegen das Fenster klopfte, sahen wir, wie der wachhabende Polizist blitzartig aufsprang, hörten, daß ein Stuhl umfiel – dann ein gellender Schrei.

„Na, Walters, mal wieder nervös?" fuhr Baynes den Polizisten an, der uns die Tür öffnete. „Sie lesen wohl zu viele Krimis?!"

„Ja, Sir, ich meine, nein, Sir!" stotterte Walters, dem der Schreck noch immer ins Gesicht geschrieben stand. „Gut, daß Sie da sind! Das Haus hier, also – ein bißchen viel für meine Nerven ..."

„Was reden Sie da, Mann!"

„Ich dachte, es ist wieder der Teufel von vorhin! Vor zwei Stunden etwa hat jemand zum Fenster hereingeschaut – mit einem Gesicht – schlimmer als in einem Alptraum. Das war kein normaler Mensch, eher ein gereizter Gorilla! Ich bin ihm dann nach, aber er war plötzlich wie vom Erdboden verschwunden!"

„Wollen Sie mir weismachen, daß Sie an Gespenster glauben, Walters?" fragte Baynes streng.

„Moment mal", unterbrach Holmes, der den Boden inspiziert hatte, Baynes, „Schuhgröße 48 – also kein Gespenst!"

Wenig Neues erbrachte der Rundgang durch sämtliche Zimmer des Gebäudes. Garcia hatte das Haus möbliert gemietet und an eigenen Habseligkeiten wenig mitgebracht.

Immerhin entdeckten wir aber, daß er Pfeifenraucher war, Gitarre spielte und eine Vorliebe für südamerikanische Schriftsteller hatte.

In der Küche zeigte uns Baynes dann etwas, dessen Anblick bei mir für eine nachhaltige Gänsehaut sorgte: Es war eine Art Mumie, von zwergenhafter Gestalt und lederartigem Äußeren. Als Gürtel trug das Ding eine Muschelkette. Im blutverschmierten Spülbecken lagen die zerfetzten Reste eines weißen Hahns, dem man brutal den Garaus gemacht hatte. Unter dem Ausguß zog Baynes einen Eimer mit übelriechendem Blut hervor. Ich spürte, wie mein Magen die ersten Versuche machte, sich umzudrehen – aber das war noch nicht alles. Denn auf dem Tisch zeigte uns Baynes einen Haufen verkohlter Knochen. „Gott sei Dank keine menschlichen!“ kommentierte er knapp. „Eindeutiger Befund der Gerichtsmediziner und vom Labor! Vielleicht von einem Lamm?!“

„Köche“, sagte Holmes mit sarkastischem Unterton, „habe ich schon immer für eine phantasievolle, schöpferische Spezies gehalten – das hier ist der vorläufige Höhepunkt!“

Nach diesen Erlebnissen erschien uns die folgende Woche eher trüb. Wir hatten uns in einem Gasthaus in Esher einquartiert und gingen die meiste Zeit getrennte Wege.

Baynes ermittelte allein weiter. Aus Holmes war im übrigen nichts herauszubekommen. Nur aus einigen Anzeichen und aufgrund meiner langjährigen Erfahrung mit ihm spürte ich, daß er einer ganz bestimmten Fährte folgte. Zufällig erfuhr ich, daß er bei einem London-Besuch einen Abstecher ins Britische Museum gemacht hatte.

Ich glaube, es war am fünften Tag, als mir beim Frühstück eine Schlagzeile des Regionalblattes ins Gesicht sprang:

OXSHOTT-FALL GELÖST – MUTMASSLICHER MÖRDER GEFASST

Holmes, dem ich die Schlagzeile vorlas, schaute mich daraufhin an, als hätte er sich gerade an einem Frosch verschluckt. „Mörder gefaßt, sagst du? Machst du Scherze? Oder hat der ehrgeizige Baynes den Mörder geschnappt!? Jeder hat mal sein privates Waterloo – das hier ist meines!"

An Frühstück war nicht mehr zu denken, der Appetit war ihm vergangen. Blaß im Gesicht riß er mir die Zeitung aus der Hand und las mit konzentriertem Blick weiter. Doch dann glitt plötzlich ein fröhlicher Schimmer in seine Züge.

„Na ja, der tödlichen Blamage bin ich wohl noch einmal entgangen. Aber wir müssen sofort zu Baynes. Stell dir vor, er hat den Koch eingesperrt."

Wie es schien, hatte uns Baynes bereits erwartet. In seinem Gesicht lag die Freude über die gelungene Arbeit, gleichzeitig aber freilich auch eine Spur Ironie.

„Warnen wollen Sie mich, Mr. Holmes? Falsche Fährte? Ich bitte Sie ... Jeder geht seine eigenen Wege, praktiziert seine eigenen Methoden – so waren wir doch verblieben. Ich halte mich daran! Und im übrigen habe ich nicht behauptet, daß der Koch seinen Herrn umgebracht hat. Das geht aufs Konto des Journalisten."

Wieder im Gasthaus angekommen, zog mich Holmes endlich ins Vertrauen.

„Ziehen wir mal Zwischenbilanz, Watson, und fangen wir bei Garcias Rolle an. Ziemlich klar scheint erstens zu sein, daß er sich ein Alibi verschaffen wollte, als dessen unfreiwilliger Zeuge Eccles ausersehen war. Nun, ein Alibi braucht nur, wer ein Verbrechen plant! Und zweitens nun die Frage: Wer kommt am ehesten als Garcias Mörder in Frage? Doch wohl der, gegen den Garcia irgendeine Gaunerei im Schilde führte! Es ist die alte Geschichte: der Täter als Opfer! Die Rolle der beiden Bediensteten erscheint mir eindeutig. Mit ihnen – sie waren Garcias Verbündete – war wohl vereinbart, daß sie im Falle, daß er nicht zurückkommen würde, sich einer eventuellen Verfolgung entziehen sollten. Das hätte überdies den Vorteil gehabt, daß andere Garcias Plan weiterverfolgen konnten. Und über dessen Risiken waren sich wahrscheinlich alle Beteiligten klar!"

„Und der Bedienstete, der wieder auftauchte? Der unheimliche Koch? Reichlich verworren, Holmes!"

„Ich unterstelle mal, Watson, daß er irgend etwas Wertvolles zunächst zurückgelassen hat, was er sich dann doch noch holen wollte. Aber gehen wir die Kernpunkte des Falles weiter systematisch durch.

Garcia, wie wir wissen, bekam eine Mitteilung beim Abendessen. Offensichtlich von einem Verbündeten im gegnerischen Lager, wo und was immer das auch sein mag. Und nach diesem Verbündeten habe ich, auch wenn dir das kaum aufgefallen ist, intensiv gesucht. Aus dem Ergebnis meiner kleinen Suche nach den sieben Anwesen fielen bereits nach kurzer Überprüfung sechs heraus. Eins blieb übrig, High Gable, das etwa eine halbe Meile vom Fundort der Leiche entfernt liegt. Der Besitzer heißt Henderson und ist ein Mensch, der mich sofort mißtrauisch gemacht hat. Mit etwas Glück gelang es mir, den hermetisch abgeschirmten Mann kennenzulernen. Nur in der Londoner City, bei den Bankern und Börsenhändlern, die täglich über Millionen gebieten, und im Parlament, habe ich bisher ein solches Ausmaß von Arroganz erlebt. Im Geld scheint er zu schwimmen. Er hält sich einen ‚Hofstaat' wie das Königshaus im 18. Jahrhundert. Gelegentlich muß er gigantische Summen für Schmerzensgeld ausgeben, weil er seine Untergebenen wie ein Dompteur behandelt, was auch ganz wörtlich zu verstehen ist – er schlägt sie! Unter seinen wie Sklaven gehaltenen Mitarbeitern verbreitet er systematisch Angst und Schrecken, wie mir ein Gärtner, Mr. Warner, berichtete, der nicht mehr in seinen Diensten steht. Seiner Hautfarbe nach zu urteilen stammt er aus den Tropen oder wohnte lange dort. Von einer Ausnahme, der Erzieherin seiner Kinder, abgesehen, besteht seine gesamte Dienerschaft aus Lateinamerikanern. Und damit haben wir, wenn du nun an Garcia denkst, schon als wesentlichste Gemeinsamkeit die spanische Sprache. Nur einen kleinen Teil des Jahres hält sich Henderson in England auf, die ganze Welt scheint seine Heimat zu sein, doch wo er jeweils lebt, weiß so gut wie keiner.

Nach wie vor Rätsel verursacht mir die Erzieherin, eine Frau Anfang Vierzig, die auf andere Art fast genauso auffällig wie er selbst ist. Burnet ist ihr Name. Daß unser Garcia sie liebt und er deshalb zu einem Stelldichein kommen sollte, habe ich als Möglichkeit mittlerweile gestrichen. Dennoch kommt freilich nur sie als Absenderin jener Botschaft in Frage. Sie muß seine Verbündete beim Gegner sein. Sicher hat sie in der Zwischenzeit vom Tod Garcias erfahren. Das Problem ist nun aber, daß sie seit Garcias Tod keiner mehr gesehen hat. Sie ist verschwunden, und wahrscheinlich stecken tragische Umstände dahinter! Mit meinen – allerdings viel zu dürftigen – Indizien bekomme ich keinen Hausdurchsuchungsbefehl. So bleibt uns nur eins, Watson: selbst in diesen geheimnisvollen Bau einzudringen und nach dem Verbleib von Miss Burnet zu forschen. Ich nehme zwar an, daß dich dieser Gedanke nicht gerade in Begeisterungsstürme versetzt, daß du aber dennoch mitmachst. Heute abend!"

Noch ehe ich meine Bedenken und meinen Protest äußern konnte, stürmte ein mir unbekannter Mann plötzlich herein.

„Henderson und seine Dienerschaft fliehen! Mit dem Zug. Miss Burnet hat sich losreißen können. Ich hab' sie drunten im Wagen!"

„Spitzenklasse, Warner, holen wir sie rauf!" rief mein

Freund, dem die Erleichterung deutlich anzusehen war.

Fast tragen mußten wir drei die Erzieherin, die von einer zunächst unerklärlichen Müdigkeit befallen schien. Ein Blick in ihre starren und geweiteten Pupillen verriet mir dann den Grund: Opium!

„Wie Sie gesagt haben“, sprudelte Warner los, „habe ich das Tor bewacht. Als der Wagen herausfuhr, bin ich hinterher. Auf dem Bahnhof wollte man sie in den Zug schaffen, aber sie hat sich plötzlich losgerissen und taumelte auf dem Bahnsteig herum. Da hab’ ich sie in meinen Wagen gestoßen und bin davongefahren.“

In der Zwischenzeit hatte sich die Gastwirtin, die wir hinzugezogen hatten, rührend um Miss Burnet gekümmert, hatte ihr Kaffee eingeflößt und sie mit Alkohol abgerieben.

Auch Baynes, von Holmes gerufen, war inzwischen eingetroffen.

„Wir hatten die gleiche Spur, Mr. Holmes! Macht mich ein bißchen stolz!“

„Und was hat die Verhaftung des Kochs zu bedeuten?“

„Ach, ich wollte doch den angeblichen Mr. Henderson nur aus der Reserve locken. Durch die Verhaftung mußte er den Eindruck gewinnen, daß für ihn keine Gefahr mehr bestand. Ich wollte seine Reiselust beflügeln. Dabei hätten wir die beste Gelegenheit gehabt, Miss Burnet zu befreien!“

„Macht Spaß, mit einem so intelligenten Burschen zusammenzuarbeiten, Baynes! Sicher können Sie mir sagen, wer Henderson in Wirklichkeit ist?!“

„General Gromoza, den sie den ‚Tiger von San Pedro‘ nannten! Durch einen Putsch kam er an die Macht und begründete eine Diktatur, wie sie selbst für Mittelamerika beispiellos war. Seine politischen Gegner ließ er vorsichtshalber gleich zu Tausenden liquidieren. Und sein Land betrachtete er als private Beute, die man ausquetschen kann wie eine Zitrone, die übrigens einer der Hauptexportartikel ist. Wie viele Millionen Pesos er außer Landes brachte, wird wohl nie genau herauskommen – es reichte jedenfalls, um sein Land bettelarm und ihn zu einem der reichsten Männer unserer Zeit zu machen. Als die Gefahr zu groß wurde, daß seine Gegner in die Hauptstädte eindringen würden, verschwand er bei Nacht und Nebel mit einer kleinen Schar von Anhängern. Spekulationen über seinen Aufenthaltsort haben zwar immer wieder die internationale Presse beschäftigt – freilich ohne konkretes Ergebnis. Ich denke, daß er sein Aussehen durch eine Gesichtsoperation verändern ließ, um es seinen Verfolgern schwerer zu machen. Na ja, und der Kauf gefälschter Papiere, um sich juristisch eine neue Identität zu geben, ist leider noch weniger ein Problem, wenn man das nötige Kleingeld besitzt! Seine innenpolitischen Gegner waren ihm lange rund um den Erdball auf der Spur und haben ihn erst kürzlich ausfindig gemacht!"

Nun mischte sich Miss Burnet, die wieder zu sich gekommen war, in den Dialog der beiden Kriminalisten ein.

„Vor einem Jahr schon hat man seinen Aufenthalt und seine neue Identität entlarvt. Das erste Attentat auf ihn schlug jedoch fehl. Das zweite, wie Sie wissen, ebenfalls. Dafür büßte der heldenmütige Garcia mit seinem Leben!"

„Aber wie, Miss Burnet", schaltete sich Holmes ein, „kommt eine englische Lady in die Hände eines solchen Massenmörders und Geldraffers?"

„Durch Heirat, Mr. Holmes. Vor einigen Jahren lernte ich den Botschafter San Pedros in London kennen. Wir haben uns verliebt und bald darauf geheiratet. Eigentlich bin ich jetzt Signora Durando. Er war ein wundervoller Mann, befähigt für die höchsten Ämter. Gromoza, der einen untrüglichen Spürsinn für potentielle Rivalen hat, berief ihn ab und ließ ihn töten. Vorsichtig, wie er war, hatte mich mein Mann in London gelassen, wo ich mir seither mühsam meinen Lebensunterhalt verdienen mußte. Dort kam ich in Kontakt mit einer

Gruppe von Gromozas Gegnern, die sich alle geschworen hatten, ihn aufzuspüren und das zu rächen, was er ihrem Land und ihren Angehörigen angetan hatte. Nachdem wir seinen Aufenthaltsort ermittelt hatten, bestand meine Aufgabe darin, auf unverdächtige Weise an ihn heranzukommen, was ja auch gelang. Auf äußerst schwierige Weise hielt ich seit längerem Kontakt mit Garcia, dessen Vater, vormals Oberster Richter des Landes, von Gromoza auf besonders bestialische Art und Weise umgebracht worden war. Das Problem bestand darin, daß Gromoza in extremer Vorsicht jeden Abend das Schlafzimmer wechselte. Dadurch war es erst relativ kurz vor der geplanten Tat möglich, Garcia genau zu informieren. Als weitere Sicherheitsstufe für uns war vereinbart, daß grünes Licht in einem bestimmten Fenster ‚O.K.', weißes dagegen ‚Gefahr' bedeuten sollte. Wie Sie vielleicht wissen, sind das auch unsere Landesfarben.

Allerdings hatten wir die Rechnung ohne Gromoza gemacht, der Verdacht geschöpft hatte. Unmittelbar nachdem ich meine Botschaft abgefaßt hatte, wurde ich überfallen. Meine Mitteilung sowie die Adresse, die ich unter der Folter verriet, gab ihnen die Möglichkeit, Garcia in eine Falle zu locken. Letzteres hatten sie auch mit mir vor, überlegten dann aber ihren Beschluß noch einmal. Mein Tod hätte zu peinlichen Verhören geführt und weiteren Verfolgern die Nachforschungen ganz entschieden leichter gemacht. Der Sekretär adressierte dann die Mitteilung, ein Bote überbrachte sie. Garcia hat man mit Absicht mitten auf dem Weg umgebracht, um keinen direkten Verdacht aufkommen zu lassen. Mich hat man tagelang eingesperrt, geknebelt und fast verhungern lassen. Am Tag, als Gromoza fliehen wollte, wurde mir Opium ins Essen gemischt, was mich zur willenlosen Puppe machte. Als man mich in den Zug zerren wollte, habe ich nur für einen Augenblick wieder einen klaren Gedanken fassen können – den Rest kennen Sie!"

Gebannt hatten wir alle den Worten von Miss Burnet gelauscht. Und es dauerte eine Weile, bis uns bewußt wurde, daß es wahrscheinlich sehr schwierig sein würde, Gromoza zu finden und seinen gerechten Richtern zuzuführen!

Monate später erfuhren wir jedoch, daß Gromoza, der sich unter falschem Namen in einem Hotel der spanischen Hauptstadt einquartiert hatte, mit zwei Begleitern einem raffiniert eingefädelten Bombenanschlag zum Opfer gefallen war.

Es hatte sich zwischen Holmes und mir die Gewohnheit herausgebildet, jeden Fall im nachhinein noch einmal eingehend Revue passieren zu lassen, offengebliebene Fragen zu diskutieren und alles zu bilanzieren. So saßen wir eines Abend diskutierend beisammen – in Sachen Gromoza.

„Kannst du mir erklären“, fragte ich Holmes, „warum der Koch zurückgekommen ist? Alles andere ist mir klar, das nicht.“

„Ach, Watson, nichts leichter als das! Seinen Fetisch, diese scheußliche Mumie, die wir in der Küche gefunden haben, wollte er wiederhaben. Beim ersten Mal wurde er durch Walters vertrieben. Baynes, der die Zusammenhänge brillant durchschaute, hat ihm dann eine Falle gestellt. Und in die ist er beim zweiten Versuch prompt hineingetappt! Apropos Fetisch: Mit dem Thema und allem, was damit zusammenhängt, habe ich mich zwischendurch, beginnend im Britischen Museum, eingehender beschäftigt: Könnte ein neues Hobby von mir werden. Der Koch ist Mulatte und Anhänger des Voodoo-Kults, der in der Karibik und in Teilen von Mittelamerika Millionen von Anhängern hat, die an Verhexungen, Todeszauber und ähnliche Grauslichkeiten glauben! Die für unseren Geschmack grausigen Rituale – denk an den Hahn, der bei lebendigem Leib zerhackt wurde – will ich nicht werten. Andere Länder, andere

Sitten! Was zu werten ist, ist die Frage, ob die Untaten Gromozas durch seinen gewaltsamen Tod gesühnt wurden. Weißt du darauf eine Antwort? Ich nicht.“

London